Rainer Wekwerth

Traumschlange

Roman

Fischer Taschenbuch Verlag

Originalausgabe
Veröffentlicht im Fischer Taschenbuch Verlag,
einem Unternehmen der S. Fischer Verlag GmbH,
Frankfurt am Main, Dezember 2004

Dieses Werk wurde vermittelt
durch die Literarische Agentur Thomas Schlück, Garbsen.
Satz: Fotosatz Otto Gutfreund GmbH, Darmstadt
Druck und Bindung: Ebner&Spiegel, Ulm
Printed in Germany
ISBN 3-596-16344-7

Für Anna. Danke, dass es dich gibt.

1.

7. Juli, Haiti

Das Gesicht des *bokors* sah aus wie gegerbtes Leder, ein Eindruck, der noch verstärkt wurde, als er den Kopf zum Wolken verhangenen Himmel hob, die Nasenlöcher blähte und geräuschvoll die Luft einsog.

Sein Körper war hager und pendelte auf seinen gekrümmten Beinen beim Gehen nach links und rechts. Er wirkte wie ein Seemann, der zum ersten Mal seit Monaten wieder festen Boden unter den Füßen hat, als er sich gegen den heftigen Wind stemmte und den Berg hinaufstapfte, den er sich für das bevorstehende Ritual ausgesucht hatte.

Sein abgetragener dunkler Anzug unbestimmter Farbe, den er über der bloßen schwarzen Haut trug, schlotterte an ihm. An den Füßen trug er zerschlissene Sandalen. Der alte Mann wirkte arm und war dennoch einer der reichsten Männer dieses Landes. Wie alle Menschen der Karibikinsel versuchte er, nicht die Aufmerksamkeit der Götter auf sich zu lenken, vom Neid seiner Nachbarn ganz zu schweigen.

Er war ein *hungan*, ein mächtiger Voodoo-Priester. Haiti war das Land der Magie, der schwarzen Magie. Die Insel, die sich die *loa*, die Götter und Dämonen, ausgesucht hatten, um ihr Wirken in die Welt zu tragen und einen Pakt mit den Menschen einzugehen. Die Einwohner seines Dorfes nannten ihn ehrfurchtsvoll *bokor*, was soviel bedeutete wie ›schwarzer Zauberer‹. Bei diesem Gedanken glitt ein Lächeln über sein faltiges Gesicht. Das alles waren Bezeichnungen für etwas, das nicht zu bezeichnen war. In ihm lebte die Macht der alten Götter Afrikas weiter fort, die von verschleppten Sklaven nach Haiti gebracht und über viele Generationen hinweg bewahrt worden war.

Der Alte hieß Arthur Baptiste. Hätte man ihn nach seinem Alter gefragt, hätte er nur den Kopf geschüttelt und zahnlos gegrinst. Zeit war etwas so Unbedeutendes. Leben entstand und verging wieder, das war der Lauf der Welt von Anbeginn an. Was machte es für einen Sinn, die Ewigkeit messen zu wollen?

Der Wind wehte nun landeinwärts und seine Schritte wurden beschwerlicher. Der Pfad, dem er folgte, bestand aus festgetretenem Lehm und kroch einer Schlange gleich den Hügel hinauf. Seine Füße scheuerten gegen den Bast der Sandalen, aber er beachtete den aufkommenden Schmerz nicht.

Ich werde alt, dachte er. Nein, ich bin alt. Ein alter Mann.

Noch vor wenigen Jahren wäre dieser Marsch keine Anstrengung für ihn gewesen, aber seit er sich im letzten Winter eine schwere Bronchitis zugezogen hatte, verließ ihn seine körperliche Kraft zusehends.

Es wird Zeit, dass ich mich zurückziehe und die Aufgaben eines *hungan* an meinen ältesten Sohn übergebe, grübelte er.

Andererseits wusste der Alte, dass Charles noch nicht so weit war. Die *zobop*, die geheime Gemeinschaft der *hungan*, würde seinen Sohn noch nicht akzeptieren. Noch war Charles nur ein *hunsi*. Er hatte die Initiationsriten durchlaufen und assistierte ihm, aber er war noch kein Priester. Es mochten noch Jahre vergehen, bis es soweit war.

Baptiste seufzte laut und lenkte seine Gedanken wieder auf das bevorstehende Ritual. Ein unangenehmer Nieselregen hatte eingesetzt und weichte seine Kleidung auf. Der beständige Druck in seiner schmächtigen Brust nahm noch zu, trotzdem beschleunigte er seine Schritte.

Endlich hatte er es geschafft. Erschöpft ließ er sich neben dem knorrigen Stamm eines Mahaudeme-Baumes zu Boden sinken.

Hier würde er die Vorbereitungen für die Zeremonie treffen, die seinen fürchterlichen Ruf aufs Neue festigen würde.

Sein Atem ging keuchend, der Pulsschlag ließ seine geschlossenen Augenlider beben. Trotzdem spürte er die Macht des Baumes, dessen *Holz viel Blut enthält*.

Als er wieder zu Kräften gekommen war, kramte er aus einem ausgebleichten Leinensack verschiedene tönerne Schalen und mehrere Beutel mit geruchlosen, verschieden gefärbten Pulvern hervor, die er gleichmäßig auf die flachen Gefäße verteilte. Er spuckte auf die Erde und stellte die Schalen so vor sich auf den Boden, dass sie ein magisches Muster bildeten. Nun wurde es Zeit, die *loa* anzurufen, aber zuerst musste er noch zu *legba*, dem Gott, *der die Schranken öffnet*, sprechen und ihn begrüßen. Seine Stimme begann langsam den uralten Gesang zu flüstern.

Atibô-Legba, l'uvri bayè pu mwê, Agoé!
Papa-Legba, l'uvri bayè pu mwê
Pu mwê pasé
Lò m'a tunê, m'salié loa-yo
Vodu Legba, luvri bayè pu mwê
Pu mwê sa râtré
Lò m'a tunê m'a rémèsyé loa-yo, Abobo.

Atibon-Legba, öffne mir die Schranke, agoé!
Papa-Legba, öffne mir die Schranke
Damit ich passiere
Wenn ich zurückkehre, werde ich die loa grüßen
Voodoo-Legba, öffne mir die Schranke
Damit ich eintrete
Wenn ich zurückkehre, werde ich den loa danken,
Abobo.

Das Rascheln der Blätter im Wind verriet ihm, dass *legba* seinem Anliegen wohl gesonnen war. Nun würde er noch mit den Göttern sprechen, dann konnte er das Gift für die *blanc*, die weiße Frau, mischen.

2.

12. Juli, London

Abby Summers humpelte mit ihrem Gipsfuß durch die Galerie, bis sie vor einem offenen Schaltkasten stand, der eine Vielzahl von farbigen Drähten barg. Sie kratzte sich nachdenklich am Ohr. Dieses Ohrenzupfen war fast eine Manie. Immer wenn sie nachdachte, musste sie sich kratzen.

Habe ich an alles gedacht?, fragte sie sich selbst. Sie blickte an sich hinunter und betrachtete den weißen Gips, der unter der Arbeitshose hervorragte, als wüsste er die Antwort. Den Fuß hatte sie sich vor vier Wochen angebrochen, als sie die Lichtinstallation eines Kaufhauses überprüft hatte, ohne sich abzusichern.

Sie legte den Lichtschalter um. Versteckte Strahler tauchten die Galerie in eine Komposition aus Hell und Dunkel, in eine Symphonie aus Licht und Schatten. Zufrieden lehnte sie sich mit dem Rücken gegen die Wand, verschränkte Arme und Beine und betrachtete ihr Werk.

Die Kegel der Scheinwerfer erhellten die Skulpturen, ließen sie plastisch, fast lebendig erscheinen und den Hintergrund des Raumes verschwinden. Robert Ternham, ihr Auftraggeber und Besitzer der Galerie Ternham & Ternham, würde hoffentlich genauso viel Gefallen an den Lichtinstallationen finden wie sie, aber eigentlich hatte sie daran keinen Zweifel.

Sie hatte schon früher für ihn gearbeitet, und er hatte sich stets als umgänglich erwiesen, ließ sich gern von ihren Vorschlägen überzeugen, selbst wenn er ursprünglich andere Vorstellungen gehabt hatte.

Als studierte Innenarchitektin hatte sich Abby auch nach drei Jahren Selbstständigkeit noch immer nicht daran gewöhnt, dass ihre Pläne von den Kunden geändert wurden. Ihre Vorstellungen deckten sich nur selten mit deren Wünschen. Da sie nie und nimmer eine Arbeit abliefern würde, die sich nicht mit ihrer Vorstellung von Design deckte, war ihre Kundschaft zusammengeschmolzen. Nun litt sie unter Geldmangel, während die Banken auf Rückzahlung der gewährten Kredite drängten.

Der Auftrag von Ternham & Ternham war deshalb genau zum richtigen Zeitpunkt hereingekommen. Sie hatte keinen Augenblick gezögert, ihn anzunehmen. Die Umbauten der Galerie hatten mehr als drei Wochen in Anspruch genommen, aber das Ergebnis konnte sich sehen lassen.

Die Handwerker waren am Tag zuvor fertig geworden, aber Abby hatte gewartet, um die endgültige Wirkung ihrer Installation allein begutachten zu können. Dies war ein Moment, den sie stets genoss. Wenn alle Arbeiten beendet waren und das Objekt zum ersten Mal in noch jungfräulichem Licht erstrahlte.

Sie hörte, wie die Tür im Eingangsbereich geöffnet und kurz darauf wieder geschlossen wurde. Leise Schritte näherten sich über den hellen Marmor, den sie für den Boden ausgesucht hatte. Sie wandte den Kopf und blickte in Robert Ternhams lächelndes Gesicht. Kurz vor ihr blieb der Galeriebesitzer stehen und drehte sich mit ausgebreiteten Armen bewundernd um die eigene Achse.

»Wunderbar«, rief er begeistert aus. »Einfach wunderbar.«

»Es gefällt Ihnen?«

Sein Blick barg milde Ironie. »Gefallen? Es ist fantastisch.«

Er trat einen Schritt näher, legte ihr seine schmale Hand auf die Schulter. Normalerweise waren Abby solche

Vertraulichkeiten zuwider, aber sie mochte Ternham. Er war ein gut aussehender, schlanker Mann in den Vierzigern, der ihrem Lieblingsmusiker Sting ähnelte, mit langen blonden Haaren und Gesichtszügen, die ein wenig feminin wirkten. Über seiner rechten Oberlippe hatte er eine halbmondförmige Narbe, die wie ein winziges Lächeln wirkte.

Ternham war die Sorte Mann, die Abby gefiel, aber sie wusste, sie brauchte sich keine Hoffnung zu machen, denn Ternham war schwul. Schon mehrfach hatte sie beobachtet, wie sein Lebensgefährte ihn abends von der Galerie abholte und ihn dabei ungeniert auf den Mund küsste. Zuerst war sie ein wenig schockiert gewesen, aber insgeheim beneidete sie die beiden um ihr Glück. Sie selbst war seit einem Jahr Single und hasste das Alleinsein.

»Was halten Sie von den Figuren?«, fragte Ternham.

»Sie möchten meine Meinung wissen?«

»Ja.«

Abby ließ ihren Blick in die Runde schweifen, obwohl sie die Skulpturen in den letzten Wochen schon hundertfach betrachtet hatte.

Manray Adams arbeitete ausschließlich mit Holz, das er bearbeitete und polierte, aber niemals lackierte. Er wollte die Struktur des Materials erhalten, die seinen Figuren, die selten höher als dreißig Zentimeter waren, ein merkwürdiges Eigenleben einhauchte. Seine Werke waren abstrakt, aber gerade noch so gegenständlich, dass man sie interpretieren konnte.

Besonders eine Skulptur hatte es Abby angetan. Es war die vereinfachte Darstellung einer Frau, ohne Kopf und Gliedmaßen. Der Künstler hatte die Form auf die schlichte Linie des weiblichen Rückens reduziert, die sich sanft von einem imaginären Hals bis zum Steiß schwang. Ohne sich dessen bewusst zu werden, vollendete der Betrachter im Geist, was der Künstler nur angedeutet hatte. Die Figur war atemberaubend. Abby war während ihrer Arbeit in der Galerie wieder und wieder fasziniert vor dem Sockel stehen geblieben, auf dem die ›Venus‹ befestigt war. Auch jetzt berührte das Werk etwas in ihrem Inneren, von dem Abby wusste, dass es da war, das sie aber trotzdem nicht benennen konnte.

»Er ist ein großartiger Künstler«, sagte sie leise zu Ternham. »In seiner Arbeit ist Wahrhaftigkeit erkennbar. Leid ist Leid, Freude ist Freude. Es gibt nichts dazwischen. Die Wahrheit existiert in einer Klarheit, die schwermütig macht. So sollte das Leben sein und ist es doch nie, denn das Leben ist grau, niemals schwarz oder weiß und das macht es so eintönig.«

Ternham lächelte, und sie schwieg verlegen. »Sie haben Recht. Ich beurteile seine Werke genauso.« Sein Blick forschte in ihrem Gesicht. »Sie haben eine erstaunliche Beobachtungsgabe.«

Abby sah auf ihre Armbanduhr. »Jetzt muss ich aber gehen.« Sie erhob sich, griff nach ihrem Werkzeuggürtel und ging zur Tür. Dort zögerte sie einen Moment.

»Danke für den Auftrag.«

Bevor der Galeriebesitzer etwas erwidern konnte, war Abby verschwunden.

Abby stand vor ihrem Briefkasten im Hausflur, die Einkaufstüten neben sich auf den Boden gestellt, und starrte den schlichten grauen Briefumschlag an. In der rechten oberen Ecke klebte eine bunte Briefmarke mit tropischem Pflanzenmotiv, ansonsten sah der Umschlag aus wie Tausende anderer Umschläge auch. Und trotzdem, das Papier ließ ihre Hände zittern und ihre Finger feucht werden.

Der Stempel auf der Briefmarke verriet als Absendeort Port-au-Prince, Haiti. Ihre Schwester Linda arbeitete und lebte seit über einem Jahr auf der tropischen Insel, aber dieser Brief war nicht von ihr. Die Adresse war mit Maschine geschrieben, etwas, das Linda nicht tun würde. Sie zögerte den Brief zu öffnen und ahnte, dass ihr Leben danach nie mehr so sein würde wie vorher. Linda hatte England im Streit verlassen. Der Grund war ein Mann gewesen. John, Lindas Verlobter, hatte sich auch für Abby interessiert, aber obwohl sie ihm immer wieder zu verstehen gegeben hatte, dass ein Verhältnis mit ihm für sie nicht in Frage kam, hatte er sie weiter bedrängt. Auf Lindas Abschiedsparty war es dann zum Eklat gekommen. John hatte zu viel getrunken und Abby auf dem Weg zur Toilette abgepasst. Zunächst hatte er wie üblich auf sie eingeredet, aber dann hatte er sie gepackt und gegen ihren Willen geküsst. Als sie sich endlich von ihm befreien konnte, hatte plötzlich Linda vor ihr gestanden. Das Gesicht ihrer Schwester war aschfahl gewesen, die Lippen hatten stumm gebebt, dann hatte sie Abby geohrfeigt, sich abgewandt und das Haus verlassen. Am nächsten Tag war Linda nach Haiti geflogen. Abbys Briefe, in denen sie die Situation zu klären suchte, waren alle ungeöffnet zurückgesandt worden. Nun hielt sie einen Brief aus Haiti in den Händen und diese Hände zitterten.

Die Luft im Hausgang schien kühler geworden zu sein. Obwohl es Sommer war, fröstelte Abby. Ihr Asthma meldete sich ohne Vorwarnung. In letzter Zeit hatten die Anfälle zugenommen, und besonders schlimm wurde es, wenn sie unter psychischen Druck oder in Stresssituationen geriet. Dann glaubte sie, ersticken zu müssen.

Abby griff in ihre Jackentasche und zog das *Sedacanol* heraus. Sie schob sich die Plastiköffnung in den Mund und drückte heftig den kleinen Metallbehälter des Medikaments hinunter. Sekundenlang stand sie mit geschlossenen Augen an die Wand gelehnt und wartete darauf, dass die Wirkung des Medikaments einsetzte.

Als ihr das Atmen wieder leichter fiel, seufzte sie tief auf. Eines Tages wird es vielleicht nicht mehr wirken, und dann werde ich ersticken.

Abby steckte den Brief in die Tasche ihrer Jeans, hob die Tüten auf und ging die zwei Stockwerke zu ihrem kleinen Apartment hinauf. Es dauerte einen Moment, bis sie den Schlüssel im Schloss hatte, um dann mit dem Ellbogen die Tür aufzustoßen.

Sie brachte die Tüten in die Küche und räumte die Lebensmittel in den Kühlschrank. Erst dann setzte sie sich in den abgewetzten Ohrensessel, den sie von ihrer Großmutter Justine geerbt hatte, und legte den Gipsfuß auf einen gepolsterten Schemel. Das Papier raschelte eigenartig, als sie den Umschlag aufriss und danach den schlichten grauen Briefbogen entfaltete.

Sehr geehrte Miss/Mrs. Summers,

wir bedauern sehr, Ihnen den Tod Ihrer Schwester Linda mitteilen zu müssen. Sie verstarb am 23. Juli 2003 um 9.30 Uhr nach einer plötzlichen Fiebererkrankung im Krankenhaus St. Lucie, Port-au-Prince. Ihr Leichnam wurde in Übereinstimmung mit den hiesigen Landesgesetzen noch am gleichen Tag beerdigt.

Eine Überprüfung aller Angaben und die Einsicht in die Krankenhausunterlagen haben ergeben, dass die verantwortlichen Ärzte alles in ihrer Macht Stehende getan haben, um das Leben Ihrer Schwester zu retten. Eine Kopie der polizeilichen Untersuchung liegt diesem Schreiben bei.

In dieser schweren Stunde wird es vielleicht kein Trost für Sie sein, aber wir möchten Ihnen doch versichern, dass die Krankheit Ihrer Schwester nur von kurzer Dauer war und sie verstarb, ohne noch einmal das Bewusstsein erlangt zu haben.

Herzliches Beileid.
Britische Botschaft Haiti, Port-au-Prince

Die hingeworfene Unterschrift war nicht zu entziffern.

Sicherlich hatte der Beamte, der ihr diesen Brief geschrieben hatte, den Vorfall inzwischen längst vergessen.

Ihre Gedanken schwammen auf einem trägen Fluss. Linda tot? Sie erkannte die Wahrheit hinter diesen zwei Worten, war aber nicht bereit, sie zu akzeptieren.

Linda würde nie wiederkommen? Sie würde nie wieder mit ihrer Schwester Arm in Arm durch die Portobello-Road schlendern? Abby wusste, es war das, was in diesem Brief stand.

Niemals wieder.

Unbewusst fasste sie an ihre rechte Hüfte. Ihre Finger ertasteten die schmale, zehn Zentimeter lange Narbe. Die Narbe stammte von einer Organtransplantation. Abby hatte in ihrer Jugend an Niereninsuffizienz gelitten, und nur eine Transplantation hatte ihr helfen können. Linda hatte sich ohne zu zögern bereit erklärt, eine ihrer Nieren zu spenden. Dass Abby heute ein normales Leben führen konnte, hatte sie Lindas Selbstlosigkeit zu verdanken.

Nun war ihre Schwester tot.

Und sie würde ihre Schuld niemals abtragen können.

Als dieser Gedanke ihr Bewusstsein streifte, kam der nächste Asthmaanfall. Er dauerte zwanzig endlose Minuten.

Die nächsten Tage verschwammen zu einem Traum, zu einer Reise zwischen den verschiedenen Ebenen ihres Bewusstseins. Abby hätte nicht sagen können, wann sie wach war und wann sie schlief. Bilder aus ihrer Kindheit blitzten auf, verschwanden aber wieder, sobald sie sich darauf konzentrierte. Es war wie in einem Kino, auf dessen einziger Leinwand mehrere Filme gleichzeitig gezeigt wurden. Benommen und betäubt wandelte sie, einem Geist gleich, durch die kleine Wohnung, ließ das Telefon klingeln, ohne den Hörer abzunehmen, öffnete auch die Tür nicht, wenn es schellte.

In regelmäßigen Abständen überfielen Abby Weinkrämpfe, denen sie sich widerstandslos ergab. Oft lag sie zusammengekrümmt auf dem Boden, ein zerknittertes Foto von Linda in der Hand.

Diese erste Phase der Trauer ging nach zwei Tagen zu Ende, als alle Tränen versiegt waren. Dann kam der Zorn. Linda war gestorben. Nun war sie ganz allein in dieser kalten Welt. Zuerst ihr Vater, dann ihre Mutter und nun auch noch Linda. Alle hatten sie verlassen.

In ihrem Kopf hatte sich ein Gedanke festgesetzt. Ja, er quälte Abby regelrecht, flüsterte mit einer ohrenbetäubenden Stimme, die sie nicht ignorieren konnte. *Hol sie heim! Hol Linda heim!*, wisperte diese Stimme unaufhörlich. Schließlich gab sich Abby diesen Worten hin. Linda war in einem fremden Land unter einem fremden Himmel begraben worden. Abby beschloss, ihre Schwester heimzubringen, damit sie ihre letzte Ruhestätte neben ihrer Mutter finden konnte.

Diese Entscheidung gab ihr neue Kraft, milderte den Schmerz und dämpfte ihren Zorn. Es war eine Geste der Versöhnung mit der Verstorbenen. Es war etwas, das Abby tun musste, um weiterleben zu können.

Ihr Vorhaben erwies sich als schwieriger als erwartet. Abby telefonierte sich stundenlang durch sämtliche Ministerien, bis man sie schließlich an das Auswärtige Amt verwies. Am nächsten Morgen nahm sie ein Taxi dorthin, um einen Antrag auf Rückführung des Leichnams ihrer Schwester zu stellen.

Ein kleinwüchsiger Beamter in mittleren Jahren, dessen spärlicher Haarkranz ihn wie einen Dominikanermönch aussehen ließ, las Linda Summers Sterbeurkunde und erklärte, Abby müsse sich zuerst eine Genehmigung vom Staatlichen Gesundheitsamt besorgen, die ihr die Einführung des Leichnams nach England erlaubte.

Sie suchte die entsprechende Behörde auf und musste sich einen halbstündigen Vortrag über Infektionsgefahren und Bestimmungen anhören, bevor man ihr die gewünschte Genehmigung erteilte. Man machte ihr zur Auflage, dass der Leichnam in einem verzinkten, feuerfesten und verschlossenen Sarg transportiert und ungeöffnet beerdigt werden musste.

Zurück beim Auswärtigen Amt nahm ihr der zwergenhafte Beamte das Formular ab. Sein runder Kopf hob sich, nachdem er den Stempel zum letzten Mal auf das Papier geschmettert hatte.

»Sie wissen, dass Sie den Antrag persönlich in Haiti bei den entsprechenden Behörden einreichen müssen, da dieses Land einer Freigabe des Leichnams sonst nicht zustimmen wird.«

»Ich soll nach Haiti fliegen?«, fragte Abby entsetzt.

»Wenn Sie Ihre Schwester hier bestatten wollen, wird Ihnen nichts anderes übrig bleiben.«

Abby hob ihren Gipsfuß an, so dass ihn der Mann hinter dem Schreibtisch sehen konnte. »Ich habe einen gebrochenen Fuß. Kann nicht die Botschaft ...?«

»Nein«, stellte der Mann lapidar fest.

Abby stöhnte auf. »Und woher bekomme ich einen verzinkten, feuerfesten Sarg für den Transport?«

Der Beamte zuckte mit den Schultern und wandte sich einer älteren Frau mit Perücke zu, die schon seit geraumer Zeit hinter Abby stand.

Wütend verließ Abby das Gebäude und nahm die U-Bahn nach Hause. Von dort führte sie mehrere Auslandsgespräche nach Haiti. Die Telefonnummer des Krankenhauses St. Lucie in Port-au-Prince hatte sie dem offiziellen Stempel der Sterbeurkunde entnommen. Sie versuchte mehrfach, den Arzt an den Apparat zu bekommen, der Linda behandelt und ihr Ableben amtlich beglaubigt hatte, aber es gelang ihr nicht.

Anschließend unternahm sie noch den fruchtlosen Versuch, per Telefon eine Genehmigung zur Ausfuhr des Leichnams ihrer Schwester zu erwirken, aber dieses Ansinnen wurde von dem Beamten, mit dem sie sprach, brüsk abgelehnt. In Haiti, erläuterte er ihr, könne eine derartige Angelegenheit nicht anders gehandhabt werden, und sie *müsse* persönlich erscheinen, den Antrag stellen und mit ihrer Unterschrift besiegeln.

Nach einer Stunde und horrenden Telefonkosten war Abby drauf und dran zu explodieren, aber sie riss sich zusammen und bedankte sich bei der knurrenden Stimme. Die einzig brauchbare Information war die Tatsache, dass sie den geforderten Zinksarg in Port-au-Prince zur Verfügung gestellt bekommen würde – allerdings gegen eine wahnwitzige Gebühr.

Abby überprüfte ihren Terminkalender. In nächster Zeit lagen keine dringenden Aufträge an. Sie würde nach Haiti fliegen können, aber wie sollte sie das Ticket bezahlen? Ihre Reserven waren erschöpft. Ihr würde nichts anderes übrig bleiben, als ihr Konto zu überziehen. Hoffentlich zahlte Ternham seine Rechnung pünktlich, denn sonst hatte sie nicht einmal genug Geld für die nächste Miete, von Lindas Beerdigung ganz zu schweigen.

Abby hob den Hörer ab und ließ sich über die Auskunft die Nummer von British Airways geben. Dort meldete sich eine junge, freundliche Stimme.

»Guten Tag, British Airways. Mein Name ist Ann Muller.«

»Hallo. Abby Summers. Ich möchte mich nach einer Flugverbindung nach Haiti erkundigen.«

»Wann möchten Sie fliegen?«

»Sobald wie möglich.«

Die Frau antwortete nicht sofort. Abby konnte hören, wie sie die Sprechmuschel mit der Hand abdeckte und gedämpft mit einer Kollegin sprach. Kurz darauf war sie wieder am Apparat.

»Tut mir Leid. Alle Direktflüge sind ausgebucht. Die einzige Möglichkeit wäre ein Flug nach Santo Domingo, Dominikanische Republik. Von dort aus könnten Sie dann einen Inlandflug nach Port-au-Prince buchen.«

»Okay. Wann könnte ich fliegen?«

»Das kommt darauf an, *wie* eilig Sie es haben.«

Abby überlegte kurz. Je schneller sie die traurige Angelegenheit hinter sich bringen konnte, desto besser.

»Morgen oder übermorgen.«

»Augenblick bitte.«

Das Klappern der Computertastatur drang aus der Ohrmuschel.

»Morgen geht ein Flug um 20.30 Uhr ab Heathrow. Für diese Maschine könnte ich Sie buchen, allerdings nur in der Businessclass.«

»Wie viel würde mich der Flug kosten?«

»879 Pfund.«

Abby dachte zuerst, sie habe sich verhört. »Wie viel?«

»879 Pfund.«

»Wann gäbe es die nächste Möglichkeit, zu einem günstigeren Preis zu fliegen?«

Wieder das Klappern der Tastatur. »In fünf Tagen ab Gatwick. Der Preisunterschied beträgt 237 Pfund.«

»Also gut, buchen Sie mich für morgen.«

Sie gab der Frau ihre Kreditkartendaten und die Anschrift.

»Ihr Ticket wird für Sie am British Airways Schalter hinterlegt. Bitte checken Sie eine Stunde vor Abflug ein.«

Abby bedankte sich und legte auf. Sie fühlte sich erschöpft, aber dieser Tag war noch nicht zu Ende. Als Nächstes musste sie sich um die Beisetzung ihrer Schwester in England kümmern. Abby stöhnte und nahm erneut den Hörer ab.

»Sie sind verrückt«, stöhnte der Arzt. Seine Augen starrten Abby ungläubig an. »Das kann einfach nicht ihr Ernst sein.«

»Machen Sie den Gips runter«, wiederholte Abby energisch.

»Sind Sie sich über die Folgen im Klaren? Der Bruch ist noch längst nicht ausgeheilt. Frühestens – und ich meine frühestens – in einer Woche wäre daran zu denken, den Gips zu entfernen. Wollen Sie Ihr Leben lang humpeln?«

Abbys Gesicht verzog sich. Sie saß zurückgelehnt in einem unbequemen Stuhl vor dem wuchtigen Schreibtisch und fixierte ihren Hausarzt. Geduld war nicht gerade einer ihrer Stärken, und dass Dr. Hedson sich seit fünf Minuten schlicht weigerte, ihrem Wunsch nachzukommen, ärgerte sie.

»Ich habe es Ihnen doch schon mehrfach erklärt, Doc. Morgen fliege ich nach Haiti, um den Leichnam meiner Schwester nach England zurückzuführen. Wenn die Beamten dort nur halb so stur sind wie in England, kann ich davon ausgehen, dass ich von Amt zu Amt hetzen muss, bis alle Formalitäten erledigt sind. Mit einem schweren Gipsfuß bei vierzig Grad im Schatten dürfte das kaum zu bewältigen sein. Also ...«

»Aber ...«

»Sie schneiden jetzt den Gips auf oder ich mache es selbst.«

Hedson gab sich mit einem Seufzer geschlagen. Er kannte Abby seit ihrem siebten Lebensjahr und wusste, sie meinte es ernst.

»In Ordnung, ich nehme Ihnen den Gips ab, aber Sie unterschreiben mir eine Bescheinigung, in der Sie versichern, dass ich Sie über die Folgen und Risiken aufgeklärt habe und dass diese Aktion gegen meinen ausdrücklichen medizinischen Rat erfolgt.«

»Was immer Sie wollen. Und jetzt runter mit dem Ding, ich habe noch endlos viel zu erledigen.«

3.

Port-au-Prince lag, wie von einem Riesen achtlos hingeworfen, in einer heißen, tropischen Senke am Ende einer Meeresbucht. Auf beiden Seiten der Stadt erhoben sich Berge, hinter denen sich weitere Felsmassen auftürmten und so den Eindruck von Weite erweckten.

Abby hatte während des Fluges von London nach Santo Domingo in einem Reiseführer gelesen, dass Haiti nur über eine Landfläche von 10 000 Quadratmeilen verfügte, auf der sich 6 Millionen Menschen drängten. Es war also nur eine Illusion. Haiti war kleiner als es erschien.

In diesem Reiseführer waren auch mehrere Hotels aufgeführt. Abby hatte sich für das »Oloffson« entschieden, das Graham Greene in seinem Buch »Die Stunde der Komödianten« erwähnt und damit unsterblich gemacht hatte. Abby hatte das Buch nie gelesen, aber sie kannte die Verfilmung mit Liz Taylor und Richard Burton und glaubte, sich an ein altes Haus im Gingerbread-Stil zu erinnern.

Nach einem Flug, der sie erschöpft hatte, saß sie nun in einem alten, verbeulten amerikanischen Taxi und holperte über eine Straße voller Schlaglöcher durch die Stadt. Der Fahrer hatte die Fenster geöffnet. Heiße, staubige Luft drang in das Fahrzeug. Abby brach der Schweiß aus allen Poren. Das leichte Sommerkleid, das sie trug, klebte unangenehm auf ihrer Haut.

Während sich das Taxi durch ein verwirrendes Chaos aus Fahrzeugen, Radfahrern und Fußgängern schob, brabbelte der Fahrer unablässig auf sie ein. Sein Gesicht ähnelte in Form und Aussehen einer vertrockneten Dattel und schien ständig zu lächeln. Wenn es wieder einmal langsamer voranging, wandte er sich zu Abby um, grinste anzüglich und zeigte dabei seine schlechten Zähne, von denen nur noch braune Stummel übrig waren.

Dann glitten seine Blicke über ihre Beine, und obwohl Abby demonstrativ den Stoff tiefer herunterzog, konnte ihn das nicht davon abhalten, sie an der nächsten Kreuzung oder Ampel erneut anzustarren. Abby ignorierte ihn schließlich und konzentrierte sich auf die langsam vorbeiziehende Stadt.

Zwischen halbfertigen Monumenten und verfallenen Häusern waren unglaublich viele Menschen unterwegs. Der Geruch von gebratenem Fisch, Süßigkeiten, Exkrementen und Asche wehte herein. Der Lärm war ohrenbetäubend. Musik aus plärrenden Lautsprechern, *Tap-Taps*, für Personentransporte umgebaute Lastwagen mit ihren in den niedrigen Gängen kreischenden Motoren und ein ständiges, beunruhigendes Gemurmel, das über allem lag, schmerzte in ihren Ohren. Als sie am Marktplatz *Marché de Fer* vorbeikamen, nahm die Lautstärke durch die Schreie der Verkäufer an den Ständen noch zu.

Inmitten des Schmutzes und des Chaos tauchte plötzlich der Präsidentenpalast auf. Das *Palais National* strahlte unnatürlich weiß. Hinter einem hohen Metallgitter erstreckte sich ein makellos gepflegter Rasen, der wie ein Teppich vor dem Gebäude lag, um die Gäste zu begrüßen. Der Palast selbst, mit seinen drei Kuppeln, erinnerte Abby an eine Moschee. Vor dem Haupteingang ragten vier Säulen nach oben, so als versuchten sie die ganze Konstruktion zu stützen.

Amerikanische Soldaten patrouillierten mit lässig herabhängenden Gewehren vor dem Gebäude. In der Nähe des Haupteinganges stand ein Panzerwagen, dessen mächtiges Kanonenrohr bedrohlich auf den Platz vor dem Palais gerichtet war.

Hier befanden sich kaum Menschen auf den Straßen. Drei Männer knieten mitten auf der Straße und zupften

Unkraut zwischen den Pflastersteinen. Dem dicht an ihnen vorbeiströmenden Verkehr schenkten sie keine Beachtung. Abby entdeckte eine Gruppe Passanten, die langsam auf den Präsidentenpalast zuging. Die Frauen trugen weite bunte Kleider, hatten die Köpfe selbstbewusst hochgereckt und schritten elegant einher. Sie waren wunderschön, mit edlen Gesichtern, auf denen sich Hochmut spiegelte. Die Männer, mit ihren klassischen Zügen und den schlanken Körpern, standen dem kaum nach. Es gab also doch so etwas wie Schönheit in diesem Abfallhaufen von einer Großstadt.

Schließlich hielt das Taxi mit quietschenden Bremsen vor dem Hotel *Ollofson*, einem zierlichen, alten Haus in *Bougainvillea*. Ein Page im Knabenalter stürzte heran und öffnete Abby die Tür. Anschließend hob er das Gepäck aus dem Kofferraum. Obwohl der Junge schmächtig und der Koffer schwer war, schien er keine Mühe mit dem Gewicht zu haben. Abby bezahlte den Fahrer, der ein letztes Mal anzüglich grinste, bevor er davonraste.

Das Hotel lag auf einem Hügel der Stadt und schien aus den Tagen der ersten amerikanischen Besatzungszeit zu stammen. Eine verblasste Fahne mit den Stars & Stripes wehte lustlos über dem Eingang.

Ein altes Herrenhaus mit offener Veranda, ein kleiner anmutiger Palast mit Türmchen und spitzen Minaretten, dessen weiße Farbe vom lackierten Tropenholz abblätterte. Wie ein winziger, zerklüfteter Berg ragte es aus einem verwilderten Park, in dem sich Palmen, Bananenstauden und Hibiskusbäume um den wenigen Platz stritten.

Abby schritt durch ein verrostetes Tor, das von Lianen überwuchert wurde, und betrat das Hotel. Nach der Hitze des Tages war es in der Hotelhalle angenehm kühl. Ihre Augen mussten sich zunächst an das Halbdunkel gewöhnen, bevor sie die Rezeption entdeckte.

Der Besitzer, mit einer Haut wie Milchkaffee und zu Zöpfchen geflochtenen Haaren, begrüßte sie mit einem herzlichen Lächeln und stellte sich als William Barton vor. Er schob ihr ein Klemmbrett mit dem Anmeldeformular über die Empfangstheke. Abby schätzte ihn auf Anfang Vierzig. Sein Englisch war perfekt.

Auf dem Formular standen die Namen der Suiten und Zimmer. Manche von ihnen trugen die Namen berühmter Gäste aus Zeiten, als Haiti noch die Reichen und Prominenten angelockt hatte: Marlon Brando, Truman Capote, Paulette Goddard, Graham Greene. Wie die abbröckelnde Farbe an der Fassade kündeten auch sie von einer vergangenen, einer besseren Welt.

Abby trug sich ein und wurde von einem Pagen, der ohne weiteres ein Bruder des Jungen hätte sein können, der sie zum Empfang geleitet hatte, in den zweiten Stock geführt. Ihr Zimmer war schlicht, aber sauber und gemütlich mit altertümlichen Sesseln, einem flachen Holztisch und einem überdimensionalen Bett mit Baldachin. Zwei Glastüren mit weiß gestrichenen Rahmen führten auf einen winzigen, gemauerten Balkon, von dem man eine herrliche Aussicht auf die Bucht und die Stadt hatte.

Zufrieden mit ihrer Unterbringung gab Abby dem Pagen einen Dollar Trinkgeld, die einzige Währung, die in Haiti wirklich galt und die den *Gourde* fast verdrängt hatte. Der Junge ließ den Schein breit lächelnd in der Hosentasche verschwinden. Als er gegangen war, legte sich Abby auf das weiche Bett. Kurz darauf war sie eingeschlafen.

Die Geräusche der nach der Hitze des Tages erwachenden Stadt weckten Abby aus ihrem traumlosen Schlaf. Sie ging ins Badezimmer, wusch sich das Gesicht und kämmte sich. Anschließend zerrieb sie etwas Gel in den Händen und massierte es in ihr Haar ein. Einige Strähnen fielen ihr frech in die Stirn. Zufrieden mit ihrem Aussehen zog sie einen kurzen beigen Rock und eine schwarze Bluse an.

Leise Musikklänge zogen von der Stadt zu ihrem Zimmer hinauf. Abby ging auf den Balkon und lehnte sich über die Brüstung. Die Luft war jetzt angenehm frisch und ein leichter Wind brachte den Geruch des Meeres mit sich.

Port-au-Prince sah im Abendlicht wunderschön aus. Straßenlaternen schufen goldene Kegel, in denen Insekten Tänze aufführten. Selbst der Straßenlärm drang nur noch gedämpft zu ihr durch und wenige Geräusche störten die Stille.

Abbys Gedanken wanderten zu ihrer verstorbenen Schwester. Wie oft mochte Linda wohl die salzig schmeckende Luft eingeatmet und die Ruhe genossen haben? Ohne dass Abby es bemerkte, liefen ihr Tränen über die Wangen.

Linda, wo magst du jetzt wohl sein?

Sie blickte zum Himmel empor, an dem sich die ersten Sterne zeigten. Noch schwach, aber das Funkeln gewann mit jeder Minute an Kraft.

Während sie die Weite des Universums schaute, kamen die Bilder der Erinnerung.

»Lass es sein. Tu es nicht, Abby. Er wird dich beißen.«

Abby blickte prüfend durch die Zaunmaschen und beobachtete den großen schwarzen Hund, der im Nachbargarten stand und bösartig knurrte, sobald sie den Zaun berührte.

Mr. Garuther, der Besitzer des deutschen Schäferhundes, war nirgends zu sehen, und ihr Ball lag auf dem anderen Grundstück. Ein leuchtend roter Fleck. Er wirkte deplatziert zwischen all dem Grün, so als sei er direkt vom Himmel auf einen fremden Planeten gefallen.

Linda hatte ihr den Ball zu heftig zugeworfen. Abby hatte keine Chance gehabt, ihn zu fangen. Nun lag der Ball auf der anderen Seite des Zaunes, von einem knurrenden Monster bewacht.

»Ich werde ihn holen«, erklärte Abby bestimmt.

Linda stand die Angst ins Gesicht geschrieben.

»Bitte nicht. Lass uns warten, bis Mr. Garuther wiederkommt. Er kann ihn uns herüberwerfen.«

Die acht Jahre alte Abby schüttelte energisch den Kopf. Sie hatte Angst vor dem Hund. Die Angst ließ ihre Knie zittern, aber das würde sie vor Linda nicht zugeben. Sie wollte Lindas Respekt erringen und dies war eine perfekte Gelegenheit.

Linda gelang immer alles. Sie war eine hervorragende Schülerin, hatte jede Menge interessante Freundinnen und wurde von ihren Lehrern aufmerksam behandelt. Abby hingegen erreichte nur mittelmäßige Leistungen in der Schule. Außer Linda hatte sie keine Freundin. Sie hielt sich für tollpatschig und hässlich. Das hässliche Entlein neben dem schönen Schwan.

Sobald Linda ein Zimmer betrat, stand sie im Mittelpunkt. Alle erlagen ihrem Charme. Abby liebte ihre Schwester, aber sie beneidete sie auch insgeheim und hoffte, dass sie auch eines Tages so bewundert werden würde.

Linda würde es niemals wagen, über den Zaun zu klettern.

Mutig trat Abby an den Zaun und legte beide Hände auf die Holzlatten. Der Hund schlich lauernd heran und blieb zwei Meter entfernt von ihr reglos stehen. Sein Knurren hatte den Klang eines fernen Gewitters angenommen. Abby hatte mehr Angst als jemals zuvor in ihrem Leben.

Sie atmete tief aus und zog sich hoch. Als sie ihren Fuß auf die Querstrebe setzen wollte, rutschte sie ab und fiel auf die andere Seite des Zaunes.

Das Letzte, was sie hörte, war Lindas gellender Schrei, und dann war der Hund schon wie ein fliegender Schatten über ihr.

Abbys Gedanken kehrten wieder in die Gegenwart zurück. Das Jucken der alten Narbe an ihrer rechten Wade erinnerte sie daran, dass sie damals ganz schön Glück gehabt hatte. Mr. Garuther war aus dem Haus gerannt, nachdem er Lindas Schrei hörte, und hatte den rasenden Hund weggerissen. Die Bisswunden waren tief gewesen, aber Abby hatte Lindas Respekt gewonnen. Letztendlich zählte nichts anderes. Wunden heilten.

Abby strich sich geistesabwesend durch das Haar. Sie schaute wieder nach unten, und die Sterne verschwanden aus ihrem Blickfeld.

Nun war Linda tot.

Abby verdrängte ihr Selbstmitleid und ging zur Rezeption hinunter.

William Barton blickte von seiner Zeitung auf, als er Abby auf sich zukommen sah.

»Guten Abend«, sagte er mit dunkler Stimme.

Abby erwiderte seine Begrüßung und sagte: »Sie sprechen hervorragend Englisch.«

»Danke. Mein Vater war Amerikaner. Ein Weißer. Ich habe lange Zeit in New York gelebt.«

»Und Ihre Mutter stammt von hier?«

»Ja, sie war eine berühmte haitianische Tänzerin.«

»Wann sind Sie zurückgekommen?«

»Eigentlich bin ich Musiker. Ich spiele ›Racine‹. In Amerika kann man davon nicht leben. Dort wollen sie Jazz hören. Da unser Familienbesitz hier leer stand und immer mehr verfiel, bin ich 1985 zurückgekehrt, um zu retten, was noch zu retten ist.«

»Sie haben es sehr gut hinbekommen«, sagte Abby.

William Bartons Gesicht verzog sich zu einem breiten Lächeln, das sowohl Freude wie auch Schmerz beinhaltete.

»Danke, aber es gibt noch viel zu tun. Im Augenblick habe ich nicht die Mittel, um auch noch die Nebenflügel herzurichten. Seit dem Sturz von Aristide kommen kaum noch Touristen nach Haiti. Zu viel Gewalt. Zu viel Armut.«

»Ja, das stimmt wohl. Ich würde gerne zu Abend essen, können Sie mir ein Restaurant empfehlen?«

»Nachts sollten Sie auf keinen Fall nach Port-au-Prince gehen. Im Hafenviertel gibt es zwar das ›Le Lambi‹, wo man einen hervorragenden Barbancourt-Rum serviert bekommt und man zur Musik der Compas-Gruppen tanzen kann, aber für eine Weiße wäre es zu gefährlich. Bleiben Sie in Pétonville. Hier leben die Reichen. Alles ist gut bewacht und es kochen einige der besten Köche der Karibik in den Restaurants. Ich rufe Ihnen ein Taxi.«

4.

Die karibische Nacht umfing Abby mit einem Mantel aus warmer Luft und ferner Musik. Sie stieg aus dem Taxi, gab dem Fahrer ein angemessenes Trinkgeld und ließ sich in der Menschenmenge treiben. Der intensive Geruch, diese Mischung aus gebratenem Fisch, Süßigkeiten und Asche, den sie schon im Taxi wahrgenommen hatte, erwartete sie auch diesmal, aber er war nicht mehr unangenehm, sondern schien zu diesem Land zu gehören.

Hier war alles anders als in Port-au-Prince. So hatte sie sich die Karibik vorgestellt. Die Menschen in den engen Straßen trugen ein Lächeln auf dem Gesicht. Ihre farbenfrohe Kleidung strahlte selbst im Halbdunkel der Nacht und wenn die Frauen in ihren weiten, luftigen Röcken durch den Lichtschein einer Straßenlampe schritten, wirkten sie wie tanzende Schmetterlinge im Sonnenschein. Die Atmosphäre von Pétonville nahm Abby gefangen. Das Rauschen des Windes, der vom Meer heraufstrich, verwob sich mit dem Lachen der Menschen. Sie begann sich zu entspannen.

Nicht weit entfernt lud ein Restaurant seine Gäste auf eine offene Terrasse ein. Abby beschloss, sich draußen einen Platz zu suchen.

Sie entdeckte einen freien Tisch und zwängte sich zwischen den gepolsterten Rattanstühlen hindurch, als sie unverhofft mit einem Mann zusammenstieß.

Er hielt ein Glas Rotwein in der Hand und stand vor einer atemberaubenden, dunklen Schönheit in einem gelben Wickelkleid. Das Getränk ergoss sich über die Frau, die mit einem erstickten Schrei nach hinten sprang, aber es war zu spät. Dunkelrote Flecken bildeten ein blutiges Muster auf dem ehemals makellosen Kleid.

Der Mann wirbelte herum. In seinem Gesicht spiegelte sich ungezügelte Wut. Schwarze Augen fixierten Abby. Sein Mund öffnete sich zu einer Beschimpfung, blieb dann aber stumm.

Abby stand erschrocken vor ihm. Sprachlos. Sie wusste nicht, was sie sagen sollte.

Plötzlich ging eine Veränderung im Gesicht des Mannes vor sich. Gerade hatte er noch wütend ausgesehen, nun wirkte er verwirrt.

Abby bemühte sich um eine Entschuldigung, die von der Frau in dem gelben Kleid aber mit einem Schwall unverständlicher Flüche beantwortet wurde. Ihr Benehmen blieb von den anderen Gästen des Restaurants nicht unbemerkt. Die Gespräche verstummten und viele der Gäste beobachteten das Geschehen.

»Es tut mir wirklich Leid«, wiederholte Abby ihre Entschuldigung. »Hören Sie ...«

»Sie kann Sie nicht verstehen«, unterbrach sie der Mann. »Sie spricht Ihre Sprache nicht.«

Ein Lächeln spielte um seinen Mund. Aus irgendeinem Grund schien ihn die Angelegenheit zu amüsieren.

Die Stimme seiner Begleiterin ging in ein Kreischen über, das endgültig dafür sorgte, dass sich keiner der anwesenden Gäste mehr um sein Essen kümmerte.

»Können Sie ihr bitte sagen, dass es mir Leid tut«, wandte sich Abby an den Mann. »Ich werde natürlich für die Reinigung aufkommen, oder falls das Kleid nicht mehr zu reinigen sein sollte, es ihr ersetzen.«

»Das wird nicht nötig sein.«

Er sprach leise auf die Frau ein, die sofort verstummte und den Blick demütig zu Boden senkte. Abby verstand kein Wort. Schließlich nickte seine Begleiterin mit dem

Kopf und verließ mit erhobenem Haupt das Restaurant, ohne sich noch einmal umzudrehen.

»Wo geht sie hin?«, fragte Abby verblüfft.

»Nach Hause.«

»Nach Hause?«, echote sie. »Oh ...«

»Vergessen Sie es.« Sein Blick glitt über Abby. »Sie sind fremd hier?«

Abby betrachtete ihn. Er sah gut aus. Ein Meter neunzig groß, schlank, muskulös. Ein Körper, der eine raubtierhafte Eleganz ausstrahlte.

Sein Gesicht war schmal und braun gebrannt, mit ebenmäßigen Zügen, einer leicht gekrümmten Nase und vollen Lippen. Die linke Augenbraue wurde durch eine kleine, weiße Narbe unterbrochen und ähnelte der Silhouette einer fliegenden Möwe. Das schwarze lockige Haar hatte er kurz geschnitten. Es stand im Kontrast zu dem legeren, weißen Leinenanzug, zu dem er ein schwarzes Seidenhemd trug. Der Mann stellte das leere Rotweinglas auf den Tisch und Abby bemerkte kraftvolle, schöne Hände.

Ihre Aufmerksamkeit blieb ihm nicht verborgen. Sein Lächeln wurde breiter. *Ertappt!* Abby spürte, wie ihr die Röte ins Gesicht schoss.

»Ja, ich bin fremd hier«, sagte Abby hastig. »Heute Morgen erst gelandet.«

»Darf ich Sie nach all der Aufregung zu einem Drink einladen?«, fragte er. »Sozusagen als Willkommensgruß.«

»Sie wollen mich einladen, nachdem ich Ihrer Freundin das Kleid ruiniert habe?« Abby lachte laut auf. »Eigentlich sollte es umgekehrt sein. Ich sollte Sie einladen oder besser noch Ihre Freundin. Sie sah nicht besonders glücklich aus.«

»Sie ist nicht meine Freundin. Nur eine Bekannte«, erklärte er knapp.

Warum sagt er mir das?

Abby fühlte, wie Hitze ihren Körper durchflutete. Sie war in dieses Land gekommen, um den Leichnam ihrer

Schwester heimzuholen, und nun stand da dieser aufregende Mann und machte Anstalten, mit ihr zu flirten.

»Nun, ich denke, wir könnten beide einen Drink vertragen«, sagte er.

Er hob seine Hand. Wie aus dem Nichts erschien ein Kellner. Er sprach leise auf ihn ein, worauf die Bedienung sie zu einem Tisch im Hintergrund führte. Als sie beide Platz genommen hatten, streckte ihm Abby die Hand über den Tisch entgegen und sagte: »Abby Summers.«

»Patrick Ferre.« Er umfasste sie sanft und hielt sie fest. Die intensive Berührung verwirrte Abby und sie zog hastig die Hand zurück. Ferre tat so, als habe er nichts bemerkt, und griff nach der Weinkarte.

»Was möchten Sie trinken? Wein? Oder etwas anderes?«

»Wein wäre schön.«

Er rief den Kellner, der wenige Schritte entfernt gewartet hatte.

»Weiß oder rot?«, wollte Patrick Ferre wissen.

»Was immer Sie trinken.«

»Rot. Es gibt einen sehr guten Bordeaux Château La Louvière. Wenn Sie einverstanden sind, nehmen wir ihn.«

»Bitte.«

Abby hatte keine Ahnung von Wein und hätte einen Bordeaux nicht von einem anderen Rotwein unterscheiden können.

Ferre gab die Order an den Kellner weiter, der kurz darauf mit einer Flasche zurückkam. Die Entkorkung der Weinflasche artete in ein Ritual aus und die Gläser wurden erst eingeschenkt, nachdem ihr Tischnachbar gekostet und bestätigt hatte, dass der Wein ausgezeichnet war.

»Sie sprechen sehr gut Englisch«, machte sie ihm ein Kompliment.

»Danke, aber es könnte besser sein«, wehrte er ab. »Hier auf der Insel wird kreolisch oder französisch gesprochen. Ich habe also nicht oft die Gelegenheit zu üben.«

»Wo haben Sie die Sprache gelernt?«

Sein Nase kräuselte sich, als ein breites Lächeln auf seinem Gesicht erschien. »Ich hatte Privatunterricht bei einem alten Englischprofessor.«

Abby nahm einen Schluck Wein, der vollmundig und schwer war, der aber erfrischte. Mit dem Zeigefinger wischte sie sich einen einzelnen Tropfen von der Lippe. Eine Geste, die nicht unbemerkt blieb und mit einem erneuten Lächeln quittiert wurde.

»Was treibt Sie hierher?«, fragte Ferre.

»Eine Familienangelegenheit«, antwortete Abby kurz angebunden.

»Oh, tut mir Leid. Ich wollte Ihnen ...«

»Nein. Ich muss mich entschuldigen. Es sollte nicht so ... hart klingen.«

»Möchten Sie darüber sprechen?«

Abby schüttelte energisch den Kopf. Alles, bloß das nicht. Sie hatte sich lange nicht mehr so entspannt und zufrieden gefühlt. Nein, sie wollte nicht darüber sprechen.

»Haben Sie schon zu Abend gegessen?«, fragte sie ihn stattdessen. »Ich sterbe vor Hunger.«

»Nein, noch nicht. Wenn es Ihnen recht ist, bestellen wir.«

Er hob erneut die Hand und Sekunden später stand der Kellner neben dem Tisch.

Das ist ja wie Zauberei, dachte Abby und fühlte, dass ihr der Wein zu Kopf stieg. Sie unterdrückte ein Kichern.

Ferre schien nichts zu bemerken, aber vielleicht hinderte ihn auch seine gute Erziehung daran, nachzufragen, was so lustig sei. Er studierte die Speisekarte und legte dabei seine Stirn in Falten. Abby fand, dass er wie ein Schuljunge aussah, der verzweifelt versucht, eine schwierige Rechenaufgabe zu lösen.

»Ich würde die Gemüsesuppe mit Jamswurzeln und Taros empfehlen, danach die Riesengarnelen mit Kokoskruste und das Lamm-Pilaw.« Patrick Ferre sah ihre Verwirrung. »Sie müssen sich keine Sorgen machen. Die Suppe schmeckt nicht allzu ungewöhnlich und von den Garnelen werden Sie begeistert sein. Sie werden in einer Mischung aus Knoblauch und Zitronensaft mariniert und anschließend mit Kokosraspeln paniert, bevor sie in einer großen Pfanne ausgebacken werden. Sie mögen doch Meeresfrüchte?«

Abby bejahte. Das Wasser lief ihr im Mund zusammen. Seit dem kurzen Frühstück im Flughafen von Santo Domingo hatte sie nichts mehr gegessen.

»Was ist Lamm-Pilaw?«

»Ein Lammgericht mit Reis und verschiedenen Kräutern.«

»Klingt toll.«

»Gut«, stellte er zufrieden fest.

Abby leerte ihr Glas und sofort erschien ein Kellner, um nachzuschenken. Langsam dämmerte es ihr, dass dies wahrscheinlich ein teures Restaurant war. Sie hatte überhaupt keine Vorstellung davon, was ein derartig üppiges Essen hier kosten mochte. Aber daran wollte sie jetzt nicht denken, denn der Abend war zu schön, um ihn sich verderben zu lassen. Dann würde sie den Rest ihres Aufenthaltes in Haiti eben kürzer treten müssen. Eine leichte Brise verfing sich in ihrem Haar und brachte angenehme Kühlung.

»Ein schöner Anblick«, sagte Ferre kaum hörbar.

»Wie bitte?«

»Verzeihung. Ich wollte Ihnen keineswegs zu nahe treten.«

»Nein.« Sie winkte ab. »Ich bin nur Komplimente nicht mehr gewöhnt.«

»Das ist schade.«

»Ja.«

Die Suppe kam und die Unterhaltung erstarb. Kurz nach der Suppe wurden die Kokos-Krabben serviert. Knusprig und herrlich duftend waren sie ein Hochgenuss. Patrick zeigte ihr, wie man die Garnelen aß, indem man sie an den Schwänzen hielt und dann abbiss. Das Lamm-Pilaw schmeckte ebenfalls hervorragend, allerdings war Abby inzwischen so satt, dass sie den größten Teil des Gerichtes zurückgehen ließ.

»Möchten Sie einen Nachtisch?«, fragte Patrick Ferre, nachdem er seinen Teller von sich geschoben hatte.

»Um Gottes Willen, nein. Ich habe das Gefühl zu platzen. Es war vorzüglich. Vielen Dank, Patrick.« Es war das erste Mal, dass sie ihn mit seinem Vornamen ansprach. Er reagierte darauf mit einem freundlichen Blinzeln.

»Kaffee oder Brandy?«

»Beides!«, lachte Abby.

Als die Gläser vor ihnen standen, nahm Abby die Gelegenheit wahr, sich bei Patrick Ferre für ihre heftige Reaktion auf seine Frage, warum sie Haiti besuche, zu entschuldigen.

»Ist schon in Ordnung, wenn Sie nicht darüber sprechen möchten.«

»Nein, vielleicht ist es genau das. Vielleicht sollte ich darüber sprechen.« Und dann erzählte sie ihm von Lindas Tod und dass sie hier war, um ihren Leichnam nach London zu bringen. Als sie schwieg, wirkte er verlegen.

»Das mit Ihrer Schwester tut mir Leid«, sagte er sanft.

Beide hingen für einen Moment ihren Gedanken nach, bis Abby schließlich fragte: »Darf ich fragen, was Sie beruflich machen?«

Patrick Ferres Hände wanderten über das makellose Weiß der Tischdecke. »Nun, das ist schwer zu beantworten. Mein Vater, eigentlich ist er mein Stiefvater, hat eine große Plantage im Norden des Landes. Ich helfe ihm so gut ich kann.«

Das klingt nach ›reicher Sohn‹ als Beruf, dachte Abby automatisch. »Was bauen Sie an?«

»Alles mögliche.«

Warum weicht er mir aus?

»Auch Zuckerrohr?«

»Ja, unter anderem.«

»Dann kannten Sie vielleicht meine Schwester«, platzte Abby aufgeregt heraus. »Sie war die Zuckerrohrankäuferin eines europäischen Konzerns hier auf Haiti. Vielleicht hatten Sie sogar geschäftlich mit ihr zu tun.«

»Nein, ich kannte sie nicht. Wir verkaufen direkt an ein Konsortium, das sich aus allen Anbauern des Landes zusammensetzt. Dadurch können wir beim Verhandeln mit den Abnehmern einen einheitlichen Preis erzielen, ohne dass der eine den anderen im Angebot unterbietet und im Endeffekt alle billiger verkaufen müssen. So wird es schon seit zwanzig Jahren gehandhabt.«

Abby hatte das Gefühl, angelogen zu werden. Aber warum hätte Patrick sie anlügen sollen? Er kannte sie doch erst seit einer Stunde.

Die Luft war herrlich mild, als sie den Hügel zu Abbys Hotel hinaufgingen. Der Weg führte verschlungen durch mehrere Gassen, bevor er in einen weiten, grünen Park mündete. Über allem lag der Duft blühender Büsche, die zahlreich neben dem schmalen Pfad wuchsen. Der Kies knirschte unter ihren Füßen. Es war das einzige Geräusch, abgesehen vom Zirpen der Insekten, die zum nächtlichen Liebesspiel riefen.

Hier oben war vom Lärm der Stadt nichts mehr zu hören. Selbst die allgegenwärtige Musik drang nur noch gedämpft herauf. Abby und Patrick schwiegen. Abby genoss die Stille nach der Hektik der letzten Tage. Ihr Fuß schmerzte durch die ungewohnte Belastung, aber sie zwang sich, nicht zu hinken.

Patrick ging stumm neben ihr und Abby beobachtete ihn heimlich. Er sah unglaublich gut aus.

Im schwachen Schein der Lampen, die den Pfad beleuchteten, wirkte er wie ein Wesen von einem anderen Stern. Die eine Hälfte seines Gesichts lag im Schatten, was ihn noch geheimnisvoller aussehen ließ.

Abby roch das schwache Aroma seines Aftershaves, aber auch den männlichen Geruch von Schweiß. Erregung durchströmte sie.

Wie mag es wohl sein, in seinen Armen zu liegen?

Sie schalt sich selbst für diesen dummen Gedanken und doch war da die Sehnsucht nach einer Berührung, nach zärtlichen Fingerspitzen auf ihrer bloßen Haut.

Patrick Ferre hatte das Abendessen bezahlt und für einen Moment hatte Abby befürchtet, er erwarte dafür eine Gegenleistung, aber er war der perfekte, charmante und höfliche Gastgeber geblieben und hatte sich lediglich angeboten, sie zum Hotel zu begleiten.

»Geben Sie mir Ihre Hand«, sagte Patrick leise. »Der Weg wird ein wenig schwierig und das Licht der Laternen reicht nicht bis hierher.«

Abby fasste nach seiner Hand, die kühl und trocken die ihre umfasste. Es war ein angenehmes, ein sinnliches Gefühl, aber gleichzeitig versteifte sich Abby innerlich.

»Haben Sie etwas?«, wollte Patrick wissen.

»Nein, ich versuche nur, nicht zu stolpern.«

Der Weg war kaum noch erkennbar und schlängelte sich zwischen den duftenden Büschen dahin.

Was tue ich, wenn er versucht, mich zu küssen?

Aber Patrick Ferre schritt ohne Zögern weiter. Schließlich verließen sie den Park und vor ihnen ragte die Fassade des Hotels auf.

»Wir sind da«, stellte Patrick fest.

Abby wusste nicht so recht, was sie jetzt tun sollte. Unruhig trat sie von einem Fuß auf den anderen.

Ferre nahm ihr die Entscheidung ab. Er beugte sich zu Abby hinab, hauchte einen Kuss auf ihre Wange und flüsterte ein leises ›Aufwiedersehen‹.

Dann verschwand er in den Schatten der Nacht. Abby stand noch eine Weile verblüfft vor dem Hotel, lauschte seinen Schritten auf dem Kiesweg, bis sie nicht mehr zu hören waren. Dann wandte sie sich um.

Sie betrat die Lobby, ging zum Empfangstresen und ließ sich ihren Zimmerschlüssel geben. Der Junge, der bei ihrer Ankunft das Gepäck ausgeladen hatte, saß auf einem wackligen Stuhl und starrte gebannt auf einen kleinen Schwarzweiß-Fernseher. Er sah nicht einmal auf, als er ihr den Schlüssel reichte.

Abby ging hinüber zur breiten Treppe, die in den ersten Stock hinauf führte. Die Stufen waren mit einem verblichenen Teppich belegt, der an vielen Stellen Löcher aufwies. Im gedämpften Licht der Deckenbeleuchtung wirkte er schäbig.

Warum ist er so schnell gegangen?, grübelte Abby. Sie wusste nicht, wie sie auf einen Annäherungsversuch reagiert hätte, aber dass er nicht einmal versucht hatte, ihr nahe zu kommen, irritierte sie.

Ich habe ihn nicht nach seiner Telefonnummer gefragt, dachte sie. Der aufregendste Mann, dem ich je begegnet bin, und ich habe ihn gehen lassen, ohne ihn nach seiner Nummer zu fragen.

Inzwischen stand sie vor ihrem Zimmer. Als sie die Tür hinter sich schloss, wurde aus der Enttäuschung eine alles umfassende Müdigkeit. Sie schlüpfte aus ihrem Rock, warf die Bluse über eine Stuhllehne und ging ins Badezimmer. Als sie kaltes Wasser über ihren angeschwollenen Fuß laufen ließ, hatte sie so eine Vorahnung, dass sie Patrick Ferre vielleicht doch wieder sehen würde.

Als Abby das Hotel betrat, glitt ein Lächeln über Ferres Gesicht. Er stand von einem Busch verdeckt weitab der

Straßenlaternen. Der aufgehende Mond ließ seinen Umriss mit der Umgebung verschmelzen, während er Abby nachblickte und beobachtete, wie sie zur Rezeption schritt, um ihren Zimmerschlüssel abzuholen.

Seine Hand fasste in die Seitentasche seines Jacketts und zog ein silbernes Zigarettenetui und ein silbernes Feuerzeug heraus. Er klappte das Etui auf und schob sich ein Stäbchen zwischen die Lippen. Als er die Zigarette anzündete, fiel der Schein des Feuerzeugs auf sein Gesicht. Patrick Ferre grinste.

Während er den Rauch der Zigarette inhalierte, dachte er darüber nach, wie ähnlich sich die beiden Schwestern doch waren. Im Restaurant, bei dem Zusammenstoß, hatte er für den Bruchteil einer Sekunde geglaubt, Linda gegenüberzustehen. Aber das war natürlich vollkommen unmöglich. Noch immer lächelnd warf er die Kippe ins Gebüsch und schritt summend den Weg in die Stadt hinunter.

5.

Der Verkehrslärm weckte Abby. Quäkendes Gehupe und der nervtötende Klang unzähliger Mopeds zerfetzten ihren Traum und zwangen sie, die Augen zu öffnen. Müde wälzte sie sich herum und tastete nach ihrer Armbanduhr. Sechs Uhr morgens. Wahnsinn. Bereits jetzt herrschte ein Krach auf den Straßen, der ahnen ließ, was sie im Lauf des Tages noch zu erwarten hatte.

Die Vorhänge hatten sich im Fensterladen verfangen, und der Wind klapperte mit den Holzläden gegen die Mauer. Abby verließ das Bett, tappte hinüber und bereitete dem Geklapper ein Ende. Die Luft war kühl, als sie auf den Balkon trat, aber die kommende Hitze des Tages kündigte sich schon an. Abby beugte sich über das Geländer. Ihr Blick schweifte über den kleinen Park, den sie mit Patrick Ferre letzte Nacht durchquert hatte. Still und verlassen lag er am Fuß des Hügels. Ein Ort der Ruhe in all der Hektik, die ihn umgab.

Die Menschen nutzten die Kühle der Morgenstunden, um ihren Beschäftigungen nachzugehen. Abby sah Händler, die ihre Stände in den Gassen aufbauten. Kinder trieben Ziegen vor sich her, die sich meckernd einen Weg zwischen den Fußgängern bahnten. Männer und Frauen trugen die unterschiedlichsten Dinge zum nahen Markt. Körbe mit Obst und Gemüse, meist von den Frauen auf dem Kopf balanciert. Lebende Hühner, die Füße zusammengebunden und wie Würste an einem Stock aufgehängt, gackerten erbärmlich, während ihr Besitzer sich ungerührt durch die Menge zwängte. Ein Mann rollte einen LKW-Reifen die Straße hinunter. Nie zuvor hatte Abby ein derartiges Chaos gesehen. Die Menschen verschmolzen miteinander zu einem lebendigen Wesen, das sich seinen Weg durch die Gassen bahnte.

Abby wandte sich ab und ging ins Badezimmer. Die Dusche war nicht mehr als ein Eisenrohr, an dessen Ende ein überdimensionaler Brausekopf befestigt war, aber sie lieferte warmes Wasser, und Abby konnte sich den Schweiß der Nacht abspülen. Erfrischt zog sie ein leichtes Sommerkleid an.

Ob es wohl schon Frühstück gab? Inzwischen war es fast sieben Uhr. Sie hatte viel Zeit im Badezimmer vertrödelt, aber die Ämter, die sie aufsuchen musste, öffneten wahrscheinlich erst später am Morgen.

Sie hob den Hörer des Hoteltelefons ab und wählte die Null. Sekunden später meldete sich William Bartons.

»Bonjour.«

»Guten Morgen. Ab wann gibt es Frühstück?«

»Wann möchten Sie denn Ihr Frühstück?«

»Haben Sie keine bestimmten Zeiten?«

»Im Augenblick haben wir nur wenig Gäste. Sie können also frühstücken, wann immer Sie möchten. Es macht keine Umstände.«

»Wie wäre es mit jetzt?«

»Kein Problem.«

»Wo finde ich den Frühstücksraum?«

»Neben der Rezeption. Sie können es sich aber auch aufs Zimmer bringen lassen.«

»Nein, danke. Ich komme herunter.«

Der Frühstücksraum war größer, als Abby gedacht hatte. Schätzungsweise zehn Tische, mit Platz für jeweils vier Personen, verteilten sich im Raum. Im Hintergrund erhob sich eine Balustrade, zu der jeweils links und rechts eine schmale Treppe führte. Hohe Fenster ließen das helle Morgenlicht herein, sodass Abbys Schatten ständig vor ihr davoneilte. Sie war der einzige Gast und es war nur ein Tisch gedeckt, neben dem jetzt der Page stand, der ihren Koffer nach oben getragen hatte.

Er trug eine weiße Jacke, die ihm an den Ärmeln zu kurz war und die so aussah, als wäre sie gerade erst frisch gestärkt worden.

»Guten Morgen«, begrüßte sie der Junge.

Als Abby sich setzte, sprang er herbei und rückte ihr den Stuhl zurecht. Anschließend nahm er wartend neben dem Tisch Aufstellung.

»Möchten Sie Kaffee oder Tee?«

»Kaffee, bitte.«

Der Junge eilte davon. Wenig später war er wieder zurück. In seinen Händen balancierte er ein Silbertablett, von dem er eine Kaffeekanne, ein Körbchen mit aufgeschnittenem Baguettebrot, eine kleine Schale Marmelade, angewärmte Milch, ein gekochtes Ei und ein Stück Butter auf einem Bananenblatt vor ihr abstellte.

»Arbeitest du jeden Tag im Hotel?«, fragte Abby, als er die Sachen auf dem Tisch anordnete.

»Nein.« Er sah nicht auf, sondern goss den kräftig duftenden Kaffee in eine zierliche Porzellantasse. »Mein Bruder ist auf dem Markt. Es ist nicht viel zu tun.«

»Müsst ihr nicht in die Schule?«

Seine Augen leuchteten bei dem Wort ›Schule‹ kurz auf, dann nahmen sie wieder einen gleichgültigen Ausdruck an.

»Nein. Ist mit dem Frühstück alles in Ordnung?«

Abby betrachtete ihn neugierig. Der Junge hatte nicht erklärt, warum er nicht zur Schule ging, aber sie beschloss, nicht nachzuhaken.

»Ja, danke«, sagte sie stattdessen.

»Dann wünsche ich einen guten Appetit.«

Abby hatte gerade das Frühstück beendet, als der Junge mit einem üppigen Blumenstrauß, den er vorsichtig vor sich hertrug, auftauchte.

»Für mich?«, fragte Abby, als er damit vor ihr stehen blieb.

»Ja, Madam.«

Es war ein Gebinde der schönsten Blumen, die Abby je gesehen hatte. Orangefarbene, gelbe und lila Blüten in allen möglichen Formen waren kunstvoll arrangiert worden. Die meisten der Blumen kannte Abby nicht einmal. Der Strauß strömte einen intensiven Duft aus.

»Es ist eine Karte daran befestigt«, erklärte der Junge. Sein Grinsen war noch breiter geworden und hatte inzwischen die Ohren erreicht.

»Wie heißt du eigentlich?«

»Louis.«

»Danke, Louis.«

Der Page verschwand. Abby zog einen Stuhl heran. Sie legte den Strauß ab, zupfte die angeheftete Karte vom dünnen Papier und klappte sie auf.

»Ich hoffe, Sie haben den Abend ebenso genossen wie ich. Darf ich Sie wieder sehen?«

Patrick Ferre

Ihr Herz machte einen Freudensprung. Sie lächelte. Also hatte auch ihm der Abend etwas bedeutet, und er wollte sich erneut mit ihr treffen. Abby wandte den Kopf zu den hohen Fenstern. Draußen schien die Sonne, nicht anders als noch vor zwei Minuten, aber nun schien ihr Strahlen sehr viel heller geworden zu sein. Und der Straßenlärm hatte sich in den Pulsschlag einer aufregenden Stadt verwandelt, den sie sogar auf ihrer Haut spüren konnte.

Sie würde ihn wieder sehen!

Diesmal war der Taxifahrer ein junger Mann. Pierre, Anfang Zwanzig. Seine Zähne waren bedeutend besser wie die des Fahrers, der sie vom Flugplatz zum Hotel gebracht hatte. Allerdings hatte er dieselbe lüsterne Art, auf ihre Beine zu starren.

»Sind Sie zum ersten Mal in Port-au-Prince?«, fragte er in makellosem Englisch und schaffte es, den Verkehr im Blick zu behalten und sie trotzdem aus dem Augenwinkel heraus anzuglotzen.

»Ja, ich bin gestern erst angekommen.«

»Gefällt es Ihnen?«

»Manches, ja. Manches, nein.«

»Ich weiß, was Sie meinen.«

Er deutete mit der Hand nach draußen. Müll türmte sich wie eine Wand entlang der Straße auf, soweit das Auge reichte. Abgemagerte Schweine suhlten sich in den Bächen aus Kloake. Frauen wuschen sich in den Pfützen, während ihre Kinder sich mit dem ölig schimmernden Wasser bespritzten. Grüner Rauch drang aus den Müllbergen, stieg träge zum leuchtend blauen Himmel auf. Der Gestank war atemberaubend.

Pierre musste immer wieder Straßenlöchern ausweichen, die so tief waren, dass man glauben konnte, auf Port-au-Prince hätte vor kurzem ein Bombenangriff stattgefunden.

Abby starrte verblüfft auf diese Ruine, die einmal eine schöne, tropische Stadt gewesen sein musste. Auf der Fahrt vom Flughafen zum Hotel hatte sie das ganze Ausmaß des Elends nicht wahrgenommen und abends hatte der Mantel der Nacht seinen sanften Schleier über alles gelegt. Und das Abendessen in dem französischen Restaurant hatte sie glauben lassen, sich noch immer in der zivilisierten Welt zu befinden. Nun, im grellen Tageslicht, zeigte Haiti sein wahres Gesicht. Eine Fratze aus Armut, Krankheit und Tod.

Als der Wagen wegen Fußgängern anhalten musste, schlurfte ein alter Mann heran. Er trug einen übergroßen Strohhut und verwaschene Nike-Sporthosen. Ansonsten war er unbekleidet. Seine eingefallene Brust hob und senkte sich wie ein Blasebalg, als er sich mit einer Hand auf dem Dach des Wagens abstützte und die andere bittend durch das offene Fahrzeugfenster hereinstreckte. Er murmelte etwas auf Französisch, das Abby nicht verstand.

»Will er Geld?«, wandte sie sich an den Fahrer.

»Ja, aber anders als Sie denken. Er ist ein Geldscheinputzer. Für eine kleine Gebühr reinigt er Ihr Geld.«

»Was?«, fragte Abby verblüfft.

»Geldscheinputzer«, wiederholte der Taxifahrer geduldig. »Er putzt Geldscheine. Aber geben Sie ihm nichts. Wir fahren gleich weiter.«

Danach schimpfte der Taxifahrer lautstark auf Kreolisch. Der Alte zuckte mit den Schultern, wandte sich ab und verschwand in der Menge. Mit einem Ruck fuhr das Taxi wieder an.

Sie kamen nur langsam voran. Die Menschen drängten sich immer dichter, überfluteten die Straße. Sobald die Passanten erkannten, dass sich ein Ausländer in dem Taxi befand, stürmten sie heran, streckten Abby ihre Hände bettelnd entgegen. Abby hatte auf Pierres Empfehlung das Seitenfenster hochgekurbelt und die Wagentür von innen verriegelt.

Immer wieder rumpelte das Taxi über Löcher im Straßenbelag, die mit Regenwasser gefüllt waren. Schreiend sprangen die Passanten auseinander, versuchten dem schmutzigen, nach Öl, Kot und Urin stinkenden Wasser auszuweichen. Oft gelang ihnen der rettende Sprung nicht rechtzeitig, dann wurden Hände zu Fäusten geballt und dem Taxi Flüche nachgeschleudert.

Ungerührt behielt Pierre das Lenkrad in der rechten Hand, während er mit der linken Hand in monotonem

Rhythmus seine brennende Zigarette vom Mund zum Fenster, wo er die Asche hinausschnippte, und zurück zum Mund führte. Er strahlte eine Gleichgültigkeit aus, während er sich rücksichtslos seinen Weg bahnte, die Abby mehr erschütterte als das Elend auf den Straßen. Ein kleines Kind lief auf die Straße. Pierre dachte nicht einmal daran auszuweichen, beschleunigte sogar noch, obwohl er die Gefahr erkannt hatte. Im letzten Augenblick riss ein mütterlicher Arm den Jungen zurück auf den Gehweg. Pierre grinste, als er das Geschrei der aufgebrachten Mutter hörte, und machte eine obszöne Geste.

»Müssen Sie so rasen?«, herrschte ihn Abby an.

Er schnippte die Kippe aus dem Fenster. »Ich rase nicht. Wenn ich wegen jeder Kleinigkeit anhalte, sind wir morgen noch nicht im Hospital.«

»Sie sagten doch, es wären nur vier Meilen.«

»Madame«, sagte er herablassend. »Vier Meilen können auf Haiti so lang wie eine Reise zum Mond sein.«

6.

Die Frau hinter der Empfangstheke des Krankenhauses blickte Abby verständnislos an. Über ihr feistes, schwarzes Gesicht strömte der Schweiß, den sie mit einem aufgeweichten Papiertaschentuch wegwischte. Obwohl im Krankenhaus eine angenehme Temperatur herrschte, wirkte die Schwarze, als habe sie einen dreitägigen Wüstenmarsch hinter sich. Auf dem Kragen ihrer weißen Schwesterntracht hatten sich dunkle Flecken gebildet, deren Salzränder wie das Werk eines abstrakten Malers wirkten.

Mein Gott, wie kann man nur so fett sein?, dachte Abby.

Nach all der Armut und dem Elend, dem sie auf der Fahrt hierher begegnet war, schien diese Frau von einem anderen Planeten zu stammen. Diese Frau, die seit zehn Minuten ein ratloses Gesicht machte und kein Wort von dem zu verstehen schien, was Abby ihr erklärte.

»Ich möchte einen Arzt sprechen«, wiederholte Abby ungeduldig. »Doctor. D-O-C-T-O-R.«

Ein Schwall Kreolisch brach über Abby herein. Sie zuckte hilflos mit den Schultern.

»Ich verstehe Sie nicht!«

Das Telefon klingelte. Die Schwester hob ab und begann vergnügt ein Gespräch zu führen, das nur privater Natur sein konnte. Abby verfolgte eine Minute lang die Unterhaltung, dann wandte sie sich ab und ging zu einem Hinweisschild hinüber. Alles wurde auf Französisch erklärt, aber wenigstens gab es einen farbigen Grundriss des Krankenhauses, der aufzeigte, an welcher Stelle sie sich befand und wie sie zu den einzelnen Stationen gelangen konnte.

Abby entdeckte nach einigem Suchen die Station für Infektionskrankheiten, *station infectieuse*, zweiter Stock. Sie blickte sich suchend nach einem Fahrstuhl um, aber es gab keinen, also schritt sie zu der breiten Treppe hinüber, von der sie annahm, dass es der Aufgang zu den einzelnen Etagen war.

Rechts von der Treppe führte ein weiterer Gang tiefer in das Krankenhaus hinein. In dem nackten, trostlosen Flur, der von schwachen Deckenstrahlern nur ungenügend ausgeleuchtet wurde, saß ein kleines Mädchen auf dem Fußboden.

Es mochte vielleicht fünf Jahre alt sein. Die Haare waren zu zwei dünnen Zöpfen geflochten, die ihr links und rechts auf die Schulter fielen. Sie trug ein rotes, geblümtes, an vielen Stellen zerschlissenes Kleid. Abby konnte nicht erkennen, was das Kind tat, aber es sah aus, als spielte es mit seinen Zehen. Mit beiden Händen hielt es seinen rechten Fuß umfasst und bog die Zehen zurück. Es wirkte wie ein Abzählreim, der beim großen Zeh begann, nach rechts und wieder zurückging.

Abby trat einen Schritt näher. Das Mädchen blickte auf und entdeckte sie. Es schien keine Angst zu haben.

Was macht ein Kind allein hier auf dem Gang eines Krankenhauses? Wartet es auf seine Eltern, die auf Besuch bei einem Angehörigen sind?

Nein, es gab keinerlei Türen, die zu Patientenzimmern führen konnten. Abby überlegte, ob sie zurück zum Empfang gehen sollte, verwarf dann aber den Gedanken. Das Mädchen sah Abby unverwandt an. Abby ging vor dem Kind in die Hocke.

»Hallo.«

Die braunen Augen forschten in ihrem Gesicht. Abby ihrerseits nahm das Mädchen in Augenschein. Es war zierlich, mit feinen ebenmäßigen Zügen. Ihre Haut war wesentlich heller als die Hautfarbe der meisten Haitianer, denen Abby bisher begegnet war.

»Was machst du denn hier?«, fragte Abby ohne Hoffnung verstanden zu werden, aber das Kind begriff intuitiv, was sie von ihm wissen wollte. Lächelnd deutete es auf seinen Fuß.

Der Anblick traf Abby unvorbereitet. Sie sprang auf und wich einen Meter zurück. Der Fuß war deformiert, nicht mehr als ein Stück rohes Fleisch mit brandigen Geschwüren übersät, aus denen grauer Eiter floss. Abby hatte keine Vorstellung davon, welche Krankheit eine derartige Entstellung hervorrufen konnte, aber der Fuß sah aus, als müsse er sofort behandelt werden.

Sie würgte den aufkommenden Brechreiz hinunter, beugte sich zu dem Mädchen hinab und hob es auf. Die Kleine ließ es widerstandslos geschehen, lehnte sich mit dem Kopf an ihre Schulter und begann leise ein Lied zu singen. Abby stand einen Augenblick ratlos da. Ihr Verstand wollte keinen klaren Gedanken fassen, aber dann wandte sie sich um und hinkte zum Empfang zurück. Das Geräusch ihrer Sommersandalen hallte unheimlich von den Wänden des Ganges wieder, als sie mit dem fremden Kind auf den Armen durch den Flur humpelte.

Die Frau am Empfang war nicht mehr hinter dem Tresen. Niemand war da. Verzweifelt blickte sich Abby um. Die Halle lag still und verlassen vor ihr.

Was soll ich jetzt tun?

Sollte sie am Empfang warten, bis die Krankenschwester wiederkam, oder sollte sie sich auf die Suche nach Hilfe machen? Das Kind begann zu weinen. Sein Schluchzen nahm Abby die Entscheidung ab. Das Mädchen musste medizinisch versorgt werden – sofort!

Station infectieuse, zweiter Stock.

Ja, dorthin würde sie die Kleine bringen. Irgendwo auf der Station würde doch ein Arzt zu finden sein.

Sie hastete die Treppe hinauf. Eine massive Glastür versperrte ihr den Weg. Abby riss sie auf und stand unvermittelt einem Mann in weißem Kittel gegenüber.

Er war noch jung. Vielleicht in ihrem Alter. Mit müden Augen, unter denen sich dunkle Ringe abzeichneten. Seine Hautfarbe war ebenso hell wie die des kranken Mädchens. Das schwarze Haar war kurz geschoren, wirkte wie die Frisur eines Strafgefangenen. Um seinen Hals hing ein Stethoskop, dessen silbrig glänzendes Ende nach links und rechts baumelte, als er einen Schritt auf sie zumachte.

»Estelle!«, rief er aus. Seine Hände griffen nach vorn, nahmen ihr das Kind aus den Armen. Das Mädchen lächelte und schmiegte sich an seinen Hals. Sie flüsterte etwas in leisem Singsang. Die Antwort war ebenso leise.

»Was ist mit ihr?«, fragte Abby.

»Wo haben Sie Estelle gefunden?« Sein Englisch hatte einen leichten Akzent. Seine Stimme war weich. Dunkel.

Abby deutete mit der Hand auf die Treppe, die sie hochgekommen war.

»Unten in der Aufnahme.«

Sein Blick folgte ihrer Hand. Dann schüttelte er den Kopf.

»Das ist nicht die Aufnahme. Sie waren im Verwaltungstrakt. Er wird bald stillgelegt. Wahrscheinlich ist Estelle hinuntergegangen, um dort in Ruhe zu spielen. Hier ...« Er wandte demonstrativ den Kopf. »... ist das leider kaum möglich.«

Abby hatte bisher nur Augen für das Mädchen und den Arzt gehabt, als sie sich nun umsah, erkannte sie, was er meinte. Der Gang erstreckte sich scheinbar endlos vor ihr. Neonlicht von aus Fliegendreck verschmierten Glasröhren flackerte neben Deckenventilatoren, die mühsam gegen die stickige Luft ankämpften. An einer Seite des Ganges standen Betten wie Soldaten beim Morgenappell. Einfache Holzgestelle, in denen Patienten auf eine Behandlung warteten oder mit ihrem Besuch plauderten. Über allem lag ein Geruch von Desinfektionsmitteln und fauligem

Obst. Obwohl es hier nicht laut war, schmerzte das Gesumme der Unterhaltungen in ihren Ohren.

»Das ist ja Wahnsinn«, ächzte Abby.

»Nein«, erwiderte der Arzt ruhig. »Alltag.«

Er wollte sich abwenden und gehen, aber Abby zupfte ihn am Ärmel seines Kittels.

»Sie haben mir nicht geantwortet. Was ist mit dem Mädchen?«

Seine Augenbrauen zuckten nach oben. »Sie möchten wissen, an welcher Krankheit das Kind leidet?«

Abby nickte.

»Der lateinische Begriff würde Ihnen nichts sagen. Wir nennen die Krankheit *la démocratie*. Die Krankheit wird durch kleine Verletzungen hervorgerufen, die sich entzünden. Oft treten die Kinder beim Spielen in rostigen Stacheldraht. Wenn die Wunde nicht sofort behandelt wird, entzündet sie sich in der tropischen Hitze.«

»Sie nennen die Krankheit ›Demokratie‹?«, fragte Abby.

Sein Lächeln war bitter. »Die Amerikaner haben Haiti insgesamt fünf Mal besetzt, um uns die Demokratie zu bringen. Wenn sie kamen, haben sie als erstes um ihre Camps Stacheldraht ausgerollt. Wenn sie später dann wieder abzogen, blieb von der Hoffnung auf Demokratie nur der Stacheldraht zurück, der heute unsere Kinder verstümmelt. Nun sind sie zum sechsten Mal hier, also noch mehr Stacheldraht und noch mehr verletzte Kinder.«

»Wird Estelle wieder gesund?«

»Ja, die Wunde sieht schlimmer aus, als sie in Wirklichkeit ist. Estelle wickelt sich immer den Verband ab, um nachzusehen, ob ihre Zehen noch da sind, und erschreckt damit die Leute. In ein paar Wochen sieht der Fuß wieder ganz normal aus und seine Beweglichkeit bleibt auch erhalten. Sie hat Glück gehabt. Es gibt Kinder mit weniger Glück, denen wir beide Beine amputieren mussten.«

»Das ist ja furchtbar.«

Seine dunklen Augen forschten in ihren. »Sie sind aus England, nicht wahr?«

»Ja, ich . . .«

»Warten Sie einen Moment«, unterbrach sie der Arzt. »Ich bringe Estelle auf ihr Zimmer.«

Erst jetzt bemerkte Abby, dass das Kind in seinen Armen eingeschlafen war.

Wenn Kinder schlafen, sehen sie wie Engel aus, die Gott uns Menschen auf der Erde zurückgelassen hat.

Wer hatte das gesagt? Abby wusste es nicht mehr, aber als sie Estelle beobachtete, wie sie sich in die Halsbeuge des Mannes schmiegte, spürte sie, dass an diesen Worten etwas Wahres sein musste.

Der Arzt ging den Gang hinunter. Immer wieder blieb er kurz stehen, sprach hier ein Wort, drückte dort eine Hand oder befühlte eine heiße Stirn. Inmitten des Durcheinanders wirkte er wie ein Kapitän, der trotz eines heftigen Sturms ruhig sein Schiff auf Kurs hält. Abby kam nicht umhin, ihn zu bewundern. Zehn Minuten verstrichen, dann war der Arzt zurück.

»Bitte kommen Sie in mein Büro. Dort können wir uns unterhalten.«

Abby folgte ihm in einen Seitengang. Hier gab es keine Patienten, die auf eine Behandlung warteten, und auch keine Besucher, die mit ihren kranken Familienangehörigen schwatzten. Dafür war der Gang auf beiden Seiten mit Regalen vollgestellt. Dicke Ordner stapelten sich darin. Schriftstücke quollen daraus hervor, als versuchten sie zu fliehen.

»Wie gesagt, der Verwaltungstrakt wird aus Kostengründen geschlossen. Dementsprechend beengt geht es bei uns zu.« Er öffnete eine Tür und bedeutete Abby einzutreten.

Sein Büro war klein und überladen. Auf dem Schreibtisch stand ein veralteter Computer. Auch hier gab es vollgestopfte Regale. Zusätzlich türmten sich auf dem Fußboden weitere Aktenstapel. In dem winzigen Raum roch es nach altem Papier und etwas Undefinierbarem. Abby konnte den Geruch zunächst nicht einordnen, aber schließlich begriff sie, dass der süßliche Gestank von Mottenpulver herrührte.

Es gab nur einen Stuhl, einen drehbaren Bürostuhl mit dunkelblauer, zerschlissener Auflage, den er Abby heranschob und sie einlud, Platz zu nehmen. Er selbst setzte sich auf eine Kante des Schreibtischs.

»Ich würde Ihnen gern Kaffee anbieten, aber die Maschine ist hinüber«, lächelte er entschuldigend.

»Kein Problem.«

»Gut. Was kann ich für Sie tun?«

»Mein Name ist Abby Summers ...«

»Oh, Entschuldigung, ich habe mich noch gar nicht vorgestellt. Jean Mitchard.« Verlegen streckte er Abby seine Hand entgegen. Sein Griff war fest, ohne schmerzhaft zu sein.

Abby öffnete ihre Handtasche und zog daraus die Sterbeurkunde, die man ihr von Haiti aus zugesandt hatte, hervor.

»Meine Schwester, Linda Summers, ist vor einer Woche hier im Krankenhaus verstorben.«

»Das tut mir Leid für Sie.«

»Ich würde gern mit dem behandelnden Arzt sprechen.« Abby reichte ihm das Dokument. »Der Name steht unten.«

Mitchard nahm das Papier und las es aufmerksam durch. »Ihre Schwester wurde spätnachts mit hohem Fieber eingeliefert und fiel ins Koma. Sie verstarb, ohne noch einmal das Bewusstsein zu erlangen.«

»An welcher Krankheit ist sie denn gestorben?«

»Tut mir Leid. Die genaue Ursache ihres Todes konnte nicht geklärt werden.«

»Warum nicht?«

Mitchard fuhr sich zerstreut mit der Hand durchs Haar. »Sehen Sie, Haiti ist ein armes Land. Ein sehr armes Land. Der Staat ist bankrott und überall muss gespart werden. Unsere technischen Geräte sind hoffnungslos veraltet und funktionieren größtenteils nicht. Es gibt kaum Medikamente. Das wenige, das wir noch zur Verfügung haben, stammt aus Spenden ausländischer Organisationen wie dem Roten Kreuz, dem Roten Halbmond und der WHO, aber es reicht bei weitem nicht. Strom gibt es nur wenige Stunden am Tag, und oft streikt die Wasserversorgung. Die Belegschaft des Krankenhauses ist hoffnungslos überlastet. Es grenzt an ein Wunder, dass noch nicht alles zusammengebrochen ist, aber wir stehen kurz davor. Wir haben also weder die Mittel noch die Zeit, um uns um die Todesursachen verstorbener Patienten zu kümmern. Unsere Zeit und Kraft muss den Lebenden gehören. Es mag hart klingen, aber das ist die tägliche Realität, mit der wir zurechtkommen müssen.«

Abbys Augen verengten sich zu schmalen Schlitzen. Zorn blitzte darin auf. »Was sind das eigentlich für Zustände?«

Mitchards Gesichtsausdruck blieb unverändert, nur seine Augen wirkten plötzlich müde und alt. »Weder ich, noch irgendein anderer Angestellter dieses Krankenhauses hat in den letzten neun Monaten sein Gehalt bekommen. Wir arbeiten alle, um zu helfen. Die meisten von uns haben noch einen Nebenjob, damit sie ihren Lebensunterhalt bestreiten können. Ich fahre nachts Taxi, falls es Sie interessiert.«

Abby schoss die Röte ins Gesicht. Verdammt, wie hatte sie sich bloß so gehen lassen können? Der Tod ihrer Schwester, die Schmerzen in ihrem Fuß und das Chaos, das in diesem Krankenhaus herrschte, hatten sie dazu verleitet, voreilige Schlüsse zu ziehen. Dieser junge Arzt sah nicht so aus, als würde ihn sein Beruf reich oder auch nur wohlhabend machen. Wahrscheinlich verdiente sie selbst in einem Monat mehr als Mitchard im ganzen Jahr.

»Es tut mir Leid, ich ...«

»Schon gut. Ich verstehe Sie, wie Sie sich fühlen müssen. Sie kommen aus einer anderen Welt. Auf Sie muss Haiti sehr fremdartig wirken. Aber glauben Sie mir, es gibt hier auch viel Schönes und Wunderbares.«

Das konnte sich Abby nur schwer vorstellen. Die Taxifahrt hierher und die Zustände in diesem Krankenhaus hatten sie inzwischen vom Gegenteil überzeugt.

»Kann ich Dr. Muncine sprechen?«

»Nein, tut mir Leid. Dr. Muncine versorgt mit einer mobilen Krankenstation die nächsten zwei Wochen die Landbevölkerung im Norden.«

»Dann gibt es also keine Möglichkeit, mehr über den Tod meiner Schwester zu erfahren?«, hakte Abby nach.

»Ich kann in den Computer sehen«, meinte Mitchard, aber es klang nicht so, als glaube er, Abby damit helfen zu können.

»Tun Sie das bitte.«

Mitchard rutschte vom Schreibtisch, ging um ihn herum und beugte sich über die Tastatur.

»Möchten Sie Ihren Stuhl?«, fragte Abby.

»Nein, danke. Es geht schon.«

Abby konnte sehen, wie er die Maus bewegte. Offensichtlich blätterte er sich durch verschiedene Menüs. Sie nutzte die Zeit, um einen Blick aus dem Fenster zu werfen. Die Aussicht war nicht gerade erbaulich. Direkt hinter dem Krankenhaus begannen die Slums von Port-au-Prince. Wellblechhütte reihte sich an Wellblechhütte. Es waren kaum Menschen zu sehen. Wahrscheinlich flüchtete alles vor der beginnenden Hitze des Tages in den Schatten. Abby sah eine einsame Ziege, die angepflockt an einem dürren Strauch zupfte.

»Das ist komisch«, sagte Mitchard.

»Was?«, zuckte Abby zusammen.

»Ihre Schwester wird in den Krankenhausunterlagen nicht geführt.«

»Bei diesem Chaos hier überrascht mich das nicht«, seufzte Abby. »Die Patientendaten sind also nicht auf dem neuesten Stand, aber ...«

Mitchard wirkte verwirrt. »Nein, ich meine, laut unseren Daten wurde Ihre Schwester hier nie aufgenommen. Ich habe in der Einlieferungsdatei nachgesehen, aber keine Notiz. Gar nichts. Nicht einmal Angaben wie Name, Geschlecht, Alter sind vermerkt. Wenn es nach unserem Computer geht, dann wurde Linda Summers hier nie behandelt.«

»Vielleicht hat jemand vergessen, die Daten einzugeben?«

Der Arzt schüttelte den Kopf. »Kann ich mir nicht vorstellen. Wenigstens das Aufnahmeformular sollte ausgefüllt und eingegeben sein. Sehen Sie, für Haitianer ist die Behandlung kostenlos. Ausländische Besucher erhalten eine Rechnung. Ich glaube nicht, dass jemand aus der Verwaltung das übersehen hätte. Unser Krankenhaus braucht jeden Dollar.«

»Sie sagten ›Aufnahmeformular‹. Es gibt also möglicherweise ein Schriftstück?«

»Sollte es geben«, meinte Mitchard frustriert.

»Wo befinden sich die Unterlagen über Patienteneingänge?«

Der Arzt lächelte bitter. »Hier in diesem Büro oder einem anderen. Draußen auf dem Gang in einem der vielen Regale oder im Keller. Wer weiß das schon.«

»Gibt es eine Möglichkeit, dass jemand nachsieht?« Abby wurde im gleichen Moment bewusst, was sie da verlangte. »Ich komme natürlich für die Unkosten auf. Ich bin weit gereist und möchte nicht zurückfliegen, ohne wenigstens die genauen Umstände zu kennen, unter denen meine Schwester verstorben ist.«

»Sie müssen dafür nicht bezahlen. Ich werde sehen, ob ich die Patientenakte Ihrer Schwester finde, aber es kann eine Weile dauern. Zuerst muss ich mal meinen Dienst beenden. Wo kann ich Sie erreichen?«

»Ich wohne im Hotel Ollofson. Kennen Sie es?«

»Jeder Mann, jede Frau und jedes Kind in Port-au-Prince kennt dieses Hotel. Es ist berühmt und erzählt von einer besseren Zeit. Einer Zeit, von der wir alle hoffen, dass sie bald wiederkommen möge.«

»Dann werde ich also von Ihnen hören?«

»So bald es mir möglich ist.«

Abby erhob sich. Sie ging zu Mitchard und reichte ihm die Hand.

»Vielen Dank.«

»Danken Sie mir erst, wenn ich etwas gefunden habe.«

Als Abby das Krankenhaus verließ, traf sie Patrick Ferre, der an einen schwarzen Mercedes gelehnt auf sie wartete. Diesmal trug er helle Jeans und ein weißes Hemd, das an der Brust offen stand. Seine Augen waren von einer dunklen Sonnenbrille verdeckt, die er aber sofort abnahm, als Abby auf ihn zuging.

»Hallo«, meinte Ferre und lächelte charmant.

»Ich bin überrascht, Sie hier zu sehen.«

»Kein Zufall, ich gebe es zu. Ich war in Ihrem Hotel und wollte Sie für einen Ausflug abholen. Der Portierjunge hat mir gesagt, wo ich Sie finden könne.«

»Danke, auch für die wundervollen Blumen, die Sie mir geschickt haben.«

Er grinste schelmenhaft. »Ein Bestechungsversuch, damit ich Sie wieder sehen darf.«

»Nun, da bin ich.«

»Dann haben Sie Lust, mit mir ein wenig aufs Land zu fahren?«

Abbys gute Laune verflog schlagartig, als ihr einfiel, dass sie noch die Ausfuhr des Leichnams ihrer Schwester in die Wege leiten musste.

»Ich würde gern«, erklärte sie. »Wirklich gern. Aber ich muss zum Gesundheitsministerium.«

»Sind Sie krank? Haben Sie das gestrige Essen nicht vertragen?«

Abby lachte auf, als sie begriff, welche Schlüsse Ferre aus ihrem Besuch im Krankenhaus und ihrem jetzigen Vorhaben ziehen musste.

»Nein. Ich habe Ihnen doch vom Tod meiner Schwester und dem Grund meines Aufenthaltes in Haiti erzählt. Es gibt noch Formalitäten zu erledigen.«

Ferres Gesicht nahm einen enttäuschten Ausdruck an. »Entschuldigung. Ich hatte es nicht vergessen, aber für einen Moment verdrängt. Natürlich begleite ich Sie, wenn Sie es möchten.«

»Das müssen Sie nicht, Patrick.«

»Ich könnte Ihnen eine Hilfe sein. Die Beamten auf Haiti können ziemlich stur werden. Ich kenne die hiesige Mentalität und weiß, wie man mit diesen Leuten umgehen muss.« In seinen Augen blitzte wieder die gute Laune auf. »Außerdem dürfte es hilfreich sein, jemanden dabei zu haben, der Kreolisch und Französisch spricht.«

Sicherlich hatte Patrick Recht. Abby zögerte nur kurz. Ihr Fuß schmerzte und nach nur wenigen Augenblicken in der Sonne konnte Abby bereits spüren, wie ihre Haut auf den nackten Armen und im Gesicht zu kribbeln begann.

»Vielen Dank, Patrick. Ich nehme Ihre Hilfe gern an.«

»Gut, dann los. Vielleicht dauert es ja nicht allzu lang, bis wir den entsprechenden Beamten geweckt haben. Dann bleibt uns noch genug Zeit, um zu den ›Heiligen

Kaskaden‹ von Saut d'Eau oder nach Cap Haïtien zu fahren.«

»Was sind das für Orte? Touristenattraktionen?«

»Die Wasserfälle von Saut d'Eau bei dem Dörfchen Ville-Bonheur sind ein magischer Ort. Man erzählt sich, dass dort in der Mitte des 19. Jahrhunderts in der Nähe des Wasserfalls die Jungfrau Maria in einer Palmenkrone erschienen ist. Jedes Jahr vom 12. bis 16. Juli findet eine Wallfahrt nach Ville-Bonheur statt. Tausende Haitianer strömen dann zu den ›Heiligen Kaskaden‹. Die einen hoffen, dass die Jungfrau wieder erscheinen möge, und die anderen beten zu ihren Schutzgeistern, den ›Loas‹. So ist das auf Haiti. Wir glauben alle an etwas.«

»Und Sie? Was glauben Sie?«

»Ich glaube, die ›Heiligen Kaskaden‹ von Ville-Bonheur sind von einer so einzigartigen Schönheit, dass Sie nicht abreisen dürfen, ohne sie gesehen zu haben.«

Abby konnte gar nicht anders. Sie musste lachen. »Gut, dann lassen Sie uns zuerst zum Gesundheitsministerium fahren. Wenn es nicht allzu lang dauert, können wir ja anschließend der heiligen Jungfrau noch einen Besuch abstatten.«

Jean Mitchard hatte seinen Dienst nicht wieder aufgenommen. Noch immer saß er in seinem Büro und grübelte darüber nach, warum Linda Summers Patientendaten nicht im Computer zu finden waren.

Als die junge Engländerin vor ihm gesessen hatten, wollte er es nicht zugeben, aber die ganze Angelegenheit war merkwürdig. Hier am Krankenhaus funktionierte nur wenig, aber dass die Unterlagen eines Patienten nicht auffindbar waren, war selbst hier noch nie vorgekommen. Zumal es sich um den Todesfall einer ausländischen Person handelte.

Mitchard hob den Hörer von seinem altmodischen schwarzen Telefonapparat und wählte die »1«. Es klingelte nur einmal, dann wurde am anderen Ende abgehoben.

»Ja?«, meldete sich die Stimme von Corinne Savalle, der Leiterin der Verwaltung.

»Hallo, ich bin es, Jean.«

»Was kann ich für dich tun? Sag nicht, du brauchst Geld für neue Medikamente! Wir haben kein Geld!«

Patrick schmunzelte. Corinne war eine fast sechzigjährige Französin, die seit über 30 Jahren auf Haiti lebte und ständig gute Laune verbreitete. Sie war die Seele des Krankenhauses, und wenn er tatsächlich ein dringendes Medikament benötigte, setzte die Verwaltungschefin Himmel und Hölle in Bewegung, um es zu besorgen.

»Nein. Diesmal will ich kein Geld von dir.«

»Ah, mal etwas ganz Neues. Du rufst an, um mit mir zu flirten.«

»Wieder falsch. Du bist zu jung für mich.«

Corinne Savalle prustete ins Telefon. »Das war mit Sicherheit die charmanteste Lüge, die ich in meinem Leben gehört habe. Also, um was geht es dann?«

»Du erinnerst dich vielleicht an den Todesfall der jungen Engländerin hier im Krankenhaus. Linda Summers. Sie wurde letzte Woche spätnachts eingeliefert und verstarb am frühen Morgen.«

»Ja, wir haben darüber geredet.«

»Gerade war ihre Schwester hier.«

»Ihre Schwester?«

»Sie ist gestern in Haiti eingetroffen, um die Rückführung des Leichnams nach England zu organisieren. Sie fragte mich nach den Einzelheiten der Krankheit, die ich nicht kenne. Muncine hatte Dienst, als sie aufgenommen wurde. Er hat auch die offizielle Sterbeurkunde unterschrieben.«

»Und?«

»Muncine ist unterwegs, also konnte ich ihn nicht fragen. Und im Computer finde ich Linda Summers Patientendaten nicht.«

Für einen Moment herrschte Schweigen. Lediglich das Knacken der Verbindung drang noch aus dem Hörer. Dann sagte Corinne Savalle: »Unmöglich! Ich habe letztes Wochenende die Krankenhausdateien auf den neusten Stand gebracht und persönlich Linda Summers Daten eingegeben. Wir müssen mit dem Gesundheitsministerium abrechnen, auch wenn die uns kaum noch Mittel zur Verfügung stellen.«

»Aber ich finde nichts.«

»Augenblick.«

Jean konnte das hektische Klappern der Computertastatur hören. Dann ein Seufzen.

»Du hast Recht. Linda Summers steht nicht in unserem Computer. Ich verstehe das nicht.«

»Hast du noch die Originalunterlagen?«

»Ja, die müssen hier irgendwo sein.«

»Suchst du sie für mich heraus und sagst mir Bescheid?«

»Du hörst von mir.«

Mitchard legte den Hörer auf die Gabel. Im Moment konnte er nicht mehr tun. Auf der Station warteten die Patienten auf ihn. Er nahm sein Stethoskop von der Schreibtischplatte und hängte es sich um. Heute Abend, wenn er nicht zu müde war, würde er die Sache weiter verfolgen.

7.

Der Beamte sah aus, wie Beamte überall auf der Welt aussehen. Unscheinbar, mit missmutigem Gesichtsausdruck, so, als ahne er schon die kommenden Unannehmlichkeiten, blickte er Abby hochmütig an. Wahrscheinlich gibt es irgendwo eine Gussform für Staatsdiener, dachte Abby.

Sie und Patrick Ferre saßen auf zwei harten Holzstühlen, deren gerade Lehnen es unmöglich machten, bequem zu sitzen. Ohne Ferres Hilfe würde sie jetzt noch durch das riesige Kolonialgebäude irren und versuchen, die französischen Bezeichnungen der einzelnen Abteilungen zu entziffern. Patrick hatte lediglich fünf Minuten gebraucht, um herauszufinden, welcher Beamte für sie zuständig war. Nun saßen sie in einem Büro, dessen Ausmaße nur knapp unter dem von Abbys Hotelzimmer lagen, und warteten darauf, dass der Beamte die Ausfuhrgenehmigung für einen Leichnam ausfüllte. Abby hatte ihm ihr Anliegen in Englisch vorgetragen, aber seitdem sie dem Mann die Sterbeurkunde ausgehändigt hatte, war nicht viel geschehen. Der Beamte hatte kurz das Telefon abgehoben und kreolisch ins Telefon gesprochen. Nun schwiegen beide Seiten und starrten sich an.

»Worauf warten wir eigentlich?«, flüsterte Abby Patrick zu.

»Er hat angeordnet, dass ihm die nötigen Unterlagen geschickt werden.«

»Das war vor zehn Minuten.«

»Wenn der Bürobote in der nächsten halbe Stunde kommt, können wir von Glück reden.«

»Himmel«, stöhnte Abby.

»Nein, Haiti«, erwiderte Ferre gelassen.

»Gefällt Ihnen Ihr Aufenthalt auf unserer Insel?«, begann der Beamte ein Gespräch, um sich die Zeit zu vertreiben.

Abby blickte in das schwarze Gesicht. Der Mann hatte fein geschnittene Züge, aber Zähne, die aussahen, als habe er seit Jahren keine Zahnbürste mehr benutzt. Der Anzug, den er trug, war an den Schultern und den Ärmeln fadenscheinig geworden. Das weiße Hemd darunter zeigte gelbliche Flecken. Vor ihm auf dem Schreibtisch stand ein Aschenbecher, aus dem die Kippen quollen. Ungeachtet der dicken Rauchschwaden, die schon jetzt über dem Büro lagen, zündete sich der Beamte die nächste Zigarette an.

»Ich habe nicht den ganzen Tag Zeit.«

»Ja«, meinte der Mann stoisch.

»Wie lange dauert es noch?«

Der Beamte zuckte gelassen die Schultern und widmete sich genussvoll seiner Zigarette.

Patrick erhob sich plötzlich. Er griff in seine Hosentasche und zog eine Geldspange hervor. Die Augen des Beamten sprangen beim Anblick der vielen Dollars fast aus den Höhlen. Ferre zählte einige der grünen Scheine ab und legte sie vor den Mann auf den Schreibtisch. Eine blitzschnelle Bewegung und das Geld war in einer Schublade verschwunden.

»Was machen Sie da?«, fragte Abby leise, aber Patrick bedeutete ihr zu schweigen.

Der Beamte hob erneut den Hörer ab. Diesmal klang seine Aufforderung wie ein Befehl, obwohl Abby kein Wort verstand. Keine fünf Minuten später wurde die Tür geöffnet. Eine zierliche Frau unbestimmbaren Alters betrat das Büro. Ihre dünn geflochtenen Rastalocken wippten, als sie eine dünne Mappe auf den Schreibtisch legte und wortlos wieder verschwand.

Der Beamte nahm den Ordner und blätterte ihn auf. Sein Zeigefinger wanderte über die oberste Papierseite, verharrte dann aber an einer Stelle. Der Blick des Mannes richtete sich auf Patrick Ferre. Ein kurzer Schwall kreolischer Worte wurde ausgesprochen.

Patrick antwortete ebenfalls in Kreolisch. Mehrfach hatte Abby das Gefühl, er fluche oder beschimpfe den Beamten. Aus dem unverständlichen Kauderwelsch hörte sie mehrfach das Wort »Boule« heraus, dessen Bedeutung ihr aber schleierhaft blieb.

»Boule?«, wiederholte der Beamte mehrfach ungläubig. Sein Blick wanderte über Ferres Gesicht. Er schien sich unwohl zu fühlen. Als Abby sich Patrick zuwandte, konnte sie sehen, dass er den Mann hinter dem Schreibtisch fixierte. Jede Freundlichkeit war aus seinem Gesicht verschwunden. Harte Linien hatten sich um seine Mundwinkel gebildet. Ferre sah zornig aus.

»Was ist denn?«, fragte Abby, aber Patrick antwortete ihr nicht.

»Miss Summers«, räusperte sich der Beamte. »Es tut mir Leid, Ihnen mitteilen zu müssen, dass Sie den Leichnam Ihrer Schwester nicht ausführen können.«

»Was?«, stieß Abby entsetzt hervor. »Wieso nicht?«

»Nun ...« Der Mann wand sich regelrecht auf seinem Stuhl. »Es gibt keinen Leichnam mehr. Die Leiche von Linda Summers wurde verbrannt.«

Sämtliches Blut wich aus Abbys Gesicht. Ihre Lippen wurden taub, so als habe sie etwas Scharfes gegessen. In ihrem Inneren schien sich plötzlich ein Eisklumpen gebildet zu haben.

»Ich bin viele Tausend Meilen geflogen und habe mich in Unkosten gestürzt, die ich mir nicht leisten kann. Und Sie sagen mir ...«

»Der Gesundheitsminister hat in diesem speziellen Fall die Verbrennung der Leiche angeordnet. Dies geschah in

Übereinstimmung mit unseren Landesgesetzen zur Eindämmung der Seuchengefahr. Ihre Schwester verstarb an einer unbekannten Krankheit, deren Ursache ungeklärt ist. Sie verstehen hoffentlich, dass es die vorrangige Aufgabe dieser Behörde ist, die Bürger Haitis und deren Gesundheit zu schützen.«

»Nein, das versteh ich nicht!«, keuchte Abby heiser. »Ich habe eine Sterbeurkunde und eine Benachrichtigung der Britischen Botschaft über den Tod meiner Schwester. Nirgends wird mit einem Wort erwähnt, dass ihr Leichnam verbrannt wurde. Ich habe von England aus Ihre Behörde angerufen. Niemand, und ich betone niemand, hat mir erklärt, dass die Leiche bereits eingeäschert worden sei. In dem mir zugesandten Schreiben hieß es, sie sei beerdigt worden.«

»Ein bedauerliches Versehen …«

Abby ließ ihn nicht ausreden. »Was ist mit den Überresten meiner Schwester geschehen?«

»Überresten?«, wiederholte der Beamte. »Die Leiche wurde …«

»Die Asche? Was ist mit ihrer Asche?«

Der Blick des Mannes wanderte zu Ferre, der einen kurzen Satz auf Kreolisch ausstieß.

»Ich nehme an, die Asche wurde in einer Urne beigesetzt«, stammelte der Beamte.

»Sie wissen es nicht?«, fragte Abby angestrengt. Sie stand kurz vor einem neuen Asthmaanfall. Sie konnte spüren, wie sich ihre Lungen zusammenzogen. Sie griff nach ihrer Handtasche und begann fieberhaft nach dem Sedacanol zu suchen.

»Leider, nein. Aber ich werde nachforschen. Ist Ihnen nicht gut?«

Abby hörte die letzten Worte nicht mehr. Der Asthmaanfall hatte sie im Griff. Würgend versuchte sie Luft in ihre gepeinigten Lungen zu pumpen, aber durch die

Verkrampfung ließ sich nur noch wenig Sauerstoff einatmen.

»Das ... Sedacanol ... meine Handtasche ... «, keuchte Abby.

Ferre reagierte augenblicklich. Er riss Abby die Handtasche aus den Fingern und drehte sie um. Es gab ein metallisches Geräusch, als der Inhalator auf den Parkettboden polterte. Patrick griff danach und schob Abby das Mundstück zwischen die zusammengepressten Lippen. Sein Daumen presste den Druckknopf herunter. Einmal. Zweimal. Dreimal pumpte er eine Dosis des Medikaments heraus.

Abbys Mund hatte sich regelrecht an dem kleinen Zylinder festgesaugt. Ihr Brustkorb hob und senkte sich hektisch, aber schließlich tat das Sedacanol seine Wirkung. Ihr Atem wurde gleichmäßiger. Noch immer zitternd schob sie Ferres Hand mit dem Inhalator beiseite.

»Danke ... es geht schon wieder.«

»Sie leiden an Asthma, nicht wahr?«

»Ja. Normalerweise habe ich die Krankheit im Griff, aber wenn ich mich zu sehr aufrege, bekomme ich einen Anfall.« Ihre Augen fixierten den eingeschüchterten Beamten, der sich die ganze Zeit keinen Zentimeter von seinem Platz gerührt hatte. »So wie in diesem Fall.«

»Madame, es tut mir Leid, wenn ich Ihnen ...«, versuchte sich der Mann zu entschuldigen.

»Morgen früh um zehn Uhr bin ich wieder in Ihrem Büro. Dann erwarte ich von Ihnen, die Urne mit den sterblichen Überresten meiner Schwester zusammen mit einer Ausfuhrgenehmigung ausgehändigt zu bekommen.«

Draußen war es noch heißer geworden. Die Sonne stand hoch am Himmel. Die Luft kochte. Abby lehnte sich neben dem Gebäudeeingang an die Wand. Das Atmen fiel ihr noch schwer, aber wenigstens pfiff ihre Lunge nicht mehr wie eine alte Dampfturbine. Die Hände hatte sie gegen den kühlen Stein gelegt, die Augen geschlossen. Haiti war ein Alptraum. Hier gab es Regeln, die sie nicht verstand und, ehrlich gesagt, auch gar nicht verstehen wollte. Wäre es nicht um die sterblichen Überreste ihrer Schwester gegangen, sie wäre mit dem nächsten Flugzeug abgereist. So musste sie wohl oder übel noch einen weiteren Tag ausharren.

Wie hatte Linda bloß hier leben können?

Obwohl sie die Augen geschlossen hielt, spürte Abby, wie ein Schatten auf sie fiel. Patrick Ferre.

»Alles in Ordnung? Soll ich Sie zu einem Arzt bringen?«, fragte er schüchtern.

Abby schüttelte den Kopf. »Sie haben ihm Geld gegeben.«

Seine Jeans raschelte, als er sich neben sie an die Wand lehnte. Abby hörte das Rascheln einer Zigarettenpackung und kurz darauf das Schnippen eines Feuerzeugs. Obwohl sie Nichtraucherin war, empfand sie den Geruch der brennenden Zigarette als tröstlich. Linda hatte auch geraucht.

»So laufen die Dinge in Haiti nun mal«, erklärte Patrick. »Wenn Sie etwas möchten, müssen Sie auch etwas dafür geben.«

»In England kommen wir ohne Bestechung aus.«

»England ist im Augenblick sehr weit weg.«

»Erinnern Sie mich nicht daran. Wie viel war es?«

»Vergessen Sie es.«

»Wie viel?«, blieb Abby beharrlich.

»Sechzig Dollar.«

»Sechzig Dollar?«

»Der Typ hätte uns noch den ganzen Tag warten lassen. Das war es mir wert.«

»Ich gebe Ihnen das Geld. Nur einen Moment noch.«

»Behalten Sie es. Kaufen Sie sich etwas Schönes stattdessen.«

Abby schlug die Augen auf. Sie forschte in Ferres Gesicht, ob die letzte Bemerkung sarkastisch gemeint war. Anscheinend nicht. Er sah sie ernst an.

»Was soll ich mir hier wohl kaufen?«, höhnte Abby. »Eine Voodoo-Puppe vielleicht?«

»Reden Sie nicht so über Dinge, die Sie nicht verstehen. Mit Voodoo macht man keine Späße. Hier auf Haiti ist das eine todernste Angelegenheit.«

Nun war er verärgert. Er hatte die Zähne aufeinander gepresst. Abby konnte seinen Kiefer mahlen sehen. Mist, warum nur konnte sie ihre vorlaute Klappe nicht halten. Immer wieder stieß sie die Leute vor den Kopf. Hauptsächlich Menschen, die es gut mit ihr meinten.

Was zum Teufel ist bloß los mit mir?

Sie legte ihre Hand auf seinen Arm. »Tut mir Leid, ich habe es nicht so gemeint. Es ist nur ...«

»Möchten Sie, dass ich Sie zu Ihrem Hotel zurückbringe?«, unterbrach er sie unwirsch.

Na prima, dachte Abby. Jetzt ist er wirklich sauer.

»Ja, danke. Wenn es Ihnen nichts ausmacht. Ich fühle mich ein wenig müde und würde mich gern hinlegen.«

Wortlos wandte sich Ferre um und ging zu seinem Wagen. Abby musste zusehen, dass sie Schritt mit ihm hielt. Als er die Fahrzeugtür öffnete, hatte Abby für einen Augenblick das Gefühl, er würde sie, wie bei einer Entführung, in den Wagen stoßen, aber Ferre wartete lediglich, bis sie eingestiegen war, bevor er sich selbst hinter das Steuer setzte.

Er startete den Motor. Ohne auf den Verkehr zu achten, scherte er aus der Parklücke. Sein Fuß stampfte das Gaspedal durch und der Mercedes machte einen Satz nach vorn. Abby wurde regelrecht in den Sitz gepresst.

Die Wasserfälle von Saut d'Eau würde sie nun wohl doch nicht zu sehen bekommen.

8.

Abby kam gerade aus der Dusche, als es an ihre Zimmertür klopfte. Hastig drehte sie das Wasser ab und schlang sich ein Badetuch um den Körper. Sie hoffte, dass es Patrick war. Vielleicht hatte er ihr ja verziehen. Nun gut, dann würde sie ihm auch nachsehen, dass er ohne ein Wort des Abschieds vom Hotel davon gebraust war.

»Ich komme«, rief sie zur Tür hinüber. Wo waren ihre Badelatschen? Sie hatte sie doch vor der Duschkabine abgestellt. Jetzt waren die Dinger verschwunden. Nein, dort unter dem Waschbecken standen sie. Abby schlüpfte hinein. Das Handtuch rutschte, während sie zur Tür hetzte und sie aufriss.

Vor ihr stand nicht Patrick Ferre. Es war der junge Arzt aus dem Krankenhaus, mit dem Abby am Morgen gesprochen hatte. Ihr wurde bewusst, wie sie auf ihn wirken musste. Halb nackt. Mit einem Griff zog sie das Badetuch hoch, bis alles bedeckt war.

Offensichtlich war ihr die Enttäuschung anzusehen, denn Mitchard sagte: »Es tut mir Leid, wenn ich ungelegen komme. Soll ich ...«

»Nein, schon gut. Treten Sie ein.«

Abby schloss hinter ihm die Tür. Mitchard ging bis zur Mitte des Raumes und blieb dann verlegen stehen.

»Setzen Sie sich doch«, lud Abby ein. »Möchten Sie etwas trinken?«

Mitchard schaute sich um, als suche er die Antwort auf diese einfache Frage an den Zimmerwänden.

Als Mitchard sich umwandte, schlüpfte Abby schnell in einen Bademantel und schritt dann zur Minibar hinüber.

Die kalte Luft aus dem Kühlschrank strich erfrischend über ihr heißes Gesicht, als sie hineinspähte.

»Ich könnte Ihnen einen Whisky, einen Fernet Branca, was auch immer das ist, oder ein Bier anbieten.«

»Ich nehme das Bier. Danke.«

»Es ist leider nur Dosenbier.«

»Das macht nichts.«

Abby reichte ihm ein Heineken. Mitchard nahm ein Glas vom Tisch. Kurz darauf erfüllte ein Zischen den Raum. Abby nahm sich auch eine Dose aus dem Kühlschrank und setzte sich Mitchard gegenüber.

»Schmeckt herrlich«, meinte der Arzt. »Besonders nach einem harten, heißen Tag.«

»Sie haben mich also nicht vergessen«, sagte Abby.

Seine Augen weiteten sich, so als sei es vollkommen unvorstellbar, dass ihm so etwas geschehen könnte.

»Nein, aber ich habe keine guten Nachrichten.«

Abby seufzte. Eigentlich hatte sie nichts anderes erwartet.

»Die Computerdatei Ihrer Schwester wurde gelöscht.«

»Gelöscht? Was meinen Sie mit gelöscht?«, fragte Abby.

»Ich meine damit, dass jemand die Datei absichtlich gelöscht hat.«

Das kühle Bier war vergessen. Das angenehme Gefühl, frisch geduscht zu sein, verschwunden. Alles war verschwunden. Nur noch dieses eine Wort hatte Bedeutung und nahm Platz in ihrem Bewusstsein in Anspruch: *Absichtlich.*

»Warum sollte jemand so etwas tun? Und wie sind Sie darauf gekommen?«

»Warum? Ehrlich gesagt, ich habe keine Ahnung. Natürlich habe ich mir darüber Gedanken gemacht und verschiedene Möglichkeiten durchgespielt, aber letztendlich ergibt es keinen Sinn. Ihre Schwester ist eines natürlichen Todes gestorben. Niemanden am Krankenhaus trifft die Schuld an ihrem Tod, also hat auch niemand etwas zu verbergen.«

»Und wenn ihr Tod doch nicht so natürlich war? Wenn jemand einen Fehler gemacht hat?«

Mitchard zuckte zusammen. »Unmöglich. Nein, das kann ich mir nicht vorstellen. Ihre Schwester wurde von Dr. Muncine behandelt. Einen besseren Arzt gibt es auf Haiti nicht.« Er schüttelte energisch den Kopf. »Und selbst, wenn ihm ein Fehler bei der Behandlung unterlaufen wäre, würde er niemals Computerdaten löschen, um etwas zu vertuschen. Dr. Muncine ist ein Ehrenmann.«

»Okay«, sagte Abby. »Wer könnte also ein Interesse daran haben, dass die Daten meiner Schwester verschwinden?«

»Ich wüsste nicht wer. Außerdem, wozu das alles? Jeder am Krankenhaus kennt den Fall Ihrer Schwester. Es bringt nichts, die Daten zu löschen. Am Tag ihrer Einlieferung waren Krankenschwestern, Pflegepersonal und Ärzte anwesend. Mindestens ein Dutzend Menschen wissen davon, dass sie hier gestorben ist. Es gibt einfach keinen Sinn.«

»Lassen wir den Grund dafür einen Augenblick außen vor. Wie haben Sie die Sache entdeckt?«

»Eigentlich ist Corinne Savalle, die Verwaltungschefin, dahinter gekommen. Sie schwört Stein und Bein, sie habe die Daten selbst in den Computer eingegeben. Ich bat sie, die Sache zu überprüfen, und Corinne fand den Dateiordner Ihrer Schwester, allerdings leer. Alle Angaben waren gelöscht worden.«

»Was ist mit den schriftlichen Unterlagen, nach denen Sie sehen wollten?«

Mitchards Gesichtsausdruck wurde noch betrübter. »Wir haben überall gesucht. Entweder das Krankenblatt wurde an einer unmöglichen Stelle abgelegt, oder jemand hat dafür gesorgt, dass es nicht gefunden werden kann.«

»Sie meinen damit, jemand könnte die Unterlagen vernichtet haben?«

»Ja«, gab Mitchard zu. »Auch wenn ich mir das nicht vorstellen kann. Aber es wäre eine Möglichkeit.«

»Mr. Mitchard, wissen Sie, was das bedeutet?«

»Ja.«

»Etwas ist beim Tod meiner Schwester nicht mit rechten Dingen zugegangen, und jetzt gibt sich jemand alle Mühe, die Spuren zu beseitigen.«

Mitchard schwieg, knetete seine Hände, als läge ein Gummiball darin. Abby beobachtete sein Mienenspiel, sah, wie er grübelte, wie er Gedanken abwog und wieder verwarf.

»Ich gebe zu, so sieht es aus«, meinte Mitchard schließlich.

»Was werden Sie in der Sache unternehmen?«, fragte Abby.

Seine dunklen Augen richteten sich auf sie. Ein sonderbarer Ausdruck lag darin, fast so, als versuchten sie Abby die hoffnungslose Wahrheit zu vermitteln.

»Ich kann nichts tun. Was soll ich auch tun?« Mitchard stand auf und ging zum Balkon hinüber. »Sicherlich könnte man die Polizei einschalten, aber glauben Sie mir, es macht wenig Sinn. In Port-au-Prince werden täglich mehr Verbrechen verübt als in New York City, aber im Gegensatz zu Amerika gibt es hier nur ein Zehntel der nötigen Polizeibeamten und die sind nicht nur hoffnungslos überlastet, sondern auch noch durch und durch korrupt.«

»Soll das bedeuten, Sie wollen die Sache auf sich beruhen lassen?« Abbys Stimme klang hart, als sie die Worte ausstieß. Zu hart.

»So habe ich das nicht gemeint«, versuchte er sich zu rechtfertigen. »Ich wollte Ihnen nur die Aussichtslosigkeit eines solchen Versuchs verdeutlichen.«

»Meine Schwester ist in Ihrem Land an einer unbekannten Krankheit gestorben. Unterlagen, die Aufschluss über den Krankheitsverlauf und ihren Tod geben könnten, wurden vernichtet. Der Leichnam meiner Schwester wurde ohne meine Erlaubnis eingeäschert. Und nun ...«

»Sie wurde eingeäschert?«, fragte Mitchard verblüfft. »Das wusste ich nicht.«

»Ich war heute im Gesundheitsministerium, um die Rückführung des Leichnams nach England in die Wege zu leiten, und der dortige Beamte erklärte mir, es gäbe keinen Leichnam mehr. Meine Schwester wurde mit Rücksicht auf die Gesundheit der haitianischen Bevölkerung verbrannt.«

»Seltsam«, sagte Mitchard. Es klang, als spräche er mit sich selbst. »Das ist sehr ungewöhnlich.«

»Wieso ist das ungewöhnlich?«, hakte Abby nach.

Der junge Arzt sah jetzt sehr beunruhigt aus.

»Es widerspricht einfach den üblichen Gepflogenheiten. In Haiti messen die Menschen einem Begräbnis im herkömmlichen Sinn große Bedeutung zu.«

»Der Beamte erklärte mir, die Einäscherung wäre aufgrund einer möglichen Seuchengefahr angeordnet worden«, sagte Abby.

»Ein dürftiger Grund. In Haiti sterben viele Menschen an Infektionskrankheiten, aber meines Wissens nach hat das Ministerium trotzdem noch nie eine Einäscherung befohlen. Ihre Schwester war eine Ausländerin, die sich nur vorübergehend auf Haiti aufhielt. Ein verschlossener und versiegelter Zinksarg wäre vollkommen ausreichend gewesen, um der Sicherheit der öffentlichen Gesundheit Genüge zu tun. Außerdem hätte man erst telegrafisch Ihr Einverständnis für eine Einäscherung einholen müssen.«

Abby erhob sich langsam von ihrem Platz. Ihre Bewegungen wirkten kontrolliert, aber innerlich zitterte sie. »Wissen Sie, was ich denke«, wandte sie sich Mitchard zu. »Ich glaube, bei der Behandlung meiner Schwester wurde ein furchtbarer Fehler begangen. Und dieser Fehler soll nicht ans Tageslicht kommen ...«

Mitchard hob den Kopf, sah Abby direkt an. Er wollte etwas erwidern, ließ es dann aber sein.

»... und der letzte Beweis, um zu klären, was mit meiner Schwester geschehen ist, wurde vernichtet – ihr Leichnam. Alle Hinweise und Unterlagen über Linda Summers sind verschwunden oder zerstört worden. Fast hat es den Anschein, als hätte es meine Schwester nie gegeben, als wäre sie nie in Haiti gewesen.« Abby trat näher an Mitchard heran. »Aber das werde ich nicht hinnehmen. Meine Schwester ist unter mysteriösen Umständen ums Leben gekommen, und ich werde herausfinden, wer für ihren Tod verantwortlich ist.«

Mitchard war gegangen. Nicht wortlos, nein, er hatte Abby versichert, dass er sie verstehe und ihren Verdacht gerechtfertigt finde, sich aber nicht vorstellen könne, warum jemand ein Interesse daran habe könne, den Tod ihrer Schwester zu vertuschen.

Abby saß allein in ihrem Hotelzimmer und grübelte darüber nach, was sie noch tun konnte. Wie konnte sie herausfinden, was mit ihrer Schwester seit der Einlieferung in das Hospital geschehen war?

Zunächst würde sie nochmals zum Krankenhaus fahren und versuchen, mit Dr. Muncine, dem behandelnden Arzt, in Verbindung zu treten. Er müsste doch in der Lage sein, sie über die Vorkommnisse aufzuklären. Zumindest konnte er ihr von Lindas letzten Stunden berichten und was er versucht hatte, um sie am Leben zu erhalten.

Sollte das Gespräch mit Muncine ihre Zweifel nicht ausräumen, gab es immer noch die Britische Botschaft in Port-au-Prince, die intervenieren konnte und ein Interesse daran haben sollte, herauszufinden, unter welchen Umständen ihre Schwester ums Leben gekommen war. Vielleicht konnte die Botschaft Druck auf die haitianischen Behörden ausüben, damit Ermittlungen im Fall von Linda Summers aufgenommen wurden.

Mehr kann ich nicht tun, dachte Abby.

Sie trank ihr inzwischen lauwarmes Bier aus. Es war jetzt kurz vor sieben Uhr abends. Draußen nahm das Licht langsam ab. Abby spürte, wie sich ihr leerer Magen zusammenzog. Seit dem Frühstück hatte sie nichts mehr gegessen, und der Gedanke, allein im Hotel zu essen, weckte in ihr ein Gefühl der Verlorenheit.

Was war mit Patrick? Er hatte sich nicht mehr gemeldet. Bedeutete dies, dass sie ihn nicht mehr wieder sehen würde?

Ich rufe ihn an, entschloss sich Abby. Wenn er mich abblitzen lässt – gut, aber ich werde mich wenigstens für meinen Auftritt heute Mittag entschuldigen.

Sie nahm ihre Handtasche vom Garderobenhaken und fischte die Karte heraus, die Patrick an den Blumenstrauß geheftet hatte. Kurz entschlossen hob sie den Hörer auf und tippte seine Nummer ein.

Das Telefon schien endlos zu läuten, bis endlich jemand abhob.

»Ferre«, meldete sich seine dunkle Stimme. In Abbys Bauch flatterte mit einem Mal ein ganzer Schwarm Schmetterlinge.

»Hallo, hier ist Abby Summers.« War das ihre Stimme, die so nervös krächzte?

»Ja?«

»Ich möchte mich bei Ihnen entschuldigen. Mein Benehmen heute Nachmittag war unverzeihlich.«

»Unverzeihlich war es nicht. Es war nur unpassend.«

»Ja, und es tut mir Leid. Sie waren . . .«

»Genug«, lachte es aus dem Hörer. »Lassen Sie uns lieber überlegen, was wir mit diesem herrlichen Abend anfangen sollen.«

Abbys Herz machte einen Sprung. »Sie möchten etwas mit mir unternehmen?«

»Ja, das würde ich sehr gern«, sagte er leise. »Ich möchte nicht, dass Sie sich nur an die schlechten Seiten meiner Heimat erinnern, wenn Sie nach England zurückkehren. Haiti hat so viel Wunderbares zu bieten, und einen kleinen Teil möchten ich Ihnen heute Abend zeigen.«

Abbys Sorgen zerflogen in einem Sturm der Gefühle.

»Wann soll ich Sie abholen?«, fragte Patrick.

»Wann können Sie hier sein?«

»In zehn Minuten. Reicht Ihnen ...«

»Ich warte unten auf Sie.«

9.

Abby stand bereits fünf Minuten später vor dem Hoteleingang. Sie hatte nur kurz ihr Aussehen kontrolliert und blickte nun erwartungsvoll die Rue Cadet Jérémie hinunter. Patrick kam später als angekündigt, aber er entschuldigte sich mit einem Lächeln und dem Hinweis auf den vielen Verkehr.

Er hatte sich umgezogen. Die Jeans war einer leichten Baumwollhose gewichen, zu der er ein farbenfrohes Hemd trug. Seine nackten Füße steckten in braunen Lederslippern. Die Sonnenbrille ins Haar geschoben, sah er wie der Inbegriff eines reichen Playboys aus, aber Abby fand, dass seine offene Art diesen Nachteil wieder wettmachte. Sie beugte sich zum Fahrzeugfenster hinein und hauchte einen Kuss auf seine Wange. Der süße Geschmack seines Rasierwassers brannte leicht auf ihren Lippen, als sie sich wieder zurückzog, um das Auto herumging und auf der Beifahrerseite einstieg.

»Wofür war das?«, fragte Patrick schmunzelnd.

»Weil Sie mir verziehen haben.«

»Mhm, ich denke, Sie dürfen ab jetzt öfters grob sein.«

Abby wollte zu einer erneuten Entschuldigung ansetzen, aber Patrick erriet ihre Gedanken und winkte ab.

»Haben Sie Lust, Haiti kennen zu lernen?«, fragte er stattdessen. »Ich meine, so wie es wirklich ist. Unverfälscht.«

»Ja«, sagte Abby.

»Gut«, meinte Patrick zufrieden. »Dann geht es jetzt los.«

Sie verließen Port-au-Prince in Richtung Westen. Die untergehende, blutrote Sonne spiegelte sich im Meer und erschuf einen Ozean aus flüssigem Feuer, während die Ortschaften an dem schwarzen Mercedes vorbeiflogen. Légoâne, Grand Goâve, Petit Goâve, Miragoâne und viele Dörfer, deren Namen Abby gleich wieder vergaß. Bei Baradéres verließen sie die Hauptstraße und folgten einer schlecht ausgebauten Nebenstraße in das hügelige Gebirge. Die Straße wurde schlechter, aber der Mercedes fuhr kaum langsamer, obwohl es immer steiler hinaufging. Schließlich erreichten sie ein winziges Dorf, dessen verblassendes Ortsschild den Namen Palestine verriet.

Patrick lenkte den Wagen geschickt durch die engen Gassen und hielt schließlich vor einem nach allen Seiten offenen Gebäude, das Abby im ersten Moment an eine Scheune erinnerte. Ein verrostetes Wellblechdach ruhte auf roh behauenen Holzpfeilern. Die ganze Konstruktion sah nicht nur luftig, sondern auch baufällig aus. Abby fragte sich, was es hier wohl zu sehen gab. Der Motor wurde abgestellt und Patrick stieg aus, um ihr die Wagentür zu öffnen. Ihr leichtes Sommerkleid bauschte sich im Wind, der von den Hügeln herabstrich. Es war ein angenehmes Gefühl und Abby erschauerte wohlig.

Sie bemerkte die vielen Menschen, die auf das Gebäude zuhielten. Es waren fast ausnahmslos Männer. Viele in Jeans, mit Hemden, die aus den Hosen hingen, und Baseballkappen auf dem Kopf. Die Passanten unterschieden sich durch ihre ärmliche Kleidung auffällig von ihnen beiden, aber Patrick schien das nicht zu stören. Er fasste nach Abbys Arm und zog sie mit sich.

Als sie näher kamen, entdeckte Abby überrascht, dass es sich bei dem Schuppen um eine Arena handelte. Der Boden war mit Sägespänen und Sand gefüllt. Außen herum zog sich ein Rondell aus gemauerten, ungestrichenen Backsteinen, hinter das sich die Zuschauer knieten oder auf mitgebrachte Klappstühle setzten. Der Rauch unzähliger Zigaretten lag in der Luft, wurde aber durch den Wind in kleine Wolken zerfetzt, die aus dem Gebäude schwebten. Es roch nach Holz und etwas anderem. Abby brauchte einen Moment, bis sie den Geruch einordnen konnte. Rum. Nun sah sie auch die Flaschen, die von Hand zu Hand wanderten und aus denen die Männer in großen Schlucken tranken.

»Was machen wir hier?«, raunte Abby Patrick zu.

Er legte den Finger über die Lippen. »Warten Sie. Gleich geht es los.«

Der Satz war noch nicht beendet, als ein verborgener Scheinwerfer an der Decke der Baracke anging und die Arena in ein gleißendes Licht tauchte, während die Zuschauer im Schatten verschwanden. Ein dicker Mann mit beginnender Glatze, aus dessen Hose ein schwabbeliger Bauch quoll, betrat den Kreis und hob beide Hände. Sofort erstarb das allgegenwärtige Gemurmel. Mit lauter Stimme sprach er in die Runde, ohne dass Abby auch nur ein Wort verstand.

»Was sagt er?«, fragte Abby. »Um was geht es hier?«

Patricks Augen blitzten in der Dunkelheit auf, als er sich ihr zuwandte.

»Dies ist eine ›Gallera‹. Das ist der Veranstalter und gleichzeitig der Wettrichter. Er stellt die Kontrahenten des ersten Kampfes vor.«

Abby wollte weiterfragen, wollte wissen, wer denn da gegen wen kämpfen werde, als zwei weitere Männer die Arena betraten. Jeder von ihnen hielt einen Hahn fest in den Händen, den er ehrfurchtsvoll dem Publikum entgegenstreckte, so wie ein Ministrant die brennende Kerze in der Kirche. Während die Männer einmal die Arena umrundeten, erklärte Patrick Abby, was sie nun erwartete.

»Der Fettsack, der die Ansprache gehalten hat, wird gleich die Wetteinsätze annehmen. Die Ausbilder der

Hähne werden ›Galleros‹ genannt. Man sagt, dass man für diesen Beruf geboren sein muss und ihn nicht erlernen kann. Auch die beiden Galleros verkünden ihre Pflichteinsätze, denn umsonst gibt es hier gar nichts.«

Patrick deutete auf einen Gallero, der nun direkt vor ihnen anhielt, um ihr und Patrick seinen Hahn zu präsentieren.

»Der kreolische Hahn heißt ›El criollo‹«, erläuterte Patrick. »Er wird bis zu vier Pfund schwer. Man klassifiziert ihn nach Herkunft und Farbe. Am vornehmsten gilt der braune ›indio‹. Danach kommt in der Reihenfolge der gelblich gefiederte ›talisayo‹ und der zweifarbige ›canelo‹. Den weißen ›jabado‹ schätzt man am wenigsten, obwohl mitunter besonders wilde Hähne darunter sind.«

»Ist das nicht Tierquälerei, sie so gegeneinander kämpfen zu lassen?«, fragte Abby vorsichtig.

»Nach europäischen Maßstäben mag es so erscheinen, aber es ist nicht ganz so schlimm wie es aussieht. Wenn sich ein Sieger abzeichnet, wird der Kampf durch den ›juez de valla‹ gestoppt, und selbst starke Blutungen hören bei einem Hahn sofort auf, wenn man seine Füße in kaltes Wasser stellt. Für den Besitzer, den ›aficionado‹, stellt so ein Hahn den wertvollsten Besitz dar, den er hegt und pflegt und dem er mehr Liebe und Aufmerksamkeit widmet als Frau und Kindern. So ein Hahn wird mit einer strengen Diät aus Getreidekörnern und Insektenlarven großgezogen. Wer es sich leisten kann, gibt dem Tier einmal pro Woche rohes Fleisch, Tomaten und Bananen. Nahrungsmittel, auf die der Besitzer übrigens selbst verzichtet. Die Hähne werden gepflegt, gebadet, mit Alkohol und Öl eingerieben, um die Muskeln zu kräftigen.« Patrick blickte nun ernst. »Bitte denken Sie bei dem nun folgenden Spektakel auch daran, was ihr Europäer mit euren Hühnern macht. Ihr haltet sie in engen Käfigen, die nicht größer als ein Blatt Schreibmaschinenpapier sind, und fragt nicht danach, woher das billige Geflügel und die Eier zu Spottpreisen kommen. Dagegen lebt so ein ›El criollo‹ wie ein Fürst.«

Abby wusste nicht, was sie darauf erwidern sollte. Der Wettrichter rief die beiden Männer mit ihren Hähnen zu sich in die Mitte der Arena. Patrick erklärte ihr, dass man nun herausfinden würde, ob sich die Tiere auch genügend hassten. ›Verheiraten‹ nenne man dies. Die Männer bewegten ihre Tiere aufeinander zu, ohne sie loszulassen, und zogen sie sofort zurück, wenn einer der Hähne Anstalten machte, nach dem anderen zu hacken. Abby sah, dass die Tiere immer wilder wurden und es kaum noch erwarten konnten, übereinander herzufallen. Der Wettrichter rief immer wieder in die Menge der Zuschauer und notierte Zurufe und Handzeichen auf Wettzetteln. Die Atmosphäre war durch die erwartungsvolle Erregung der Zuschauer aufgeladen. Ein Prickeln lag in der Luft, das schließlich auch Abby erfasste. Sie spürte, wie ihr Blut schneller durch die Adern floss, ihr Herzschlag sich beschleunigte.

»Jetzt werden die Wetten abgeschlossen«, sagte Patrick, den das Fieber nun auch gepackt hatte. »Eine Wette ist absolut bindend, auch wenn sie nur mündlich erfolgt. Es ist ungefähr so wie an den großen Börsen, an denen sich Käufer und Verkäufer Angebote zurufen. Wenn alle Wetten notiert sind, geht es los.«

Schließlich war es soweit. Das Geschrei erstarb und machte einer atemlosen Stille Platz. Den Hähnen wurden nun anstelle der abgesägten Sporen Schildkrötenkrallen und aus Metall geschliffene Sporen angelegt. Als die Vorbereitungen abgeschlossen waren, bewegten sich die ›Galleros‹ noch einmal durch das Rondell. Der Schiedsrichter betrat die Arena, breitete seine Hände gebieterisch aus, bevor er laut zum Start pfiff. Die Männer setzten ihre Hähne ab und zogen sich zurück.

Zunächst belauerten sich die beiden Tiere mit wütend herausgestellter Brust, dann fielen sie urplötzlich übereinander her. Die Menge kreischte auf, während die Hähne in einem Tohuwabohu aus wilden Bewegungen, Flügelschlagen und Federn verschwanden. Abby konnte kaum etwas erkennen. So plötzlich, wie es begonnen hatte, war das Spektakel auch schon wieder vorbei. Einer der Hähne verlor das Gleichgewicht und fiel auf den Rücken. Sofort schritt der Schiedsrichter ein und schützte den Verlierer, indem er ihn aus der Reichweite des Angreifers zog. Der ›juez de valla‹ hob den Verlierer hoch, so dass ihn alle im Raum sehen konnten, dann verkündete er sein Urteil.

»Was sagt er?«, fragte Abby.

»Er sagt: ›la canillera‹, eine Fußverletzung. Zum Beweis zeigt er die Wunde, damit niemand nachher behaupten kann, er hätte den Kampf zu früh abgebrochen. Niemand hat Interesse an einem toten Tier, auch der Besitzer des Verlierers nicht, dazu sind die Hähne viel zu kostbar. Er wird froh sein, dass es keine ›golpe de vaca‹, ein tiefer tödlicher Stich, eine ›bolsón‹, eine tödliche Verwundung der Halsschlagader, oder eine ›el golpe de sangre‹, eine Lungenverletzung ist. So muss er zwar die Schmach, den Spott und den Verlust seines Wetteinsatzes hinnehmen, aber sein Hahn kann bald wieder kämpfen oder für Nachwuchs sorgen.«

»Haben Sie auch gewettet?«, wollte Abby wissen, die beobachtet hatte, wie Patrick kurz vor dem Kampf dem Wettrichter ein Zeichen gegeben hatte.

»Ja, auf den Verlierer.«

»Dann hatten Sie heute kein Glück.«

Patrick lächelte Abby an. »Sie sind hier. Mehr Glück brauche ich nicht.«

Es gab nur den einen Hahnenkampf, danach zerstreute sich die Menge schnell. Als Abby und Patrick zurück zum

Auto gingen, sahen sie viele der Männer in kleinen Gruppen zusammenstehen und heftig den Ausgang des Kampfes diskutieren.

Abby ließ sich in die weiche Polsterung des Mercedes sinken und dachte darüber nach, was sie gerade erlebt hatte. Die ganze Sache hatte etwas so Ursprüngliches, so eine Natürlichkeit enthalten, die wie das Leben selbst war. Sieg oder Niederlage. Hoffnung und Enttäuschung. Alles lag dicht beisammen und konnte sich in Sekundenbruchteilen zum Positiven oder Negativen hin verändern. Das Rad der Fortuna drehte sich ständig, aber es ließ sich nicht beeinflussen.

In England hatte sie derartige Gefühle nie kennen gelernt. Als Kind hatte sie einmal mit ihrem Vater das berühmte Pferderennen in Ascot besucht. Das eigentliche Rennen war dort nur Nebensache und Hintergrund für den Adel und die Reichen gewesen, die wie jedes Jahr die Gelegenheit nutzten, sich und ihren Wohlstand zu präsentieren. Die Frauen in eleganten Sommerkleidern, mit Hüten, die kein normaler Mensch auf der Straße tragen würde, hatten wie Paradiesvögel gewirkt, neben denen die Männer in ihren steifen Anzügen zu Statisten verblassten. Abby war staunend zwischen all den Menschen umhergegangen, aber niemals wieder hatte sie sich an einem Ort so deplatziert gefühlt wie damals in Ascot. Kein Vergleich zu der ausgelassenen, aufgeheizten Stimmung in der *gallera*.

»Das war interessant«, wandte sich Abby an Patrick, der den Motor startete.

»Hat es Ihnen gefallen?«

»Gefallen ist das falsche Wort. Ich habe prinzipiell nichts für Tierkämpfe übrig, aber das Erlebnis in der Arena hat mich etwas über das Leben gelehrt.«

»Dann hat sich der Besuch gelohnt.«

»Was haben wir jetzt vor?«, fragte Abby und lehnte sich wohlig im Sitz zurück.

»Haben Sie schon einmal Merengue getanzt?«

»Was?«

»Lassen Sie sich überraschen«, schlug Patrick vor.

Sie verließen Palestine Richtung Süden und erreichten über eine schmale Bergstrasse die Hafenstadt Les Cayes. Patrick parkte den Mercedes direkt am Hafen an einer Stelle, die das Parken hier deutlich verbot. Als Abby ihn darauf ansprach, ob er keine Sorge habe, abgeschleppt zu werden, grinste er nur.

Es war kühler geworden. Abby legte sich die mitgenommene Strickjacke um die Schulter und schlenderte mit Patrick durch die engen Hafengassen. Zahlreiche Pärchen waren unterwegs, junge Männer und Frauen, die eng umschlungen durch die Straßen spazierten. Die Luft roch nach Meer und war von der karibischen Musik erfüllt, die aus den Cafés und Bars nach draußen drang. Abby beobachtete erstaunt, dass viele der Passanten auf der Straße dazu tanzten. Sie mußte unwillkürlich lächeln.

»Haben Sie Hunger?«, fragte Patrick.

»O ja.«

»Dann wollen wir etwas essen.«

Er führte sie zu einem kleinen Straßenstand, hinter dem ein hutzliger Mann in einem massiven, schwarzen Topf rührte, der von einem offenen Grill erhitzt wurde. Der Duft, der Abby entgegen wehte, ließ ihr das Wasser im Mund zusammenlaufen.

»Was kocht er da?«, fragte sie.

»Colombo. Ein kreolisches Curry.« Patrick bestellte zwei Portionen. »In Pétonville zahlen Sie dafür ein Vermögen, aber glauben Sie mir, hier gibt es das beste Colombo der ganzen Insel.«

Der Verkäufer schöpfte zwei Plastikteller voll, reichte ihnen Löffel und Servietten, bevor er mit einer eleganten Verbeugung das Geld entgegen nahm und sich überschwänglich für das großzügige Trinkgeld bedankte.

Vorsichtig balancierten sie ihre Teller ein paar Meter weiter und setzten sich auf die Hafenmauer.

»Es schmeckt köstlich«, versicherte Abby, nachdem sie den ersten Löffel probiert hatte. Patrick zwinkerte ihr zu, widmete sich dann aber mit Hingabe seinem eigenen Essen.

Gesättigt brachten sie die Teller und das Besteck zurück zum Stand, wo inzwischen eine regelrechte Menschenschlange anstand. Der Verkäufer bedankte sich nochmals und winkte ihnen hinterher, als sie ihren Bummel durch die Gassen wieder aufnahmen.

Les Cayes war nicht unbedingt hübsch zu nennen. Überall zeigten sich deutlich die Spuren von Verfall und die Armut der Menschen, aber die Stimmung auf den Straßen war wesentlich freundlicher als in Port-au-Prince. Niemand starrte Abby auffällig an, obwohl hier kaum Weiße unterwegs waren. Patrick erklärte ihr, dass es in der Hauptstadt um diese Uhrzeit keineswegs ratsam war, durch die Straßen zu spazieren, und dass weiße Touristen nachts dort um ihr Leben fürchten mussten.

»Warum ist es hier anders?«, wollte Abby wissen.

Patrick zuckte mit den Schultern. »Die Menschen von Les Cayes sind ein besonderer Schlag. Manchmal habe ich das Gefühl, es sind gar keine Haitianer. Sie sind offen und warmherzig. Vielleicht liegt es daran, dass sie in einer alten Hafenstadt leben und seit Jahrhunderten daran gewöhnt sind, Fremde aufzunehmen.«

»Woher stammen Sie?«

»Aus Trou du Nord, nicht weit von Cap Haïtien entfernt.«

»Wie ist es dort?«, wollte Abby wissen.

»Anders«, meinte Patrick einsilbig.

Offensichtlich war dies ein wunder Punkt. Abby beschloss das Thema ruhen zu lassen und fragte stattdessen: »Was ist denn nun Merengue?«

Ein Lächeln glitt über sein Gesicht. »Kommen Sie mit.«

Es war nur eine kleine Bar, aber man hatte die Tische zur Seite gestellt, um eine Tanzfläche zu schaffen. Die Glastüren des Eingangs waren zur Seite geschoben worden, damit die Tanzpaare draußen auf der Veranda zusätzlichen Platz fanden. Patrick führte Abby in die Mitte des Raumes. Er lächelte nach links und rechts, begrüßte Bekannte auf Kreolisch, die ihrerseits ihnen freundlich zuwinkten. Direkt neben der Theke hatte eine dreiköpfige Combo Aufstellung genommen und begann nun zu spielen.

Patrick umfasste Abbys Hüfte mit der einen Hand, während sich seine andere um ihre Finger schloss.

»Und jetzt?«, fragte Abby.

»Schließen Sie die Augen und fühlen Sie den Rhythmus.«

Abby zögerte einen Moment, gab dann aber seiner Aufforderung nach. Patrick zog sie enger an sich und machte den ersten Tanzschritt. Automatisch folgte Abby der Bewegung, stolperte aber dann über seine Füße. Sie schlug die Augen auf.

»Nein«, sagte Ferre sofort. »Lassen Sie die Augen geschlossen. Sie müssen die Musik spüren.«

»Ich werde Sie verletzen«, lachte Abby.

»Nein, das werden Sie nicht.«

Abby schloss erneut die Augen. Der heiße Rhythmus durchflutete ihren Körper. Patricks nächste Bewegung ahnte Abby mehr, als dass sie sie spürte. Automatisch machte sie den richtigen Schritt. Er führte ihren Körper in eine wilde Drehung, und es war, als könne sie fliegen. Völlig schwerelos. Als bewege sich der Boden unter ihren Füßen, während sie selbst schwebte.

Ein Lied folgte dem nächsten. Es war, als sei Abby für diese Musik, für diesen Tanz geboren.

Ihre beiden Körper bildeten eine Einheit, verschmolzen zu einem neuen Wesen miteinander.

Die Zeit verging in einem Taumel aus leidenschaftlicher Musik, dem Gefühl, Patricks Körper so eng an sich zu spüren, und seinen heiseren Worten, wenn er ihr ein Kompliment machte. Schließlich ließen sie sich erhitzt in Korbstühle sinken und tranken einen Rum mit Limettensaft.

»Mein Gott ist mir heiß«, stöhnte Abby lachend und fächelte sich mit der Hand Luft zu.

»Sie tanzen wunderbar.«

»Wahrscheinlich werden Sie Ihre blauen Flecke erst morgen entdecken.«

Sein jungenhaftes Grinsen tauchte wieder auf. »Sind Sie bereit?«

»Nicht schon wieder tanzen. Ich kann nicht mehr.«

»Nein, keine Sorge, für heute ist es genug. Aber ich möchte Sie noch an einen anderen Ort entführen.«

»Ist es nicht schon spät?«, meinte Abby, die keine Uhr trug.

»In einer solchen Nacht ist es niemals spät.« Er streckte seine Hand nach ihr aus und zog sie aus dem Sessel.

»Wohin wollen Sie diesmal?«, fragte Abby.

Patrick legte seinen Zeigefinger über seine Lippen.

»In eine andere Welt«, flüsterte er geheimnisvoll.

10.

Abby konnte später nicht mehr sagen, wie lange sie durch die Nacht gefahren waren, aber es schien eine Ewigkeit zu dauern. Die Landschaft, eine Komposition aus grauen Schatten, flog an dem Mercedes vorbei, als befänden sie sich nicht mehr auf dieser Welt, sondern rasten durch das nachtschwarze All.

Als Patrick den Wagen endlich an den Straßenrand lenkte, fühlte Abby sich müde und erschöpft. Nur mühsam quälte sie sich aus dem Sitz und folgte Patrick, der zu einem schmiedeeisernen Tor ging und an einem altmodischen Klingelzug zog.

»Wo sind wir hier?«, fragte Abby, die kaum noch die Augen offen halten konnte.

»Das ist ein Hounfour, ein Voodootempel mit Heiligtum und Schrein.«

Mehr erklärte er nicht, und Abby fragte nicht nach. Ein Mann erschien aus der Dunkelheit. Gespenstisch leise schritt er heran und öffnete das Tor, das mit einem Ächzen aufschwang. Der Mann war um die fünfzig Jahre alt, er trug einen spärlichen Kinnbart. Geduckt huschte er vor ihnen den Weg entlang. Abby begann zu frösteln, aber es war nicht die nächtliche Kühle, die sie zittern ließ. Sie spürte das Unbekannte, und es machte ihr Angst.

»Müssen wir ...«, wollte sie Patrick fragen, aber der nahm ihre Hand und zog sie mit sich.

Der Mann führte sie in einen überdachten Hof. Ein halbes Dutzend Menschen, Schwarze, Weiße und Mischlinge, saßen auf dem fest gestampften Lehmboden, hatten die Augen geschlossen und wiegten den Oberkörper, obwohl keine Musik zu hören war. Patrick setzte sich mit untergeschlagenen Beinen nieder und bedeutete ihr, es ihm gleichzutun.

Ein Mädchen in weißem Gewand tauchte aus der Dunkelheit auf.

»Das ist eine *hounsis*, eine Tempeldienerin«, erklärte Patrick leise.

Das Mädchen drehte sich nach zwei Richtungen, stellte eine Kerze auf den Boden und entzündete sie. Das Licht der kleinen Flamme zuckte über die Gesichter der Anwesenden, ließ sie wie Geister aussehen. Abbys Aufmerksamkeit wurde auf eine korpulente Frau gelenkt, die alle Bewegungen des Mädchens mit einem Tonkrug wiederholte.

»Die *mambo*, die Voodoo-Priesterin«, raunte Patrick neben ihr. Seine Augen glänzten im Schein der Kerze und Abby bemerkte, wie er gebannt dem Ritual folgte. Inzwischen hatte die Priesterin einen weiteren Tonkrug in die Hand genommen, aus dem sie mit Maismehl ein geheimnisvolles Muster auf den Boden zeichnete. Anschließend nahm die *mambo* ein Gefäß mit Wasser und drehte sich in alle vier Himmelsrichtungen. Schließlich goss sie Wasser an dem mittleren Pfeiler des Tempels aus. Als sie damit fertig war, schüttete sie das restliche Wasser über die drei Trommeln, die auf dem Boden standen, und auf den Lehm des Einganges.

Nun erschien der *houngan*, der Voodoopriester. Abby hatte ihn nicht kommen sehen. Urplötzlich stand er da. Seine Präsenz war überwältigend. Ein hagerer, hochgewachsener Schwarzer mit kahlem Kopf und langen Armen, die er nun erhob, als wolle er die Anwesenden segnen. Sein weites Gewand bauschte sich in einer Brise. Ein raschelndes Geräusch, fast wie ein heimliches Flüstern, war zu hören, als er seine Hände in die weiten Ärmel seines Gewandes steckte.

Die *mambo* bedeutete den gebannten Zuschauern, sich zu erheben, und führte die kleine Gruppe gegen den Uhrzeigersinn um den *poteau mitan*, den Mittelpfeiler herum. Schließlich mussten sich alle vor dem *houngan* hinknien. Abby war längst von dem Geschehen so fasziniert, dass sie sich über sich selbst nicht mehr wunderte, als sie da vor einem vollkommen Fremden im Staub kniete.

Der Priester hob eine Rassel und begann zu beten. Uralte Worte einer rituellen Sprache füllten den offenen Raum und verloren sich dann im Nichts.

Dann setzten Trommeln ein. Abby konnte die Trommler nirgends entdecken, das durchdringende Stakkato der *cata*, einer kleinen Trommel, die mit zwei dünnen Schlegeln geschlagen wurde, versetzte sie in Aufruhr. Ihr Herz pochte in ihrer Brust und das Blut rauschte durch ihre Adern. Der Schlag der *cata* wurde vom donnernden Rollen einer größeren Trommel abgelöst. Kurz darauf setzten die *maman* ein. Es war, als wolle die Erde bersten. Schließlich wurden alle drei Trommeln gleichzeitig geschlagen. Jede in ihrem eigenen Rhythmus und trotzdem war das Zusammenspiel der Klänge überwältigend.

Die Stimme der *mambo* durchschnitt die Nacht. Ihr Ruf an die Götter folgte dem Klang der Trommeln, steigerte sich mit jedem Schlag der unsichtbaren Musiker.

Tempeldienerinnen erschienen im Ring des Tempels, tanzten mit wilden Bewegungen, als seien sie von einer fernen Macht gesteuert. Ihre Schultern, Arme und Beine zuckten im Rhythmus der Trommeln. Der Tanz schien eine Ewigkeit zu dauern, aber plötzlich setzte die *maman*, die große Trommel, aus dem Stakkato aus, schwieg und hinterließ eine qualvolle Leere. Eines der Mädchen erstarrte. Dann setzte die Trommel wieder ein und ihr Dröhnen schien das Mädchen zu peitschen. Bei jedem Schlag krümmte sie sich zusammen. Sie wankte über den Lehmboden, scheinbar von Krämpfen getrieben, fiel hin, rappelte sich wieder auf, nur um vom Schlag der Trommel erneut zu Boden gestreckt zu werden.

»Der Geist trifft ein«, hauchte Patrick Abby zu.

Das Mädchen hob ihr Gesicht zum Himmel. Entzücken stand in ihren Augen.

»Der göttliche Reiter hat sie aufs Pferd gezogen. Der *loa* ist angekommen«, flüsterte Patrick weiter.

Abby war von dem Spektakel fasziniert. Sie erschauerte unter der Flut der neuen Eindrücke und sie hörte Patricks Worte kaum, ahnte aber ihre Bedeutung.

Inzwischen hatte die *mambo* der Tempeldienerin eine lebende Taube gebracht. Die junge Frau drehte sich mit dem Vogel in der Hand mehrere Male um die eigene Achse. Dann blieb sie stehen, brach dem Vogel beide Flügel und biss ihm den Kopf vom Rumpf. Blut spritzte aus dem kleinen Körper. Aus ihren Mundwinkeln lief Blut den Hals hinab und befleckte das weiße Kleid. Sie schien es nicht zu merken, sondern begann wieder zum Schlagen der Trommeln zu tanzen.

Abby war über das Geschehen weder erstaunt noch fühlte sie sich abgestoßen. Eine Art Rausch hatte sich ihrer bemächtigt. Ihr Geist war zu einem trägen Fluss geworden. Zu keinem klaren Gedanken fähig. Die Gesichter der anderen verschwammen zu diffusen Farbklecksen, dafür wurde der Geruch brennender Blütenblätter immer intensiver. Nur das Schlagen der Trommeln zählte noch. Der wilde, ungezügelte Pulsschlag der Erde, der ihren Körper erzittern ließ, als sei ihre Haut über die Trommel gespannt.

Die Priesterin stimmte einen leisen Singsang an, dem sich die Musiker mit ihren Trommeln unterwarfen. Sie änderten ihren Rhythmus nicht, aber ihr Klang wurde subtiler, trat in den Hintergrund, man fühlte ihn mehr, als dass man ihn hörte.

Das tanzende Mädchen verschwand aus Abbys Blickfeld, dafür tauchte plötzlich Patricks Gestalt aus der Dunkelheit vor ihr auf. Nackt. Abby, die noch immer auf dem Boden kniete, sah langsam an ihm hoch. Sie sah seine harten Oberschenkel, die Bauchmuskeln, die sich unter der Haut abzeichneten, und sie sah sein erigiertes Geschlecht, das diese Harmonie unterbrach und sich ihr pulsierend entgegenstreckte.

Abby hatte nicht bemerkt, dass Patrick aufgestanden war. Sie hatte nicht gesehen, wie er sich entkleidet hatte und trotzdem wunderte sie sich keinen Augenblick. Nicht einmal die Tatsache, ihn hier nackt stehen zu sehen, ließ sie staunen. Alles schien so zu sein, wie es sein sollte. Eine Hitze breitete sich in ihrem Gesicht aus, die sich über ihren Hals den Körper hinab fraß. Sie schloss die Augen und gab sich ganz ihren Gefühlen hin.

Patrick kniete nun vor ihr. Er griff nach ihrer Hand und zog sie zu seinem steifen Glied. Fast automatisch schlossen sich Abbys Finger darum. Wie von selbst, begann sie ihn sanft zu massieren.

Sein Atem strich wie eine kühle Brise über ihr Gesicht. Abby öffnete den Mund, und seine Zunge drang in sie ein. Zunächst noch spielerisch, dann aber immer leidenschaftlicher, küssten sie sich im Rhythmus der Trommeln. Sie spürte, wie Patrick ihr Kleid aufknöpfte, den Büstenhalter nach oben schob und ihre Brüste entblößte. Seine Hände umfassten und pressten sie. Abbys Lippen entwich ein Stöhnen. Auch die Bewegungen ihrer Hand, mit der sie sein Glied rieb, wurden immer heftiger.

Seine Hände zogen sich für einen Moment zurück, dann lagen sie zwischen ihren Beinen und spreizten ihre Schenkel. Er kratzte auf dem Weg nach oben mit seinen Fingernägeln über ihre bloße Haut, dann fühlte Abby, wie er seine Hand drehte und schließlich mit einem Finger in sie eindrang.

Es war der plötzliche Schmerz in ihrer Vagina, der sie wieder zur Besinnung brachte. Sie riss die Augen auf und sah, dass die anderen Anwesenden sie umringten. Gierige Augen leckten über ihren nackten Körper. Die meisten hatten die Münder leicht geöffnet und stöhnten im Takt der Trommeln. Patrick hatte seine Augen geschlossen. Auf seinem Gesicht lag Verzückung. Abby sah an sich herab und stellte fest, dass sie seinen Penis noch in der Hand hielt. Angewidert zog sie sie zurück. Patrick befummelte immer noch ihr Geschlecht und es kostete Abby einige Kraft, seinen Arm wegzuziehen, aber seine Hand zuckte immer wieder wie eine Schlange auf Suche nach Beute nach vorn, wollte erneut in sie eindringen.

»Nein!«, kreischte Abby und versetzte ihm eine schallende Ohrfeige. Patrick schlug die Augen auf. Sein Gesicht drückte zunächst Verwirrung aus, dann sah er Abby an und blickte an sich herab. Als er sah, dass er nackt war, lächelte er.

»Gib dich hin, Abby. Lass alles fallen, was dich in dieser Welt hält«, flüsterte er.

»Nein!« Sie erhob ihre Hand erneut zum Schlag, aber da wurde sie von hinten gepackt und auf die Füße gezogen. Es war die *mambo*, die dicke Priesterin.

»Gehen Sie«, befahl sie in strengem Ton. »Sofort!«

Abby zog ihr Kleid zusammen. Ihre Augen huschten noch mal zu Patrick, dann drehte sie sich um und rannte den Weg zur Straße hinunter.

Abby stolperte durch die Nacht. Heiße Tränen liefen über ihre Wangen. Tränen der Scham und voll ohnmächtiger Wut. Warum das alles geschehen war, konnte sich Abby nicht erklären. Es war ein so schöner Abend und Patrick ein zuvorkommender Begleiter gewesen. Sie waren Hand in Hand durch die Gassen spaziert, hatten gemeinsam gegessen und stundenlang getanzt.

Im Schein einer Straßenlampe blickte Abby auf ihre Armbanduhr. Zwei Uhr nachts. Was sollte sie jetzt tun? Sie musste zurück zum Hotel, aber wie sollte sie um diese Uhrzeit ein Taxi finden? Sie wusste ja nicht einmal genau, wo sie sich auf der Insel befand. Angst machte sich in ihr breit, aber gleich darauf gewann der Zorn wieder die Oberhand.

Scheiß drauf, dachte Abby. Irgendwie werde ich schon zurück zum Hotel kommen. Ich brauche nur ein Telefon oder ein verfluchtes Taxi.

Noch immer klopfte ihr Herz bis zum Hals, als versuche es, ihr aus der Brust zu springen. Bevor sie weiterging, musste sie erst einmal Luft schöpfen. Sie beugte sich nach vorn, stützte ihr Hände auf die Oberschenkel und atmete tief ein. Gott sei Dank hatte sie keinen Asthmaanfall bekommen.

Schließlich ging es wieder soweit, dass Abby sich auf die Suche nach einem Taxi machen konnte. Eine halbe Stunde später kam ihr eines entgegen. Abby stellte sich auf die Straße und stoppte es mit hoch erhobenen Händen. Der Fahrer, ein junger Mann Anfang zwanzig, schwarz wie die Nacht und mit den fast schon obligatorischen Rastazöpfen, kurbelte das Fenster langsam herunter. Seine Augen taxierten ihren Körper. Abby hätte kotzen können, aber sie wollte nur noch zurück ins Hotel.

»Wohin möchten Sie?«, fragte er in gebrochenem Englisch.

»Port-au-Prince. Hotel Ollofson.«

»Einhundert amerikanische Dollar. Kein Gourde«, grinste er, als er erkannte, in welch hoffnungsloser Lage sich Abby befand.

»Fick dich ins Knie«, murmelte Abby so leise, dass er sie nicht verstehen konnte.

»Was haben Sie gesagt?«, fragte der Fahrer.

»Der Preis geht in Ordnung.«

Als Abby schließlich, über eine Stunde später, erschöpft in ihr Bett sank, schwor sie sich, dieses verfluchte Land sofort mit dem nächsten Flugzeug zu verlassen.

11.

Abby erwachte mit einem schalen Geschmack im Mund. Ein Blick auf die Uhr verriet ihr, dass es erst 8.30 Uhr war. Sie hatte kaum drei Stunden geschlafen und fühlte sich wie erschlagen. Müde tappte sie ins Bad. Ihr Spiegelbild zeigte eine junge Frau mit eingefallenen Wangen und tiefen Ringen unter den Augen. Der Anblick brachte die Erinnerung an die letzte Nacht zurück. Übelkeit stieg in ihr auf. Der Brechreiz war so stark, dass sie sich in die Toilettenschüssel übergeben musste.

Nach mehrfachem Würgen war es vorbei. Abby ging zurück zum Waschbecken. Das Wasser war nur lauwarm, aber es erfrischte sie dennoch. Mit beiden Händen schöpfte sie das Nass und spritzte es sich ins Gesicht.

Während Abby ihre Zähne putzte, überfielen sie die Erinnerungen an die Ereignisse im Voodootempel erneut. Wie hatte sie sich nur so gehen lassen können? Abby fühlte sich missbraucht. Beschmutzt. Alles Wasser dieser Welt konnte diesen Schmutz nicht wegwaschen. Sie war wie im Rausch gewesen. Betäubt, so als habe sie Drogen genommen, und Patrick hatte diese Gelegenheit ausgenutzt, um sie zu verführen. Und das vor den Augen all der anderen.

Warum hat er das getan?, fragte sie sich. Ich hätte mich ihm hingegeben. Mein Gott, ich war drauf und dran, mich in ihn zu verlieben. Und dann das.

Patrick hatte gesagt, er wolle ihr Haiti von einer anderen Seite zeigen, die Magie und den Zauber der Karibikinsel spürbar werden lassen. Die Erlebnisse der letzten Nacht hatten jedoch nur Abscheu in ihr geweckt.

Dabei war es ein so schöner Abend gewesen. Die Atmosphäre beim Hahnenkampf. Die kleine Stadt am Meer, die vom Pulsschlag des Lebens erfüllt war. Die Stunden, die sie getanzt hatten. Eng umschlungen, den Rhythmus der Nacht fühlend.

Warum hatte er sie nur in diesen Tempel geschleppt? Was für ein Mensch war Patrick, dass er sich solcher Tricks bediente, wenn er jemanden begehrte? Oder verstand sie ihn schlichtweg nicht?

Wie auch immer, Abby hatte nicht vor, ihn nochmals wieder zu sehen. Nicht nach der letzten Nacht. Nein, nur noch weg aus diesem Höllenloch von einem Land. Noch im Bademantel ging sie zum Telefon hinüber und ließ sich von William Barton mit dem Flughafen verbinden.

»Bonjour«, meldete sich eine freundliche Stimme.

»Entschuldigung, sprechen Sie Englisch?«, fragte Abby.

»Ja, Madame«, kam es zurück.

Gott sei Dank, dachte Abby. Alles hätte sie jetzt gebrauchen können, nur nicht irgendwelche Schwierigkeiten beim Bestätigen ihres Rückfluges.

»Wann geht morgen der erste Flug nach Santa Domingo?«

Die Antwort kam prompt. »Um 10.30 Uhr.«

»Können Sie mich für diesen Flug buchen?« Abby gab ihren Namen und ihre Ticketnummer durch.

»Oui, Madame.«

»Gut. Danke schön.«

Sie legte den Hörer zurück auf die Gabel und überlegte, was sie noch alles zu erledigen hatte, bevor sie abreisen konnte. Zunächst musste sie zum Gesundheitsamt, um die sterblichen Überreste ihrer Schwester abzuholen. Anschließend wollte Abby noch zur Britischen Botschaft. Sie musste die Behörden über die mysteriösen Vorkommnisse, die sich um Lindas Tod spannten, informieren. Außerdem wollte sie nachfragen, was mit den persönlichen Gegenständen ihrer Schwester geschehen war. Linda hatte hier über ein Jahr lang gelebt. Abby wollte die Adresse herausfinden und Lindas Besitz nach England schicken. Sie erwartete keine Wertsachen, aber alles, was Linda mit nach Haiti gebracht hatte, sollte in die Heimat zurückkehren.

Abby verzichtete auf das Frühstück und bestellte stattdessen ein Taxi.

Nun, da ihr Rückflug gebucht und bestätigt war, fühlte sie sich gleich besser. Bald würde sie wieder in England sein und das Geschehen auf dieser Insel vergessen haben.

Sie öffnete den eingelassenen Wandschrank. Auf mehreren Metallbügeln hingen ordentlich ihre Kleider, Blusen und Hosen. Abby entschied sich trotz der draußen herrschenden Hitze für eine lange Leinenhose und eine schwarze Bluse. Ihre kurzen Haare band sie mit einem Gummi zu einem kleinen Pferdeschwanz zusammen. Sie verzichtete auf Make-up und Lippenstift, sondern trug nur etwas Wimperntusche auf.

Es klopfte an der Tür.

»Ja?«

Die Stimme des Pagen erklang. »Ein Brief für Sie, Madame.«

Abby öffnete die Tür. Der gleiche Junge, der ihr gestern das Frühstück serviert hatte, streckte ihr jetzt einen schlichten Briefumschlag entgegen. Auf der Vorderseite stand ihr Name. Abby erkannte Patricks Schrift. Sie nahm den Brief und legte ihn auf die kleine Kommode neben der Tür.

»Danke. Ist mein Taxi schon da?«

»Nein, Madame. Soll ich Sie rufen, wenn es vorfährt?«

»Das ist nicht nötig. Ich komme gleich runter und warte in der Lobby.«

Der Junge nickte und wandte sich ab. Abby schloss die Tür. Sie stand vor der Kommode und betrachtete Patricks

Brief. Sie wußte, dass er sich für das Geschehen im Tempel entschuldigen wollte. Wahrscheinlich hatte er den Brief bereits letzte Nacht geschrieben und unten an der Rezeption abgegeben.

Aber Abby konnte und wollte ihm nicht verzeihen. Sie zerriss den Brief ungelesen und warf ihn in den Papierkorb.

Sie nahm ihre Handtasche von der Kommode und ging hinunter in die Lobby. Zu ihrer Überraschung wartete dort bereits Jean Mitchard auf sie. Er hatte mit William Barton geplaudert, aber nun drehte er sich um und kam auf sie zu.

»Guten Morgen, Miss Summers«, begrüßte er sie.

Abby erwiderte den Gruß, dann fragte sie, was ihn hier herführe.

»Sie haben mir gestern erzählt, dass Sie heute Morgen die sterblichen Überreste Ihrer Schwester abholen möchten. Ich würde Sie gern begleiten.«

»Hat sich etwas Neues ergeben? Ist die Akte meiner Schwester aufgetaucht?«

»Nein, leider nicht.«

»Warum sind Sie gekommen?«

»Nach all den Vorkommnissen um den Tod Ihrer Schwester ist es das Mindeste, was ich für Sie tun kann. Vielleicht benötigen Sie meine Hilfe, um alle Formalitäten zu klären.«

»Danke, aber ich denke, ich komme zurecht«, erwiderte Abby.

Mitchard zögerte. Abby fühlte, dass Hilfsbereitschaft nicht der einzige Grund für sein Kommen war.

»Was ist los?«, fragte sie barsch.

Jean Mitchard drehte den Kopf, sah, dass William Barton sie beide beobachtete.

»Lassen Sie uns draußen weiter darüber sprechen«, bat er.

»Mein Taxi kommt jeden Moment«, erklärte Abby.

»Es dauert nur einen Augenblick, und wenn Sie es möchten, kann ich Sie zum Gesundheitsamt fahren. Mein Wagen steht vor dem Eingang.«

Abby nickte und folgte Mitchard hinaus in die drückende Hitze des Morgens. Der Arzt hielt auf einen verbeulten, zehn Jahre alten Renault zu, von dem die rote Farbe abblätterte. Kurz vor dem Fahrzeug blieb er unschlüssig stehen und wandte sich wieder Abby zu.

»Wollen Sie mir nun bitte sagen, was eigentlich los ist?«, forderte Abby ihn ungehalten auf.

Mitchard trat von einem Fuß auf den anderen. »Ich habe letzte Nacht viel nachgedacht und je länger ich nachdachte, umso merkwürdiger erschienen mir die Vorkommnisse rund um den Tod Ihrer Schwester.« Er zögerte. »Ich habe keinen Zweifel daran, dass sie eines natürlichen Todes gestorben ist, aber der Gedanke an ihre verschwundene Krankenakte beschäftigte mich. Immer wieder fragte ich mich, warum die Datei Ihrer Schwester gelöscht wurde. Wer versucht da etwas zu verbergen?«

»Und zu welchem Ergebnis sind Sie gekommen?«, fragte Abby.

Mitchard ging auf ihre Frage nicht ein. »Dann ist da noch die zwangsweise angeordnete Einäscherung des Leichnams. Wie ich Ihnen schon sagte, finde ich diesen Umstand sehr merkwürdig. Die Begründung des Gesundheitsamtes erscheint mir äußerst unglaubwürdig.«

»Das alles bringt uns nicht weiter«, unterbrach ihn Abby. »Darüber haben wir gestern schon gesprochen. Also, wenn Sie mir nichts Neues zu berichten haben, verraten Sie mir bitte, warum Sie darauf beharren, mich zum Gesundheitsamt zu begleiten?«

Mitchard sah ihr direkt in die Augen. Ein seltsamer Ausdruck lag darin. Eine Entschlossenheit, die Abby zuvor nicht an ihm entdeckt hatte.

»Ich möchte die sterblichen Überreste Ihrer Schwester untersuchen!«

Abby schnappte nach Luft. »Sind Sie verrückt?«

»Ich möchte mir Gewissheit verschaffen.«

»Worüber möchten Sie sich Gewissheit verschaffen?«

Mitchards Augen ließen ihren Blick nicht los. »Vielleicht erfahren wir ja dabei etwas Neues über den Tod Ihrer Schwester.«

»Das glaube ich Ihnen nicht. Was wollen Sie aus einem Häufchen Asche denn noch erfahren? Sagen Sie mir die Wahrheit!«

Mitchard fasste nach Abbys Arm, aber sie entzog sich ihm.

»Also gut«, seufzte er. »Ich möchte herausfinden, ob es sich bei der verbrannten Toten wirklich um Ihre Schwester handelt.«

12.

Sie saßen in Mitchards Wagen und fuhren durch die engen Straßen von Port-au-Prince. Der Verkehr hatte das übliche Ausmaß an Chaos angenommen und sie kamen nur langsam voran. Tap-Taps zwängten sich hupend in jede schmale Lücke, die sich zwischen den Fahrzeugen auftat. Fußgänger strömten dazwischen und Mitchard musste oft anhalten, bevor es wieder ein paar Meter weiterging.

Der Renault hatte keine Klimaanlage und die Hitze drang durch die geöffneten Fensterscheiben herein. Abby wischte sich mit der Hand über die Stirn.

»Sie vermuten also, dass es sich bei der Toten nicht um meine Schwester handelt?«, fragte sie.

»Ich vermute gar nichts. Wie gesagt, ich möchte mir Gewissheit verschaffen.«

»Und Sie glauben, Sie können das aus der Asche erfahren?«

»Ja. Kein Körper verbrennt restlos. Es bleiben immer Knochenfragmente und Haare übrig.«

»Untersuchen Sie die Reste im Krankenhaus?«

»Nein, die dortigen Mikroskope wurden schon vor langer Zeit gestohlen und auf dem Schwarzmarkt verkauft. Wir besuchen einen Freund.«

Um wen es sich bei dem Freund handelte, erklärte er nicht. Abby wusste noch immer nicht, was sie von Mitchards Vorhaben halten sollte. Andererseits wollte auch sie die Bestätigung haben, dass es sich bei der Toten um ihre Schwester handelte. Ihr leerer Magen schmerzte bei dem Gedanken, es könnte anders sein.

Der Rest der Fahrt verlief schweigend. Schließlich erreichten sie das Gesundheitsministerium und Mitchard lenkte den Wagen an den Straßenrand. Als er Anstalten machte auszusteigen, hielt Abby ihn auf.

»Ich gehe allein hinein.«

»Vielleicht brauchen Sie meine Hilfe«, widersprach der Arzt.

»Wenn Sie mich begleiten, fallen wir nur auf. Falls beim Tod meiner Schwester irgendetwas nicht mit rechten Dingen zugegangen ist, sollten wir keinen Verdacht erregen. Wenn mich plötzlich ein einheimischer Arzt begleitet, könnte jemand misstrauisch werden.«

»An wen denken Sie?«

»Wenn wirklich etwas nicht stimmt, ist das Gesundheitsamt auch darin verwickelt. Schließlich hat der dortige Beamte die Einäscherung angeordnet.«

Abby berichtete ihm von den Schwierigkeiten, die sie am Vortag auf dem Amt gehabt hatte. Sie erzählte Mitchard, dass Ferre den Beamten bestechen musste, damit sie überhaupt etwas erfuhr.

»Sie kennen Patrick Ferre?«, fragte Mitchard verblüfft.

»Ja«, antwortete Abby knapp. »Wieso? Kennen Sie ihn auch?«

Mitchards Gesicht nahm einen harten Ausdruck an. »Allerdings.«

»Klingt nicht so, als würden Sie ihn mögen.«

»Bestimmt nicht.«

»Was hat er Ihnen getan?«

»Darüber möchte ich nicht sprechen. Es hat nichts mit Ihnen oder Ihrer Schwester zu tun.«

Abby wollte nachhaken, aber Mitchards verschlossene Miene sagte ihr, dass es zwecklos war.

»Gut, dann gehe ich jetzt hinein«, erklärte sie.

»Ich kann hier nicht stehen bleiben.« Seine Hand deutete auf eine Parkbucht auf der anderen Straßenseite. »Ich warte dort drüben auf Sie.«

Als Abby zurückkam, war kaum eine Viertelstunde vergangen. Der ihr schon bekannte Beamte hatte sie empfangen und ihr die Urne samt einer amtlichen Berechtigung, sie nach England auszuführen, übergeben.

»Nochmals mein Beileid«, hatte er gesagt.

Abby hatte sich höflich bedankt und war gegangen, bevor der Mann ein längeres Gespräch anfangen konnte.

Die Hitze im Inneren von Mitchards Fahrzeug war unerträglich. Es kam Abby so vor, als würde sie in einen dampfenden Kochtopf steigen.

»Sie haben die Urne also bekommen.« Die Bemerkung war überflüssig. Abby reichte ihm die Ausfuhrgenehmigung. Mitchard warf nur einen kurzen Blick darauf, bevor er das Schreiben zurückgab.

»Kennen Sie den Beamten, der das unterzeichnet hat?«, fragte Abby.

»Nein. Der Name sagt mir nichts.« Mitchard startete den Motor. »Es wird Zeit, dass wir meinem Freund einen Besuch abstatten.«

Sie verließen Port-au-Prince über die *Rue du Quai*. Als der Wagen die Docks passierte, konnte Abby verrostete Ozeanriesen sehen, die vor schwarzen, baufälligen Baracken lagen. Arbeiter zogen in einem Tross schwer beladene Karren hinter sich her.

Kurz darauf kamen sie am Flughafen der Stadt vorüber, aber dort herrschte Ruhe. Keine Maschine startete oder landete. Abby konnte kaum glauben, dass sie erst vor zwei Tagen in Haiti eingetroffen war. So vieles war inzwischen geschehen. Morgen würde sie die Karibikinsel verlassen und nie wiederkehren. Sie seufzte unhörbar. Wenn es nur schon soweit gewesen wäre.

Mitchard folgte der Küstenstraße Richtung Nordwesten. Die Fahrt ging durch die lang gestreckten Zuckerrohrfelder der Ebene *Cul de Sac* zu den Abhängen der

Chane de Matheux, bevor die Straße sie wieder Richtung Meer führte. Links von ihnen tauchte die Insel *Ille de la Gonave* aus dem Mittagsdunst auf. Fischerboote kreuzten zwischen der Insel und dem Festland.

Sie durchfuhren mehrere Ortschaften, bis sie schließlich die Stadt *St-Marc* erreichten. Hier war nichts mehr von der Hektik der Hauptstadt zu spüren. Nur wenige Fahrzeuge befuhren die schlecht ausgebesserten Straßen. Mitchard schien sich hier auszukennen. Ohne Zögern lenkte er das Fahrzeug durch die Stadt, wobei er so oft abbog, dass Abby jedes Orientierungsgefühl verlor. Schließlich erreichten sie ihr Ziel im nördlichsten Teil der Stadt, ›Wespentor‹ genannt. Vor einer baufälligen Kirche mit kleinem Glockenturm und spitzen Giebeln hielt Jean an.

»Hier wohnt Ihr Freund?«, fragte Abby erstaunt.

Mitchard deutete auf ein winziges Haus, das sich an die Kirche schmiegte. »Mein Freund ist Priester.«

Weitere Erklärungen hielt er anscheinend für überflüssig. Mitchard verließ den Wagen und Abby folgte ihm durch ein verrostetes Tor in der Kirchenmauer. Das Tor ächzte in den Angeln, schwang aber problemlos auf. Der Weg war mit weißem Kies bestreut. Die Steine knirschten unter ihren Füßen, als sie den kleinen Hügel hinauf zum Haus gingen.

Sie hatten den Eingang noch nicht erreicht, als die Tür aufflog und ein Mann im Türrahmen erschien. Er war groß und wuchtig, mit einem mächtigen Bauch, über den sich die Soutane spannte. Das graue, fast schon weiße Haar fiel ihm in Locken bis auf die Schultern. Auf dem runden Gesicht, das auf Abby irisch wirkte, lag ein freundliches Lächeln, als er die Arme ausstreckte, so als wolle er sie beide gleichzeitig umarmen. Abby betrachtete ihn. Sie sah die fleischige Nase mit den geplatzten Äderchen an den Seiten. Die wulstigen Lippen hatten in der Mitte einen Spalt, so als habe der Mann irgendwann einmal zu heftig auf ein Stück Holz gebissen. Die Augen des Priesters lagen unter buschigen Brauen und waren so grau wie seine Haare. Insgesamt strahlte Mitchards Freund Ruhe und Kraft aus.

»Hallo Jean«, dröhnte die Stimme des Priesters ihnen entgegen.

Abby sah, wie ein breites Grinsen auf Mitchards Gesicht erschien.

»Hallo Bob«, antwortete er.

»Schön, dass du mal wieder vorbeischaust.«

»Du bist noch dicker geworden seit dem letzten Mal.«

Der Priester klopfte mit beiden Händen auf seinen Bauch. »Das liegt nur an Mama Kokos gutem Essen. Du kennst sie ja. Erstens schmeckt es hervorragend, und zweitens gibt sie niemals Ruhe, bevor man nicht mindestens zweimal nachgeschöpft hat.«

Mitchard lachte. »Ja, ich kenne sie. Wo ist Mama Koko?«

»In der Stadt. Einkäufe erledigen. Wenn du es nicht eilig hast, wirst du sie später noch sehen. Aber jetzt sag mir, wen du mir da mitgebracht hast.«

»Das ist Abby Summers aus England.« Mitchard wandte sich Abby zu. »Abby, darf ich Ihnen Pater Bob Maddox aus Ohio vorstellen.«

Der Priester trat einen Schritt vor und umfasste Abbys Hand mit seinen beiden Pranken. »Willkommen. Willkommen in meinem Haus. Ich will doch hoffen, dass Sie eine gute Katholikin sind?«

»Nein, ich bin protestantisch erzogen worden«, erwiderte Abby lächelnd.

»Nun ja, dann werden Sie später mit Sicherheit in der Hölle braten, aber nun kommen Sie schnell ins Haus. Die Hitze hier draußen ist mörderisch.«

Sie folgten dem Pater durch einen engen Flur in eine geräumige Wohnküche. Der Raum war größer, als Abby erwartet hatte. Von draußen wirkte das Gebäude durch seine Bauweise kleiner, als es tatsächlich war. Links von ihr befand sich eine lang gestreckte Küchenzeile mit Herd, Spüle und mehreren an der Wand hängenden Schränken. In der Mitte des Zimmers stand ein wuchtiger, alter Holztisch, dem man sein hohes Alter ansah. Um ihn herum gruppierten sich sechs eben so alt aussehende Holzstühle mit hohen Lehnen. Direkt über dem Tisch hing ein massives Holzkreuz an der Wand, welches den gekreuzigten Christus zeigte. Abby ließ ihren Blick weiterwandern. An der anderen Seite des Raumes lehnte sich ein mit Büchern überladenes Regal an die Wand, als wolle es sich gegen die Last abstützen. Daneben hatte ein zerschlissenes Sofa mit verblasstem rotem Bezug seinen Platz gefunden. Ein angenehmer Geruch lag über allem. Abby konnte ihn nicht einordnen, aber der Geruch erinnerte sie ein wenig an den Duft von Mangos.

Bob Maddox hatte Abby heimlich beobachtet und sagte nun: »Sie haben sicherlich ein bisschen mehr Protz und Prunk erwartet.« Seine fleischige Hand deutete auf einen Durchgang, der von einem Stoffvorhang verdeckt wurde. »Mein Schlafzimmer. Da drin sieht es ganz anders aus. Ich habe ein Himmelbett aus Samt mit einem Baldachin darüber, der sich wie ein Segel von einer Zimmerecke zur anderen spannt. Mein Kopf ruht auf seidenen Kissen und ich bedecke diesen mir von Gott geschenkten Körper mit den feinsten Daunendecken.« Er lachte dröhnend.

»Glauben Sie ihm kein Wort«, meinte Mitchard trocken. »Da drin befindet sich nur ein sehr alter, von Holzwürmern zerfressener Sekretär und ein Feldbett aus dem ersten Weltkrieg. Pater Maddox übertreibt gern ein wenig.«

»Was kann ich euch zu trinken anbieten?«, fragte der Pater. »Mama Koko hat frische Zitronenlimonade gemacht.«

»Danke, für mich nichts«, meinte Mitchard.

»Ich nehme sehr gern ein Glas«, sagte Abby.

Pater Maddox schenkte ihr aus einem tönernen Krug ein Glas ein und vergaß auch nicht eine frische Scheibe Zitrone abzuschneiden, die er einschlitzte und an den Rand des Glases klemmte.

»Bitte sehr.«

Abby dankte ihm. Die Zitronenlimonade schmeckte herrlich erfrischend nach der langen Fahrt. Abby leerte ihr Glas auf einen Zug. Der Pater füllte das Glas unaufgefordert wieder auf.

»Nehmt bitte Platz«, lud er sie ein. »Und sagt, was euch zu mir führt.«

Nachdem sie sich gesetzt hatten, erzählte Jean von Linda Summers Tod und den merkwürdigen Umständen, die ihn begleiteten. Bob Maddox schwieg die ganze Zeit. Als Mitchard endete, beugte sich der Pater zu Abby hinüber und legte seine Hand über ihre. »Mein Beileid zu Ihrem Verlust.«

»Danke, Pater.«

»Und nun möchtest du mein Mikroskop benutzen, um herauszufinden, ob diese Asche wirklich von Linda Summers Körper stammt?«, wandte Maddox sich wieder an Jean.

»Ja, wenn du nichts dagegen hast.«

»Kein Problem. Du weißt, wo meine Sachen stehen. Einfach die Kellertreppe hinunter.«

Jean erhob sich. »Dann will ich mich mal an die Arbeit machen. Je schneller wir die Sache hinter uns haben, desto besser.«

Abby reichte ihm die Stofftasche, in der sie die Urne transportiert hatte. »Darf ich mitkommen?«

»Nein, besser nicht. Sie können mir nicht helfen. Und ich mache das lieber ungestört.«

»Sie bleiben bei mir, meine Liebe«, mischte sich der Pater ein. »Und lauschen den Geschichten eines alten Mannes, während Jean seine Arbeit tut.«

»Verzeihen Sie meine Neugier, aber wieso hat ein Priester ein Mikroskop?«, fragte Abby, nachdem Jean im Keller verschwunden war.

Maddox grinste wie ein kleiner Junge. »Ich sammle Schmetterlinge. Schmetterlinge sind so ziemlich das Einzige, was Haiti im Überfluss zu bieten hat. Mama Koko mag keine toten Tiere in der Wohnung, also hat sie meine Sammlung in den Keller verbannt.«

»Mama Koko ist Ihre Haushälterin?«

»Ja, Sie werden sie später noch kennen lernen. Ich verspreche Ihnen, das wird ein Erlebnis.«

»Stört es Sie, wenn ich Ihnen Fragen stelle?«

»Keineswegs, so etwas nennt man Konversation und wir haben sowieso nichts anderes zu tun, bis Jean mit seiner Untersuchung fertig ist.«

»Woher kennen Sie Jean Mitchard?«

Eine Augenbraue des Priesters zuckte nach oben, als versuche sie aus seinem Gesicht zu hasten. »Hat er Ihnen das nicht gesagt?«

»Nein.«

»Ich habe viele Jahre das Waisenhaus von St-Marc geleitet. Jean ist eine Waise, er ist bei mir aufgewachsen. Später hat ihm meine Kirche in Cleveland das Medizinstudium in den USA finanziert. Er hätte nach seinem Abschluss dort bleiben können, aber er kam zurück nach Haiti, um hier zu arbeiten.«

»Was ist mit seinen Eltern geschehen? Starben sie bei einem Unfall?«

Die Augen des Priesters blickten sie traurig an. »Darüber möchte ich nicht sprechen. Jean soll es Ihnen selbst erzählen. Sie wissen nicht viel über Haiti, nicht wahr?«

»Nur, was man so in den Zeitungen liest und das ist wenig genug.«

»Sie haben Recht, die Welt hat uns vergessen.« Er rückte mit dem Stuhl. »Lassen Sie mich Ihnen ein wenig von diesem Land und seiner Geschichte erzählen. Vielleicht verstehen Sie Haiti dann ein bisschen besser.«

Abby nippte an ihrer Limonade.

»Kolumbus hat Haiti im Jahr 1492 bei seiner Suche nach einem Seeweg nach Indien entdeckt. Er nannte die Insel Hispaniola, da sie ihn an seine spanische Heimat erinnerte. Bei den Einheimischen, den Taino und Arauak, hieß die Insel Haiti – Insel der Berge.

Anfang des 16. Jahrhunderts trafen die ersten spanischen Siedler ein. Auf der Suche nach Gold drangen sie ins Landesinnere vor. Und sie fanden Gold. Ein wahrer Goldrausch setzte ein. Tausende von Europäern zog es nach Haiti, der Insel, von der man sagte, sie könne jeden über Nacht reich machen und dass hier selbst der ärmste Bauer noch wie ein König lebe.

In den nächsten hundert Jahren wurde die Urbevölkerung Hispaniolas systematisch ausgerottet. Man zwang die Eingeborenen unter sklavenähnlichen Bedingungen in den Minen der weißen Herren zu arbeiten, aber die Taino und Arauak eigneten sich nicht für den Frondienst. Sie starben wie die Fliegen. Ende des 17. Jahrhunderts waren von den ehemals fast eine Million zählenden Ureinwohnern nur noch sechzigtausend am Leben.

Die Gier der Fremden war nicht zu stillen. Kurzerhand suchten sie nach neuen Arbeitskräften und sie fanden sie an den dicht besiedelten Küsten Afrikas. ›Schwarze Arbeitstiere‹, von anderen Schwarzen oder Arabern eingefangen und an weiße Menschenhändler verkauft, wurden nach Haiti verschifft.

Die Spanier gingen die Verschleppung ganzer Völker zunächst noch langsam an, aber inzwischen hatten auch französische Glückssucher die Insel entdeckt und sich im Westen festgesetzt. Sie gründeten die ›Compagnie des Indes‹ mit dem erklärten Ziel, unzählige Sklaven nach Haiti zu importieren, um die wirtschaftliche Oberhand über die

Insel zu gewinnen. Im Jahre 1697 trat Spanien das westliche Drittel, das heutige Haiti, an Frankreich ab. Nun begann der Sklavenhandel erst richtig.«

Abby lauschte der Stimme des Priesters gebannt.

»Das Leid der Sklaven war unvorstellbar. Schlecht ernährt, regelmäßig ausgepeitscht und eng zusammengepfercht, starben viele von ihnen schon während der Überfahrt. Die Überlebenden wurden einer regelrechten Gehirnwäsche unterzogen. Die weißen Herren hatten aus den Erfahrungen mit den Taino und den Arauak gelernt, die sich immer wieder gegen sie erhoben hatten. Jeder Sklave erhielt einen neuen Namen. Die verschiedenen Stämme und Völker wurden so durcheinandergemischt, dass nur noch einander Fremde miteinander lebten und schufteten. Familien wurden getrennt, Traditionen und alte Rituale verboten. Sechzehn Stunden täglich mussten diese bedauernswerten Menschen in den Minen und auf den Zuckerrohrplantagen arbeiten. Schlecht ernährt und für jedes kleine Vergehen ausgepeitscht, lebte kaum einer von ihnen länger als zehn Jahre. Zwar hatten die Weißen die Sklaven in Massentaufen zu Christen gewandelt, das hielt sie aber nicht davon ab, ihnen das Leben zur Hölle zu machen.

Da der gekreuzigte weiße Heiland, mochten sie ihn auch noch so oft anrufen, ihnen nicht zur Seite stand, erinnerten sich die Sklaven an ihre alten Religionen. *Legba*, *Damballah* und *Ogu* würden ihnen helfen, so wie sie schon ihren Vorfahren geholfen hatten. Immer mehr Schwarze fanden zurück zu ihren alten Traditionen. Versammlungen, die man *Calenda* nannte, wurden abgehalten. Es blieb nicht nur bei religiösen Ritualen. Immer mehr Schwarze flohen in die Berge Haitis. Diese Entflohenen wurden von den Franzosen *Marron* genannt, ein Wort, das sich vom spanischen *Cimarron* ableitet und soviel wie ›gezähmtes Tier, das sich in eine wilde Bestie verwandelt hat‹ bedeutet.

Die *Marron* erhielten immer mehr Zulauf von entflohenen Sklaven. Im Jahr 1791, zwei Jahre nach Ausbruch der französischen Revolution, erhoben sie sich gegen ihre weißen Herren. Der Aufstand dauerte zwölf lange Jahre. Schlecht ausgerüstet und nur spärlich bewaffnet, kämpften sie zunächst gegen die restlichen Truppen der französischen Monarchie, danach gegen eine ausgesandte Streitmacht der Republikaner und zuletzt gegen britische Invasoren, die versuchten, sich das Chaos zunutze zu machen und die reiche Karibikinsel an sich zu reißen. Auf dem Höhepunkt der Kämpfe sandte Napoleon 34 000 Mann nach Haiti, kampferprobte Soldaten, die größte Expedition, die die französischen Häfen je verlassen hatte. Eigentlich waren diese Truppen dafür vorgesehen gewesen, das Gebiet des Mississippi in Amerika zu erobern, um eine weitere Ausdehnung der Vereinigten Staaten zu verhindern. Napoleon befahl auf dem Weg dahin jedoch in Haiti Halt zu machen und die Sklaven niederzuwerfen. Seine Truppen sollten Louisiana nie zu sehen bekommen.

Der Kampf wurde mit äußerster Härte geführt. Ein Schwager Napoleons hatte das Kommando. Er starb bereits im ersten Jahr. Mit ihm viele seiner Männer. Der neue französische Anführer Rochambeau kündigte nach seiner Befehlsübernahme sofort die Ausrottung aller Aufständischen bis zum letzten Mann an.

Einfache Gefangene wurden verbrannt. Generäle der Rebellen, und die gab es tatsächlich, denn kein Aufstand kommt ohne Führung aus, wurden an Felsen gefesselt, sie sollten verhungern. Frauen und Kinder dieser Männer wurden vor ihren Augen ertränkt.«

»Das ist ja furchtbar«, sagte Abby.

»Ja«, gab Maddox zu. »Aber es wurde noch schlimmer. Aus Jamaika wurden 1500 abgerichtete Hunde importiert, die in öffentlichen Veranstaltungen schwarze Gefangene zerfleischten.«

Abby spürte Übelkeit in sich aufsteigen.

Maddox erzählte weiter. »Trotz tausendfachem Mord, Folter und gnadenloser Verfolgung siegten die aufständischen Truppen. Im Jahr 1803 räumten die Franzosen Haiti. Sie hatten insgesamt 70 000 Soldaten verloren. Am 1. Januar 1804 wurde der unabhängige Staat Haiti ausgerufen. Ein Datum, das kein Einheimischer je vergessen wird.«

Maddox erhob sich und ging zur Spüle hinüber. Aus dem Hahn ließ er Wasser in ein Glas einlaufen, das er durstig leerte.

»Wie ging es weiter?«, fragte Abby.

Maddox wandte sich ihr zu. »Nun, wie es überall auf der Welt nach Revolutionen zugeht. Gute und schlechte Herrscher lösten einander ab. Sie alle wurden reich, während das Land und seine Menschen immer mehr verarmten. Viele der Herrscher, die sich zu Königen oder Kaisern krönen ließen, waren Anhänger der alten Religion. Sie waren Voodoopriester – *bokor*, schwarze Magier. Von all den Verrückten, Größenwahnsinnigen und Blutsäufern, die Haiti seit seiner Unabhängigkeit hat erdulden müssen, war François Duvalier der Schlimmste. 1957 gelangte er an die Macht. Er war ein glühender Antikommunist, wahrscheinlich war dies der Grund für die Unterstützung der Amerikaner. Duvalier, oder Papa Doc, wie er sich selbst nannte, verehrte Hitler, aber sein größtes Vorbild war ›Baron Samedi‹, der Herr der Friedhöfe. ›Baron Samedi‹ ist ein Voodoogeist des Todes, ein übernatürliches Wesen. Duvalier kleidete sich wie sein Vorbild in Schwarz, und mit der Zeit glaubte er selbst, unsterblich zu sein. Er ließ überall eine neue Version des Vaterunsers anschlagen: »Unser Doc, der du bist im Nationalpalast, geheiligt werde dein Name . . .«

Maddox schwieg für einen Moment.

»Waren Sie damals schon in Haiti?«, wollte Abby wissen.

»Nein, ich kam erst in den siebziger Jahren hierher. Meine Kirche hatte mich entsandt, um hier ein Waisenhaus zu errichten und zu leiten. Und Waisen gab es viele. Papa Doc, und später auch sein Sohn Baby Doc, regierten mit Hilfe der *tonton macoute*. Der Name leitet sich aus einem Abzählvers ab, mit dem man Kindern mit dem ›Schwarzen Mann‹ droht. Die *tontons* folterten und töteten Zehntausende, während François Duvalier Voodoomessen im Nationalpalast abhielt. Sein Sohn war kaum besser, musste aber Mitte der achtziger Jahre nach Frankreich fliehen, wo er noch heute unbehelligt lebt.«

Abby blickte Maddox direkt in die Augen. »Die *tontons* haben Jeans Eltern getötet, nicht wahr?«

Maddox antwortete nicht auf ihre Frage, aber in seinem Blick erkannte Abby, dass sie Recht hatte.

»Und trotzdem ist er nach Haiti zurückgekehrt«, meinte sie nachdenklich.

»Seine Eltern starben für ein besseres Haiti. Er ist hier, um ihren Traum Wirklichkeit werden zu lassen.«

Abby lachte bitter. »Ein Traum? Ich bin erst wenige Tage hier, aber was ich gesehen habe, erinnert mich mehr an einen Albtraum.«

»Dem viele Haitianer zu entfliehen versuchen. Die meisten von ihnen ersaufen in seeuntüchtigen Booten bei dem Versuch, die USA zu erreichen. Diejenigen, die es tatsächlich schaffen, amerikanische Hoheitsgewässer zu erreichen, werden von der US-Küstenwache aufgebracht und hierher zurückgeschickt.« Der Priester schüttelte resigniert den Kopf. »Niemand verlässt Haiti. Weder die Lebenden, noch die Toten werden dieser Insel je entkommen.«

»Warum sind Sie noch hier?«

»Das Waisenhaus ist längst geschlossen. Der verfluchte Aristide aus dem Land gejagt, sein Nachfolger Boniface Alexandre fungiert als Interimspräsident, aber niemand verspricht sich etwas von ihm. Schon unter Baby Doc Duvalier war er Anwalt und später Richter. Aristide erhob ihn während seiner zweiten Präsidentschaft zur höchsten Justizinstanz. Sie sehen also einen Mann, der nirgends aneckt und sich der Situation anpasst, ohne sie zu verändern. Außerdem gibt es immer noch den Rebellenführer Guy Philippe, einen ehemaligen Polizeichef, dem mehrere Morde und Drogenhandel angelastet werden. An ihm kommt politisch derzeit in Haiti niemand vorbei. Ich leite hier eine kleine Gemeinde. Anständige Menschen, die auf meine kirchliche Führung vertrauen. Nein, ich könnte sie nicht im Stich lassen. Ich habe diesen Beruf gewählt, um den Menschen Hoffnung zu bringen, und nirgends auf der Welt ist die Hoffnung nötiger.« Wieder schüttelte er den Kopf, aber diesmal wirkte es, als wolle er eine Last abwerfen. »Mein Platz ist genau hier.«

Abby kam nicht mehr dazu, ihm weitere Fragen zu stellen, denn plötzlich stand Jean am Kelleraufgang. Sie konnte ihm ansehen, dass er etwas entdeckt hatte. Sein Gesichtsausdruck verriet ihr, dass es ihr nicht gefallen würde.

»Lassen Sie uns nach Port-au-Prince zurückfahren«, sagte er.

»Was haben Sie herausgefunden?«, verlangte Abby zu wissen.

»Ich erzähle es Ihnen auf der Rückfahrt.«

»Nein«, sagte Abby bestimmt. »Sie sagen es mir jetzt.«

Mitchard seufzte, es klang wie ein Stöhnen. Sein Blick wanderte von Abby zu Maddox und wieder zurück.

»Ich kann rausgehen«, meinte der Priester.

»Das ist nicht nötig«, sagte Jean. »Du kannst es ruhig hören.«

»Also, ist das nun meine Schwester oder ist sie es nicht?«, fragte Abby hart.

»Nein, sie ist es nicht.«

Abby, die sich erhoben hatte, wankte zurück zum Stuhl und ließ sich schwer hineinfallen. Maddox schaute Jean erschrocken an, der seinen Blick ungerührt erwiderte.

»Bei dem verbrannten Leichnam handelt es sich definitiv nicht um einen Weißen. Die Knochenfragmente, die ich untersucht habe, waren zwar zu klein, um etwas damit anfangen zu können, aber ich habe mehrere Haare gefunden, die nicht vollständig verbrannt sind.« Er wandte sich an Abby. »Sie sagten, Ihre Schwester sei blond gewesen.«

Abby nickte.

»Nun, die Haare, die ich gefunden habe, waren schwarz.«

»Linda könnte sich die Haare gefärbt haben«, warf Abby ein.

»Nein.« Mitchard schüttelte energisch den Kopf. »Die Haare entsprechen in Aufbau und Struktur dem afrikanischen Haar, das viel dicker ist und einen anderen Querschnitt als europäisches Haar hat, und die Haarspitzen waren grau. Nicht durch Entfärbung oder durch die Hitze beim Verbrennen der Leiche. Es waren die Haare eines alten Menschen. Wahrscheinlich handelte es sich bei dem Toten um einen Mann. Ich habe ein einzelnes schwach gekräuseltes Haar entdeckt, von dem ich glaube, dass es aus dem Bartwuchs eines Mannes stammt.«

Abby war bleich geworden. Ihre Hände lagen auf der Tischplatte des Küchentisches. Jean konnte sehen, wie sie zitterten. Als er in Abbys Gesicht blickte, bemerkte er, dass sie weinte. Er ging zu ihr hinüber, aber bevor er sie erreichte, erhob sie sich und verschwand durch die Tür nach draußen.

»Lass sie gehen«, sagte Maddox, als Jean Anstalten machte, ihr zu folgen. »Sie muss jetzt allein sein.«

Mitchard setzte sich zu dem Priester. »Es nimmt kein Ende, nicht wahr?«

»Nein, mein Freund. Wir beide wissen, auf Haiti findet nichts jemals ein Ende.«

Abby stand an die alte Kirchenmauer gelehnt und weinte, bis keine Tränen mehr kamen. Sie spürte weder die Hitze noch den Wind, der vom Meer heraufstrich.

Sie dachte an Linda. Linda, wie sie immer gelächelt hatte. Ein stolzer Schwan in einer Welt, die von Spatzen bevölkert war. Linda war tot, unwiederbringlich an die Ewigkeit verloren, zu der Sterbliche keinen Zutritt hatten. Und ihr selbst blieb nicht einmal ein Leichnam, den sie beerdigen konnte.

Was war das nur für ein Land, in dem man Leichen stahl und andere Tote verbrannte, um Trauernde zu täuschen?

Obwohl Abby wie betäubt durch Mitchards Bericht war, stellten sich ihr doch Fragen.

Warum?

Wofür das alles?

Wenn Linda durch ärztliches Versagen gestorben war, hätte sie es nie erfahren. Den Leichnam hätte man nur in einem versiegelten und feuerfesten Sarg aus Haiti ausführen dürfen, den man in England ungeöffnet hätte beerdigen müssen. Allenfalls hätte sie die Behörden davon überzeugen können, eine Autopsie an ihrer Schwester durchzuführen, um die tatsächliche Todesursache herauszufinden, aber irgendwie glaubte Abby nicht so recht daran, dass ihr dies gelungen wäre.

War Linda ermordet worden?

Jean Mitchard schwor Stein und Bein, dass sie eines natürlichen Todes gestorben war. Es gab jede Menge Zeugen für ihr Ableben. Aber wo war ihr Leichnam? Warum hatte man ihn verschwinden lassen, wenn es nichts zu verbergen gab?

Abby fuhr sich mit der Hand durch die Haare. Alles war so verwirrend. Es ergab keinen Sinn. Jede Frage führte nur zu weiteren Fragen, und bis jetzt hatte sie noch keine einzige Antwort gefunden.

Unerwartet legte sich eine schwere Hand auf ihre Schulter. Sie hatte nicht bemerkt, wie der Priester neben sie getreten war.

»Kommen Sie ins Haus. Ich mache uns einen Tee.«

Widerstandslos ließ sich Abby von ihm zurück in die Küche führen. Mitchard saß am Tisch und sah ihr entgegen, als sie den Raum betrat, aber er sagte nichts.

Maddox hantierte mit einem alten Wasserkessel herum, den er auffüllte und auf die Herdplatte stellte. Aus einem der Schränke nahm er eine Blechdose mit Teebeuteln, die er auf drei Tassen verteilte.

»Morgen fliege ich nach Hause«, sagte Abby leise. Niemand antwortete ihr. Was hätten sie auch sagen können.

Der Kessel begann zu pfeifen. Maddox schüttete das Wasser in die Tassen und stellte jeweils eine vor Abby und Mitchard ab. Die letzte Tasse behielt er in der Hand, als brauche er etwas, um sich daran festzuklammern.

»Geht zum Friedhof«, sagte er schließlich.

»Wie bitte?«, fragte Abby. Mitchard blickte von seinen Händen auf, die er die ganze Zeit geknetet hatte.

»Zum Friedhof«, wiederholte Maddox. »Geht zum Friedhof und sprecht mit den Totengräbern. Vielleicht können sie euch helfen. Wenn eine weiße Frau begraben wurde, wissen sie es.«

»Ich habe Ihnen doch erklärt, dass man mir gesagt hat, sie wäre ...« Mitten im Satz hielt Abby inne. Vielleicht war ja auch das eine Lüge gewesen, wie alles andere? Vielleicht hatte man ihr nur gesagt, dass Linda verbrannt worden war, damit sie ihre Leiche nie zu Gesicht bekäme? Vielleicht war Linda ja tatsächlich beerdigt worden, ruhte nun in einem Grab und wartete darauf, dass sie kam, um sie heimzuführen?

»Es wird bestimmt keinen Stein mit ihrem Namen darauf geben«, sagte Abby.

»Nein, aber die Totengräber wissen alles. So war es schon immer in Haiti.«

13.

Sie hatten sich von Maddox verabschiedet, ohne dass sie Mama Koko noch getroffen hatten. Abby hatte dem Priester mehrfach gedankt, aber der hatte schlicht abgewunken. Nun saßen sie in Mitchards Renault und fuhren die Küstenstraße zurück nach Port-au-Prince.

»Sie haben mir nicht gesagt, dass Ihre Eltern von den *tontons* umgebracht wurden«, sagte Abby.

Mitchard blickte kurz zu ihr hinüber, bevor er sich wieder dem Verkehr zuwandte. »Hat Maddox Ihnen davon erzählt?«

»Nein, er sprach von der Geschichte Haitis. Unweigerlich sind wir auch auf die Verbrechen zu sprechen gekommen, die hier begangen wurden.«

»Ich hätte Sie nicht mit dem Alten allein lassen sollen«, knurrte Mitchard. »Er redet zu viel.«

»Er ist ein netter Mann. Ein guter Mensch.«

»Ja, das ist er«, seufzte Jean Mitchard. »Ich verdanke ihm alles.«

Er zögerte, sprach dann aber doch. »Meine Eltern waren beide Lehrer. Sie eine Schwarze, er ein Franzose, den es nach Haiti verschlagen hatte. Eigentlich hatte er nur kurz auf Haiti Halt machen wollen, er befand sich auf einer Reise um die Welt, aber dann traf er meine Mutter und verliebte sich in sie. Er blieb in Port-au-Prince und wurde Lehrer an der gleichen Schule wie sie. Eine Zeit lang waren sie zu sehr verliebt, als dass sie sich um die politischen Verhältnisse gekümmert hätten, und dann war da noch ich, der die beiden auf Trab hielt. Aber schließlich konnten meine Eltern die Augen nicht mehr vor dem verschließen, was um sie herum geschah. Menschen wurden verschleppt, gefoltert und getötet. Besonders mein Vater betrachtete das herrschende System mit Abscheu. Er war Franzose und glaubte, dieser Umstand mache ihn immun gegen Angriffe.«

»Was geschah?«

»Nun, es war unausweichlich. Mein Vater hatte sich mit anderen zusammengetan und eine Untergrundzeitschrift gegründet, in der den Menschen schonungslos mitgeteilt wurde, welche Verbrechen Duvalier beging.« Mitchard schluckte schwer, als er sich erinnerte. »Unter ihnen war ein Mann, Julius Castor, Vorarbeiter auf einer Farm im Norden Haitis, der sie an die *tonton macoute* verriet. Alle wurden verhaftet. Ich habe meine Eltern nie wieder gesehen.«

»Wie alt waren Sie damals?«

»Elf Jahre alt. Ich konnte den Häschern entkommen. Mein Vater hatte kurz vor seiner Verhaftung erfahren, dass man ihn und meine Mutter abholen würde. Er versuchte erst gar nicht zu fliehen.« Mitchard zuckte mit den Achseln. »Wohin hätte er auch gehen sollen? Aber er schickte mich zu einem Freund, der mich zu Pater Maddox brachte. Der Pater hat mir in dieser Nacht die Haare kurz geschoren, damit ich zwischen den anderen Kindern nicht auffiel. So wurde ich eine Waise unter Waisen. Die *tontons* kamen auf der Suche nach mir auch nach St-Marc, aber sie fanden mich nicht. Ich war unsichtbar geworden und blieb es viele Jahre lang. Lange Zeit lebte ich unter falschem Namen. Erst nachdem auch die Anhänger Duvaliers entmachtet waren, konnte ich es wieder wagen, Jean Mitchard zu sein.«

»Dante muss an Haiti gedacht haben, als er die Hölle beschrieb.«

»Was ist mit Ihnen? Erzählen Sie mir etwas über sich.«

»Was möchten Sie wissen?«

»Fangen Sie einfach an zu erzählen.«

»Ich glaube, ich kam schon zornig auf die Welt«, begann Abby leise. »Auf jeden Fall war dieser Zorn in mir, so lange ich denken kann. Meine Mutter erzählte mir später, ich hätte ständig gebrüllt. Nicht wie andere Kleinkinder, wenn sie Hunger oder ein Bedürfnis nach Nähe haben. Nein, bei mir schien es Wut zu sein. Vielleicht war die Wut eine verzweifelte Erinnerung an den Ort im Leib meiner Mutter, der mir Schutz und Wärme geboten hatte und den ich nun nie wieder betreten würde. Mein Vater liebte mich. Ich war seine Prinzessin. Als er starb, war ich verloren. Mit ihm ging all die Freude und fröhliche Ausgelassenheit, die eine glückliche Kindheit begleiten sollten, dahin. Für meine Mutter war ich stets nur ein Ärgernis gewesen. Jemand, den man notgedrungen in ein hübsches Kleid stecken und den Verwandten präsentieren musste, wenn irgendein Ereignis anstand, den man aber sofort wieder ignorierte, wenn der letzte Gast gegangen war.«

Abby hustete verlegen: »Wahrscheinlich hat sich meine Mutter Zeit ihres Lebens gefragt, wie ich es ihr antun konnte, ihre Tochter zu sein. Aber auch sie wusste, man kriegt nie alles im Leben. Und sie hatte viel. Mehr als sie verdiente. Als Tochter in einer wohlhabenden Adelsfamilie geboren, hatte meine Mutter nie auf etwas verzichten müssen. Im Alter von einundzwanzig Jahren hatte sie meinen Vater, den Sohn eines wohlhabenden Geschäftsmannes, geheiratet. Allerdings war mein Vater so gar nicht wie der Rest seiner sozialen Schmarotzerschicht. Er hatte gern Umgang mit den Arbeitern, soff wie ein Loch, war großherzig und komplett verrückt.« Abby lachte. »Außerdem war er ein Versager. Was immer er geschäftlich anpackte, ging schief. Mein Vater hält noch heute den britischen Rekord für die meisten Firmenpleiten in einem Jahr. Im Frühjahr 1977 eröffnete er einen Pferderennstall, mit dem er Aufmerksamkeit beim traditionellen Rennen in

Ascot erregen wollte. Er investierte fast 2 Millionen Pfund in drei arabische Vollblüter, die er in Oman bestellte. Auf dem Weg nach Europa ging das Transportschiff unter, und mein Vater verlor die Hälfte seines Vermögens. Natürlich hatte er nicht daran gedacht, die Gäule zu versichern. Solche weltlichen Dinge hatten in seinem Bewusstsein keinen Platz. Da war nur Raum für großspurige Träume.«

»Ich kenne solche Menschen«, meinte Mitchard. »Ihr Kopf schwebt immer über den Wolken, und manchmal sehen sie den Boden nicht mehr. Wie ging es weiter?«

»Nur wenig entmutigt machte sich mein Vater daran, den Verlust wieder hereinzuholen, indem er eine heruntergewirtschaftete königliche Porzellanmanufaktur aufkaufte und für Unsummen modernisierte. Er hoffte auf glänzende Geschäfte mit Touristen, die sich von dem Aufdruck der Royals blenden lassen würden. Aber die Queen empfing ihn nicht einmal, als er mit seiner Mustersammlung in Windsor auftauchte. Zu diesem Zeitpunkt dachte meine Mutter bereits daran, sich von ihm scheiden zu lassen. Zwar hätte auch das einen gesellschaftlichen Makel bedeutet, aber das war immer noch besser als der soziale Knock-out, der ihr drohte.

Ich denke, es war meine zwei Jahre ältere Schwester, die unserem Vater noch eine Gnadenfrist bescherte. Linda war alles, was ich nie sein würde. Hübsch, von ruhigem, ansprechendem Wesen, auf allen Gebieten talentiert, stets nur beste Noten. Sie war der Augapfel meiner Mutter, ihr großer Traum. Ich hingegen war ungehobelt, unbegabt und in der Schule eine Niete. Mich mochten weder die Lehrer noch meine Mitschüler. Ich hatte keine Freunde, nur eine Schwester, mit der ich gern meinen Platz im Leben getauscht hätte.«

Mitchard beobachtete Abby aus dem Augenwinkel. Er sah, wie die feinen Linien um ihre Mundwinkel härter wurden.

Er konnte fühlen, dass nun der traurige Teil der Geschichte kommen würde.

»Nach der Pleite mit der Porzellanmanufaktur versuchte sich mein Vater an der Börse und verlor den Rest seines früher so umfangreichen Vermögens und noch einen großen Teil des Geldes meiner Mutter dazu. Am 13. November 1977 beendete er seine Misserfolgsserie mit einer Kugel in den Kopf. Er hatte sein altes Jagdgewehr mit hinaus in den Wald genommen, den Lauf in den Mund gesteckt und mit einer Schnur den Abzug betätigt. Ein Jagdaufseher fand ihn zwei Tage später.«

Wieder seufzte Abby. Es klang wie das Stöhnen eines alten Hundes. »Ich denke, meine Mutter hat ihm nie verziehen, dass er nicht bei einem Autounfall ums Leben kam. In der Rolle der Witwe, deren Mann durch einen tragischen Unfall ums Leben gekommen war, hätte sie sich besser gefallen. So war sie nur die Frau eines geschäftlichen Versagers, der nicht einmal den Mut gehabt hatte, für seine Schulden gerade zu stehen. Nach dem Tod meines Vaters ging es uns nicht gut. Mutter konnte das Anwesen und den ausgedehnten Besitz in Leicester nicht halten, und wir zogen in ein winziges Haus in einem Londoner Vorort. Meine Schwester Linda wurde zur letzten Hoffnung meiner Mutter. All ihre Sehnsüchte fokussierten sich nun auf sie. Ich war ein Nichts. Ein kleines ungehobeltes Nichts und träumte, ich wäre an Lindas Stelle und all die Liebe, die sie bekam, wäre für mich. Der Traum endete, wenn mir meine Mutter vorwarf, ich wäre genauso ein Nichtsnutz wie mein Vater.« Abby schwieg für einen Moment.

»Möchten Sie weitererzählen?«, fragte Mitchard. Seine Hand streckte sich nach ihr aus, aber er wagte nicht sie zu berühren. Abby nickte. Ihr Kinn war auf die Brust gesunken und ihre Finger öffneten und schlossen sich, so als suchten sie die richtigen Worte.

»Es gibt nicht mehr viel zu sagen. Wir lebten unser kleines Leben, so gut wir konnten. Linda wurde mit dem letzten Rest unseres Geldes auf die besten Schulen geschickt. Für mich blieb nichts übrig, aber das war mir egal. Ich wollte nie den Weg meiner Familie gehen.«

»Lebt Ihre Mutter noch?«

»Nein, sie starb vor Jahren an Krebs.«

»Und wie fühlen Sie sich jetzt, wo sie tot ist?«

In Abbys Augen traten Tränen, die sie aber nicht weinte. »Ich bin noch immer zornig.«

Dann herrschte die Stille nach ausgesprochenen Wahrheiten. Das Schweigen lastete schwer auf beiden.

»Und trotzdem tun Sie alles, um Ihre tote Schwester zurück nach England zu bringen?«, fragte Mitchard schließlich.

»Ja. Linda war ein guter Mensch. Es war nicht ihre Schuld, dass ich nicht so wie sie war und dass ich sie beneidete. In meiner Jugend erkrankte ich an ... Linda hat mir ohne zu zögern eine ihrer Nieren gespendet. Ohne sie würde mein Leben heute ganz anders aussehen.«

Mitchard hörte die Entschlossenheit in Abbys Stimme. »Sie wollen also Maddox' Vorschlag folgen und die Totengräber befragen?«

»Ja, bevor ich abreise, möchte ich die Wahrheit wissen.«

»Haben Sie ein Foto von Ihrer Schwester?«

»Nein«, erwiderte Abby. »Aber ich weiß, wo wir vielleicht eines finden. Fahren Sie mich zur Britischen Botschaft.«

»Was erhoffen Sie sich dort?«

»Ich werde mich an den Botschafter wenden und ihm meine Lage schildern. Vielleicht kann er ja Druck auf die Behörden ausüben. Außerdem lagern dort die persönlichen Gegenstände meiner Schwester. Zumindest ihr Reisepass sollte sich unter den Sachen befinden, also haben wir auch ein Foto von ihr.«

»Gut, dann fahren wir zur Botschaft.«

14.

»Der Botschafter befindet sich außer Landes«, wiederholte der Beamte nun schon zum dritten Mal. Er hatte sich als Richard Hurston vorgestellt. Ein mittelgroßer, schlanker Mann mit lichter werdendem Haar und perfekten, fast schon arroganten Manieren.

Es war eindeutig, dass er Abby nicht ernst nahm. Sie hatte ihm die Situation erklärt, hatte ihm die Geschehnisse, die auf den Tod ihrer Schwester gefolgt waren, in allen Details erläutert, aber Hurston machte keine Anstalten, in der Sache irgendetwas zu unternehmen.

»Sie müssen sich an die hiesigen Behörden wenden«, sagte er nun. »Die Botschaft kann bei so einem Fall nicht intervenieren. Unsere Aufgabe hier ist rein politischer Natur. Wir haben leider keine Möglichkeiten, die Umstände, die zum Tod Ihrer Schwester führten, zu untersuchen.«

Abby kochte vor Wut. Dieses eingebildete Arschloch ließ sie nun bereits seit zehn Minuten im Empfangsraum der Botschaft stehen, ohne ihr oder Jean Mitchard einen Stuhl anzubieten. Er sprach in einem Tonfall, als hielte er sie für ein kleines Mädchen, dem man umständlich alles erklären musste.

»Ich habe Ihnen doch gesagt«, versuchte es Abby erneut, »die Behörden lügen. Dr. Mitchard hat herausgefunden, dass es sich bei den sterblichen Überresten, die man mir übergeben hat, nicht um meine Schwester handelt. Und Sie wollen nichts unternehmen?«

»Uns sind leider die Hände gebunden. Unser Einfluss ist begrenzt.«

»Eine britische Staatsbürgerin ist verstorben. Die Umstände ihres Todes sind, gelinde gesagt, merkwürdig. Ich werde bei dem Versuch, den Leichnam zurück nach England zu überführen, belogen und betrogen, aber Sie sehen keinen Grund etwas zu unternehmen?«

Der Beamte verdrehte die Augen. »Meine Liebe ...«

»Nennen Sie mich nicht so. Ich habe einen Namen«, zischte Abby.

»Miss Summers«, begann Hurston unbeeindruckt wieder von vorn. »Die Sterbeurkunde Ihrer Schwester wurde von Dr. Raphael Muncine unterzeichnet, einem der angesehensten Ärzte in Haiti. Ein Mann von internationalem Renommee.« Seine Hand deutete auf Jean, der schweigend neben Abby stand. »Selbst Dr. Mitchard hat bestätigt, dass er sich nicht vorstellen kann, etwas sei beim Tod von Linda Summers nicht mit rechten Dingen zugegangen.«

»Und was ist mit dem Versuch, mir eine falsche Leiche unterzuschieben?«

Hurston ächzte. »Vielleicht, und ich sage nur vielleicht, haben die Behörden den Leichnam ›verlegt‹ und wollten nicht, dass Sie deshalb Schwierigkeiten machen.«

»Verlegt? Sind Sie noch ganz bei Trost?«

»Ich muss Sie bitten nicht persönlich zu werden. Ich habe Ihnen nur eine weitere Möglichkeit aufgezeigt.«

Mitchard fasste Abbys Arm und zog sie einen Schritt zur Seite. »Hier kommen wir nicht weiter. Lassen Sie uns gehen«, flüsterte er ihr zu.

»Dieses blöde Arschloch treibt mich zur Weißglut«, sagte Abby keineswegs leise.

»Trotzdem, wir verschwenden hier nur unsere Zeit.«

Abby drehte sich wieder zu Hurston um. »Wo sind die Sachen meiner Schwester?«

»Sie stehen unten am Empfang bereit. Es handelt sich um einen Koffer mit Kleidungsstücken und zwei Kartons, die hauptsächlich Bücher und Geschäftspapiere enthalten.

Die Polizeibehörde hat eine Liste der Gegenstände angefertigt, als sie die Wohnung Ihrer Schwester ausräumte. Bitte kontrollieren Sie alles, bevor Sie gehen, und bestätigen Sie den Empfang.« Er zog einen Briefumschlag aus der Innenseite seines Jacketts. »Hier sind Reisepass, Führerschein und Impfbuch Ihrer Schwester. Bitte bestätigen Sie auch dafür den Empfang. Der Reisepass wurde ungültig gestempelt, also wundern Sie sich bitte nicht.«

Abby nahm das Kuvert entgegen. Sie starrte Hurston noch einmal wütend an, bevor sie auf dem Absatz kehrtmachte und zur Eingangshalle hinunterging.

»Guten Tag, Miss Summers«, rief ihr der Sekretär hinterher. Abby konnte die Zufriedenheit aus seiner Stimme heraushören, und dass er froh darüber war, sie loszuwerden.

»Und nun?«, fragte Mitchard.

»Wie viel Uhr ist es?« Abby hob den letzten Karton in den Kofferraum und ließ den Deckel zuknallen.

»Kurz nach drei.«

»Fahren wir gleich zum Friedhof?«

»Das würde wenig Sinn machen. Um diese Tageszeit arbeitet dort wahrscheinlich niemand.«

»Gut, dann würde ich vorschlagen, wir fahren in mein Hotel. Ich dusche kurz, ziehe mir etwas Leichteres an und wir gehen noch etwas essen. Mir knurrt der Magen.«

»Steigen Sie ein.« Mitchard hielt ihr wie ein Chauffeur die Wagentür auf. Abby ließ sich in den Sitz fallen und sofort drang ihr der Schweiß aus allen Poren. Sie kurbelte das Seitenfenster herunter. Obwohl ein leichter Wind wehte, brachte er nur die Illusion von Abkühlung.

»Ist es in diesem Land eigentlich immer so heiß?«, fragte Abby.

Mitchard lächelte verschmitzt. »Sie haben Glück. Der Sommer hat noch nicht einmal angefangen.«

»O mein Gott«, stöhnte Abby.

Abby kam aus dem Badezimmer und setzte sich zu Jean auf das Sofa. Sie hatte ein leichtes Kleid übergestreift. Um ihre nassen Haare war ein Handtuch gewickelt. Mitchard hatte seine Slipper ausgezogen und eine Dose kalte Cola in der Hand.

»Ich habe mich selbst bedient«, meinte er entschuldigend.

»Ist schon in Ordnung.«

Sie ging zur Minibar hinüber und nahm sich ebenfalls eine Cola. Auf dem Fußboden standen Lindas Koffer und die zwei Kartons. Abby stellte ihre Dose ab und öffnete einen Karton. Sie hatte die Sachen schon flüchtig beim Empfang in der Botschaft kontrolliert, aber nun nahm sie alles genauer in Augenschein.

Mitchard beobachtete sie stumm, als sie alles auf dem Boden ausbreitete. Der erste Karton enthielt nur Bücher, meist Taschenbuchausgaben bekannter Autoren. Sie musste die Bücher unzählige Male gelesen haben, die Einbände waren abgenutzt und die Seiten zerfleddert. Im zweiten Karton befanden sich Geschäftsunterlagen, die mit Lindas Tätigkeit für einen europäischen Zuckerankäufer zu tun hatten. Mehrere schmale Ordner waren mit ihrer zierlichen Handschrift beschrieben.

Abby nahm den Stapel und reichte ihn Mitchard. »Können Sie da mal einen Blick reinwerfen?«

»Ich dachte, Sie wollten essen gehen?«

»Später.«

»Also gut. Sagen Sie mir, was Sie suchen?«

»Weiß ich nicht so genau. Schauen Sie einfach mal die Unterlagen durch, ob Ihnen etwas Ungewöhnliches auffällt.«

Mitchard nahm den ersten Ordner und blätterte ihn auf, während Abby die restlichen Sachen aus dem Karton holte. Es war nicht viel. Als sie alles vor sich ausgebreitet hatte, lagen da eine Polaroid-Sofortbildkamera, mehrere

Modezeitschriften vom letzten Jahr und eine Geldbörse, die neben 137 Dollar in Scheinen und Kleingeld auch ein Bündel Gourde enthielt, deren Wert Abby nicht kannte. Es war zwar nicht allzu viel Geld, aber Abby war trotzdem erstaunt, dass es niemand gestohlen hatte. In den Fächern der Börse steckten Lindas Kreditkarten von Barclay und American Express. Reiseschecks fand sie keine. Falls Linda welche besessen hatte, waren sie nun verschwunden, aber Abby glaubte nicht daran. Ein Dieb hätte zuerst das Bargeld mitgehen lassen.

Alles in allem verrieten ihr Lindas Sachen nichts Neues. Abby hatte zwar nicht erwartet etwas zu finden, war aber dennoch enttäuscht. Sie nahm alle Kleidungsstücke aus dem Koffer heraus. Nichts. Mitchard blätterte sich noch immer durch die Unterlagen, als Abby den Koffer wieder einräumte.

»Und, irgendetwas entdeckt?«, fragte sie ihn.

Mitchard blickte auf, schüttelte den Kopf. »Die Ordner enthalten Daten und Preise für Zuckerrohr. Ich bin zwar kein Fachmann, aber alles sieht ordnungsgemäß aus. Haben Sie etwas gefunden?«

»Nein«, gab Abby zu. Ihr Blick fiel auf die Sofortbildkamera, die noch immer auf dem Boden lag. Etwas störte Abby an dem Anblick, ohne dass sie es benennen konnte. Sie setzte sich und schlug die Beine im Schneidersitz unter. Die Kamera lag einen Meter vor ihr und schien ihr etwas sagen zu wollen. Aber was?

Zwei Minuten lang starrte Abby die Kamera an, dann wusste sie die Antwort.

Da lag eine Sofortbildkamera, aber sie hatte kein einziges Foto entdecken können, das mit ihr gemacht worden war. Linda war zwar keine begeisterte Fotografin gewesen, aber niemand nahm eine Kamera mit ins Ausland, ohne Erinnerungen für später festzuhalten. Wo waren die Fotos?

Wer immer die Bilder an sich genommen hatte, hatte einen Fehler begangen. Hätte es keine Kamera gegeben, wäre Abby nie darauf gekommen, nach Fotografien zu suchen.

Sie nahm sich nochmals den Koffer vor und untersuchte das Gepäckstück nach Fächern und Seitenklappen, aber so etwas gab es nicht bei einem Samsonite mit Hartplastikschale. Blieb nur noch der Karton mit den Büchern. Nacheinander klappte sie jedes Einzelne auf und blätterte es durch. Im vorletzten Buch wurde sie schließlich fündig. Ein Foto fiel heraus, als sie das Buch umdrehte, das Linda im strahlenden Sonnenschein vor dem blauen Hintergrund des Meeres zeigte. Sie trug ein einfaches schwarzes Leinenkleid, das ihre braun gebrannten Schultern freiließ. Ausgebleichtes blondes Haar fiel darauf. Aber Linda war nicht allein auf dem Bild zu sehen. Sie küsste leidenschaftlich einen Mann mit schwarzem Haar und ebenmäßigen Gesichtszügen. Es dauerte einen Moment, bevor Abby realisierte, wen Linda da küsste.

Der Mann war Patrick Ferre.

Patrick Ferre saß seinem Stiefvater gegenüber, der in einem Sessel wie ein König thronte. Er selbst hatte auf einem unbequemen Stuhl vor dem Schreibtisch Platz genommen und wartete darauf, dass der Alte endlich Zeit für ihn hatte.

Julius Castor war der Mann, den seine Mutter nach dem Selbstmord seines Vaters geheiratet hatte. Patrick war damals acht Jahre alt gewesen und konnte sich inzwischen nicht einmal mehr an das Gesicht seines Vaters erinnern. Es gab nur noch einen blassen, schwammigen Eindruck von ihm, wie er sich über sein Bett beugte, um ihm einen Kuss auf die Stirn zu geben. Mehr war nicht mehr vorhanden, aber Patrick forschte auch nicht in seiner Erinnerung. Während all der Jahre war ihm sein Vater gleichgültig geworden. Castor war die Wirklichkeit.

Eine Wirklichkeit, mit er sich abfinden und mit der er zurechtkommen musste.

Als seine Mutter vor zehn Jahren gestorben war, hatte er Haiti verlassen und in Amerika gelebt. Aber das riesige Land mit seinen mächtigen Städten hatte ihn verwirrt und ihm ein Gefühl der Verlorenheit vermittelt, das er nicht ertragen konnte. Also war er zurückgekehrt.

Obwohl ihm die Zuckerrohrplantage zur Hälfte gehörte, liefen alle Fäden in Castors Händen zusammen, und er musste sich mit ihm gut stellen, wenn der Geldfluss nicht versiegen sollte. Sein Lebensstil war aufwändig. Neben dem teuren Mercedes unterhielt er noch eine verschwenderische Wohnung in Port-au-Prince, die pro Monat ein kleines Vermögen verschlang. Hinzu kamen immense Summen, die er für Kleidung und Essen ausgab. Seine Abende in den Restaurants und den Bars der Hauptstadt, die er stets in Begleitung von hübschen und kostspieligen Frauen verbrachte, waren auch nicht gerade billig.

Patrick hasste die Abhängigkeit von seinem Stiefvater und die Verachtung, mit der Castor auf ihn herabsah, aber er schaffte es nicht, sein bequemes Leben zu ändern. Das Dasein eines Farmers, der sich vor Sonnenaufgang aus dem Bett quälte, den Tag in sengender Sonne verbrachte und abends erst nach Einbruch der Dunkelheit ins Bett kroch, war nichts für ihn.

Julius Castor hingegen wurde von einer Energie getrieben, die Patrick nicht verstand. Vielleicht lag es daran, dass er als einfacher Zuckerrohrschneider auf der Farm begonnen und sich später zum Vorarbeiter hochgearbeitet hatte. Als sein Vater starb, hatte er einen Haufen Schulden und eine heruntergewirtschaftete Plantage hinterlassen, deren Felder ausgelaugt und unproduktiv geworden waren. Die Arbeiter waren faul und hatten ständig höhere Löhne verlangt. In ihrer Verzweiflung hatte Patricks Mutter den Vorarbeiter in ihr Haus und ihr Bett eingeladen, und Castor hatte die Farm in kürzester Zeit wieder auf Vordermann gebracht. Er kürzte die Löhne um die Hälfte und prügelte die Arbeiter mit brutaler Härte auf die Felder, wo sie bis zum Umfallen schuften mussten. Jeder, der sich weigerte, sein Soll zu erfüllen, bekam die Peitsche zu spüren. Nach drei Monaten war die Hälfte der Arbeiter geflohen, aber Castor hatte für Nachschub gesorgt, für Menschen, die weder Lohn verlangten noch jemals aufbegehrten.

Patrick fragte sich manchmal, warum es Castor nicht zu Lebzeiten seines Vaters gelungen war, die Plantage in Ordnung zu halten. Er hatte den Verdacht, dass Castor von Anfang an geplant hatte, eines Tages den Platz am Kopfende des Tisches einzunehmen. Castor war gerissen, sehr gerissen, und tief in seinem Inneren fürchtete sich Patrick vor ihm.

»Sie hat die Urne abgeholt. Claude vom Gesundheitsministerium hat vorhin angerufen.« Castor sprach, ohne von seinen Unterlagen aufzusehen. »Ich habe mit dem Flughafen telefoniert. Abby Summers hat ihren Rückflug für morgen bestätigt. Wir sind sie also bald los.«

Patrick schwieg.

»Das hast du nicht schlecht gemacht, mein Sohn«, gab Castor zu.

Patrick hasste es, wenn ihn der Alte mit ›Sohn‹ ansprach. Julius Castor hatte keine eigenen Kinder, aber deswegen betrachtete er Patrick noch längst nicht als seinen Sohn. Wenn er ihn so ansprach, schwang immer ein unausgesprochener Vorwurf darin, der ihn an seine Unfähigkeit und Schwäche erinnern sollte.

»Alles geht seinen gewohnten Gang«, murmelte Castor.

Patrick hatte ihm nichts von dem Vorfall im Voodootempel erzählt. Sollte der Alte ruhig glauben, er habe Abby Summers soweit beeinflusst, dass sie bereit war, abzureisen.

»Was ist mit meinem Geld?«, fragte er.

Castor öffnete eine Schreibtischschublade und zog mehrere Bündel grüner Scheine daraus hervor, die von einfachen Gummiringen zusammen gehalten wurden. Mit verächtlichem Grinsen warf er das Geld vor Patrick auf den Schreibtisch.

»Fast dreitausend Dollar. Dein Anteil für diesen Monat.«

»Mehr nicht?«, fragte Patrick, der das Gefühl hatte, der Alte betrüge ihn um sein rechtmäßiges Erbe.

»Nein, mehr ist es diesmal nicht. Die Erträge der Farm sind gesunken. Mehrere Arbeiter sind gestorben, und ich habe noch keinen Ersatz für sie geliefert bekommen.«

»Aber das deckt kaum meine Unkosten.«

»Dann solltest du dich ein bisschen mehr ums Geschäft kümmern.«

»Ich tue mein Bestes«, widersprach Patrick heftig.

»Dein Bestes?«, ächzte Castor sarkastisch. »Ich arbeite Tag und Nacht, damit die Plantage überhaupt noch etwas abwirft, und du spielst den reichen, naiven Sohn aus gutem Hause und vögelst irgendwelche Ausländerinnen.«

»Das hat uns schon mehrfach genützt«, erinnerte ihn Ferre.

Castor wedelte mit der Hand, als versuche er eine lästige Fliege zu verscheuchen. »Ja, ja. Aber vielleicht hörst du mal auf, so mit dem Geld herumzuwerfen. Es erregt Verdacht und weckt Neid.«

»Aber genau das ist es doch. Wir sind so mächtig, weil wir reich wirken. Die Menschen fürchten unseren Einfluss. Wenn ich plötzlich anfange, knauserig zu werden, könnten die Leute auf dumme Gedanken kommen. Sie könnten sich fragen, ob wir Schwierigkeiten haben. Es wäre der Anfang vom Ende. Wir bestimmen die Zuckerrohrpreise auf der ganzen Insel. Damit wäre es dann vorbei, wenn die anderen Anbieter keine Angst mehr vor uns hätten.«

Julius Castor widerstrebte es, aber Patrick hatte Recht. Er war zwar ein Schwächling und Weiberheld, aber er war nicht dumm. Nur die Furcht hielt die anderen Farmer bei der Stange.

»Wann siehst du die Engländerin wieder?«

»Heute Abend. Morgen früh begleite ich sie zum Flughafen, um mich zu vergewissern, dass sie auch wirklich abreist«, log Patrick. Er war sich sicher, Abby Summers würde ihn nach den Ereignissen im Voodootempel nicht mehr sehen wollen. Ihre überstürzte Flucht aus dem Tempel und die Tatsache, dass sie seinen Brief nicht beantwortete, sprachen eine deutliche Sprache. Castor durfte aber keinesfalls davon erfahren. Der Alte war zu allem fähig. Patrick hatte oft genug erlebt, mit welcher Grausamkeit er Arbeiter selbst für Kleinigkeiten bestrafte. Nein, mit Julius Castor legte man sich besser nicht an.

»Ich fahre jetzt zurück in die Stadt«, sagte Ferre und erhob sich.

Castor wandte sich wieder seinen Unterlagen zu. »Ruf mich morgen an und sag mir, ob alles glatt gegangen ist.«

15.

Abby saß noch immer auf dem Fußboden und starrte die Fotografie von Linda und Patrick Ferre an. Sie fühlte sich unendlich gedemütigt. Patrick hatte ganz offensichtlich ein Verhältnis mit ihrer Schwester gehabt, und er hatte versucht, auch sie zu verführen. Aber vor allem hatte er gelogen. Abby konnte sich noch gut an ihr erstes Aufeinandertreffen in dem exklusiven Restaurant am Tag ihrer Ankunft erinnern. Nachdem er ihr erzählt hatte, er wäre Zuckerrohranbauer, hatte sie ihn gefragt, ob er Linda kenne, die für einen europäischen Konzern Zucker in Haiti ankaufe. Er hatte das vehement verneint, aber das Foto bewies, dass er sie sehr wohl gekannt hatte. Und zwar auf sehr intensive Weise.

Als sie über den ersten Abend nachdachte, fiel ihr auch wieder ein, wie erschrocken Ferre beim Zusammenstoß gewirkt hatte. Dafür gab es nur eine Erklärung. Im ersten Moment musste er sie für ihre Schwester gehalten haben. Sie und Linda sahen sich zwar nicht übermäßig ähnlich, aber bei entsprechender Beleuchtung konnte man sie kurzfristig verwechseln.

Abby sah die Szene noch einmal vor sich, sah Ferres ängstlichen Blick. Das konnte nur bedeuten, dass er auch von Lindas Tod gewusst haben musste. Für ihn musste es für einen kurzen Augenblick so ausgesehen haben, als sei sie von den Toten wieder auferstanden.

Immer mehr Ungereimtheiten fielen Abby jetzt ein. Ferre hatte sie ohne zu zögern zum Essen eingeladen, obwohl er sie gar nicht kannte. Seine Hilfsbereitschaft, als er sie zum Gesundheitsministerium begleitet hatte. Im

Nachhinein schien es ihr, als habe Patrick Ferre nur ein Ziel gekannt – sie auf Schritt und Tritt zu begleiten.

Hatte er etwas mit Lindas Tod zu tun?

Ihr Blick wanderte zu Jean Mitchard hinüber, der noch immer die Akten durchsah. Jean war sich sicher, dass Linda eines natürlichen Todes gestorben war.

Konnte sie ihm vertrauen? Konnte sie überhaupt jemandem in diesem verfluchten Land trauen?

Ja, antwortete sie sich still. Jean konnte sie vertrauen. Er war es gewesen, der vorgeschlagen hatte, die Asche zu untersuchen, und er war es auch, der herausgefunden hatte, dass sie belogen und betrogen worden war.

Jean schien ihren Blick zu spüren, denn er hob den Kopf und sah sie an.

»Was ist mit Ihnen? Sie sehen aus, als ob Sie ein Gespenst gesehen hätten.«

Wortlos reichte sie ihm das Foto. Mitchard betrachtete es lange, bevor er etwas sagte.

»Das ist also Ihre Schwester. Eine wunderschöne Frau.«

»Und der Mann neben ihr ist Patrick Ferre.«

»Ja, ich habe ihn gleich erkannt.«

Abby erzählte ihm von ihren Bedenken gegenüber Ferre. Sie berichtete ihm alles, was geschehen war, seit sie Patrick kennen gelernt hatte, nur den Vorfall im Voodootempel erwähnte sie nicht.

»Meinen Sie, er hat etwas mit ihrem Tod zu tun?«, fragte sie schließlich.

»Ihre Schwester verstarb an einer fieberhaften Erkrankung. Dafür gibt es wahrscheinlich ein Dutzend Zeugen. Sie wurde nicht ermordet, falls Sie das glauben sollten.«

»Aber finden Sie sein Verhalten nicht verdächtig?«

»Ehrlich gesagt – nein. Für all das kann es auch eine einfache Erklärung geben. Er hat Sie zum Essen eingeladen, weil Sie fremd in der Stadt waren. Außerdem sind

Sie eine schöne Frau. Patrick Ferre ist in Port-au-Prince berüchtigt. Er ist ein Weiberheld. Die eine Hälfte der Frauen von Pétonville war schon mit ihm im Bett. Die andere Hälfte hält sich von ihm fern, um ihre Ehen nicht zu gefährden.«

Mitchards Bemerkungen versetzten Abby einen Stich. Sie war also nicht mehr als ein flüchtiges Abenteuer für Ferre gewesen. Eine Eroberung für die Nacht. Wahrscheinlich hatte er sich im Voodootempel königlich über sie amüsiert. Abby verfluchte ihre Naivität, die sie immer wieder an die falschen Männer geraten ließ.

»Wahrscheinlich hat er Sie wirklich nur aus Hilfsbereitschaft zum Gesundheitsministerium begleitet«, sprach Mitchard ungerührt weiter.

»Das glaube ich nicht.«

Jean sah sie eindringlich an. »Sie verrennen sich da in etwas. Ihre Verdächtigungen haben einen entscheidenden logischen Fehler.«

»Welchen?«

»Sie haben Ferre angerempelt und dadurch kennen gelernt. Nicht umgekehrt. Er konnte nicht ahnen, dass Sie an diesem Abend im Restaurant sein würden. Wahrscheinlich wusste er nicht einmal von Ihrer Ankunft in Haiti.«

Abby musste zugeben, dass Mitchard Recht hatte. Die Szene im Restaurant konnte nicht gestellt gewesen sein. Zu viele Unwägbarkeiten. Sie selbst hatte sich spontan beim Spazierengehen dazu entschlossen, noch etwas zu essen. Ihr Aufeinandertreffen konnte also tatsächlich nur ein Zufall sein. Andererseits war da noch etwas. Etwas, das sie nicht greifen, aber spüren konnte.

»Was bedeutet eigentlich ›Boune‹?«, fragte sie Mitchard.

»Ich weiß nicht. Wie kommen Sie jetzt darauf?«

»Ferre hat dieses Wort mehrfach zu dem Beamten im Gesundheitsministerium gesagt. Er sagte es so eindringlich, dass ich es mir merken konnte. Ich dachte, es wäre französisch.«

»Boule«, sagte Jean plötzlich.

»Ja, genau. So klang es. Es ist also doch französisch.«

»Nein. Creole. Es bedeutet ›verbrannt‹.«

Abby war bleich geworden. Sie konnte spüren, wie sich die Haut über ihrem Gesicht spannte.

»Was haben Sie?«, fragte Mitchard.

»Er hat dem Beamten vorgegeben, was er mir sagen soll. Es war seine Idee zu behaupten, Linda wäre verbrannt worden.«

»Jetzt übertreiben Sie aber wirklich. Sie sprechen kein Creole. Die beiden haben sich darüber unterhalten, dass Ihre Schwester verbrannt wurde, da ist es klar, dass dieses Wort gefallen ist.«

»Nein, ich bin mir ganz sicher. Ich weiß noch genau, wie perplex der Beamte aussah, als Patrick dieses Wort verwendete.« Abbys Mund wurde zu einem harten Strich. »Außerdem hat er das Wort zweimal wiederholt, um sicherzugehen.«

»Was soll ich dazu sagen?«

Abby stand energisch auf. »Nichts. Lassen Sie uns zum Friedhof fahren. Vielleicht stimmt es ja, was Pater Maddox sagt, und die Totengräber kennen die Antworten auf all unsere Fragen.«

Patrick Ferre saß in seinem schwarzen Mercedes und fuhr in Richtung Hauptstadt. Die Klimaanlage lief auf Hochtouren, dadurch war von der draußen herrschenden Hitze im Wageninneren nichts zu spüren. Es waren nur wenige Fahrzeuge unterwegs. Die meisten Fahrer machten sofort Platz, wenn sie seinen Mercedes im Rückspiegel entdeckten. Die wenigen, die stur blieben, jagte er durch Aufblenden und brüllendes Hupen zur Seite.

Ferre dachte über das Gespräch mit seinem Stiefvater nach. Selbst nach all den Jahren flößte ihm Castor noch immer Angst ein. Der Alte war grausam. Berechnend grausam. Selbst er würde vernichtet werden, sollte er sich ihm jemals in den Weg stellen. Daran zweifelte Patrick keine Sekunde.

Die Sache mit Linda Summers war schlimm genug. Patrick hatte nicht gewollt, dass ihr etwas geschah, aber letztendlich war er machtlos gegen das Wirken seines Stiefvaters gewesen. Hoffentlich reiste Abby morgen ab. Wenigstens sie sollte verschont bleiben. Abby hatte etwas in seinem Inneren berührt. Er war nicht verliebt in sie, aber ihre offene Art hatte ihn bezaubert. Sie war so anders als ihre Schwester. Linda war eine bildschöne Frau gewesen, klug und gebildet. Der perfekte Geist in einem perfekten Körper, aber genau ihre Perfektion war es gewesen, die ihn auf Distanz gehalten hatte. Niemand konnte das Perfekte lieben. Man bestaunte Perfektion, wenn man sie traf. Man bewunderte sie, aber man verliebte sich nicht in sie. Linda Summers war so etwas gewesen wie das Bildnis der Mona Lisa. Ein Kunstwerk, dem man fernblieb, egal, wie sehr man sich ihm auch näherte.

Abby war anders. Lebhaft, temperamentvoll, mit vielen Schwächen und keineswegs so schön wie ihre Schwester. Sie strahlte Natürlichkeit und Lebensfreude aus. Aber da war noch mehr. Patrick hatte eine Traurigkeit an ihr gespürt, die sie umgab wie ein fein gesponnenes Tuch. Diese Traurigkeit verlieh ihr eine Tiefe, die Linda nie besessen hatte.

Patrick gestand sich ein, dass er die junge Engländerin wirklich mochte. Unter anderen Umständen hätte etwas aus ihnen werden können. Er hatte gespürt, dass auch sie sich zu ihm hingezogen gefühlt hatte.

Die Nacht in Les Cayes war wundervoll gewesen. Die Stunden, die sie miteinander getanzt hatten, würde er nie vergessen. Warum nur hatte er es nicht dabei bewenden lassen können? Es war ein Fehler gewesen, mit ihr in den Tempel zu gehen. Er hatte nichts Böses im Sinn gehabt, sondern ihr nur ein unvergessliches Erlebnis bescheren wollen. An Sex hatte er überhaupt nicht gedacht. Später vielleicht – ja. In ihrem Hotel oder seinem Appartement in der Stadt hätten sie sich stundenlang lieben können. Aber dann war er ausgeflippt. Die Trommeln und die verdammten Drogen, die der Priester in kleinen, versteckten Schalen verbrannte, hatten dafür gesorgt, dass er nicht mehr Herr über seine Sinne gewesen war. Noch immer sah er Abbys angeekelte Miene, wenn er daran zurückdachte.

Warum habe ich mich bloß so gehen lassen?, fragte er sich erneut.

Auf diese Frage gab es keine Antwort. Es war geschehen.

Als er an der Stadt *Arcahaie* vorbeifuhr, wußte er, was zu tun war: Er würde sich bei Abby für sein Verhalten entschuldigen. Vielleicht konnte sie ihm verzeihen, wenn sie sah, dass er es aufrichtig meinte.

Patrick trat das Gaspedal durch. Je früher er es tat, desto besser.

Ferre parkte unweit des Oloffsons im Schatten eines wild wuchernden Hibiskusbusches und dachte noch darüber nach, was er Abby sagen wollte, als er sah, wie sie das Hotel verließ. Neben ihr ging ein Mann, den er sofort als Jean Mitchard erkannte.

Erstaunt beobachtete er die beiden, als sie in einen alten Renault einstiegen, bei dem es sich nur um Mitchards Fahrzeug handeln konnte.

Was war da los? Was hatte Abby mit Mitchard zu schaffen? Dann fiel ihm ein, dass sie das Krankenhaus besucht hatte, in dem ihre Schwester verstorben war. Dort musste sie den Arzt kennen gelernt haben. Mitchards Anwesenheit konnte nur eines bedeuten: Abby hatte mit seiner Hilfe etwas über Lindas Ableben in Erfahrung gebracht. Eine andere Erklärung gab es nicht. Ferre war nicht so naiv zu glauben, es gäbe einen harmloseren Grund dafür, dass die beiden zusammen waren. Nein, sie hatten etwas entdeckt. Er erkannte es an ihren ernsten Gesichtern, aber auch ein inneres Gefühl sagte ihm, dass es nicht anders sein konnte. Als der Renault losfuhr, beschloss Ferre, ihnen zu folgen.

16.

Der Friedhof lag am südlichen Ende von Port-au-Prince an der *Rue du Dr. Denoux* gegenüber dem *Stade Sylvio Cator*. Abby und Jean betraten das Areal durch ein hohes Eisentor, auf dem in metallenen Buchstaben *Cimetière Exterieur* zu lesen war. Der Friedhof wirkte wie eine Miniaturstadt, deren Gräber gleich winzigen Häusern sich im Schutz einer hohen Steinmauer zusammendrängten. Anders als in ihrer Heimat gab es hier keine Ordnung und kein System. Die Gräber waren weder gleich groß noch gleich hoch. Viele waren mit Steinplatten bedeckt und wurden von mächtigen Grabsteinen bewacht, aber es gab auch eine Vielzahl von einfachen Gräbern, die wie achtlos in die Erde gebuddelt aussahen.

Obwohl viele der Gräber in Hellblau gestrichen waren, vermittelten sie keinen friedlichen Eindruck. Über allem schwebte der Zerfall. Die meisten Gräber verrotteten in der grellen Sonne. Grabsteine lagen umgestürzt auf der trockenen Erde.

Abby schritt langsam über den Friedhof von Port-au-Prince. Es kam ihr vor, als durchwandere sie eine zerbombte Ruinenstadt aus dem zweiten Weltkrieg. Sie entdeckte den ersten Knochen, als es unter ihrem Absatz knirschte. Abby dachte, sie wäre auf ein Stück Plastik getreten, aber als sie genauer hinsah, erkannte sie, dass es die ausgebleichten Überreste eines Menschen waren. Es gab noch mehr. Manche der Gräber sahen absichtlich zerstört aus. Ein menschlicher Schädel lag neben einer Plastikrose und blickte sie aus leeren Augenhöhlen an. Über dem Nebengrab lagen derartig viele Knochenreste verstreut, dass ein Anthropologe mühelos ein vollständiges Skelett hätte zusammensetzen können. Abby schauderte trotz der Hitze. Überall lagen die Reste verstorbener Menschen. Es schien, als versuchten die Verstorbenen noch, von diesem Acker des Todes zu entkommen.

»Grabräuber«, meinte Mitchard lakonisch. Seine Hand deutete auf ein unbeschädigtes Grab, eine gemauerte Gruft. Ein massives Schloss mit fingerdicker Kette sicherte das verrostete Eisentor. »Wer es sich leisten kann, lässt für seine Toten so ein Grab errichten. Dem Großteil müssen allerdings Steine genügen, die über dem Grab aufgeschichtet werden. Diese Steine kosten eine Menge Geld, aber selbst der ärmste Bauer versucht, die Ruhestätte seiner verstorbenen Angehörigen zu sichern. Aber es nutzt nicht viel.«

»Und die Polizei unternimmt nichts dagegen?«, fragte Abby angewidert.

»Nein, wie sollten sie es auch verhindern? Die Grabschänder kommen nachts, brechen die Gräber auf, um an die Knochen der Toten zu gelangen. Aus den Knochen werden verschiedene Pulver hergestellt. Je nachdem, was man beimischt, werden diese Pulver für Heilmittel oder für Gifte verwendet.«

»Es klingt, als würden Sie an die Wirkung dieser Mittel glauben?«

»Ich weiß um ihre Wirkung. Voodoo ist eine sehr alte Religion, die sich seit Jahrhunderten darauf spezialisiert hat, solche Mittel herzustellen. Wissenschaftler haben die Effizienz vieler dieser Heilmittel und Gifte nachgewiesen.«

»Trotzdem, die Toten zu bestehlen …«

»Ich bin nicht damit einverstanden, falls Sie das denken. Aber Sie müssen auch erkennen, dass in Haiti eine andere Kultur als in Ihrem Land herrscht. Vieles von dem, was in England geschieht, würden die Menschen hier als abstoßend empfinden.«

»Es gibt so etwas wie Moral.«

Mitchard lachte bitter. »Moral ist etwas für denjenigen, der es sich leisten kann. Die Armen fragen nicht nach Moral. Ganze Familien in Haiti leben ausschließlich vom Verkauf dieser Knochen. Ohne dieses Einkommen würden sie verhungern.«

Abby wollte dieses Gespräch nicht fortsetzen, es führte zu nichts. »Lassen Sie uns die Totengräber suchen«, schlug sie vor.

Sie fanden nur einen alten Mann, der im Schatten der Friedhofsmauer döste. Als sie auf ihn zuschritten, schlug er die Augen auf.

Mitchard begrüßte ihn auf Kreolisch. Der Alte erwiderte seinen Gruß freundlich, machte aber keine Anstalten sich zu erheben. Sein Gesicht war von der Sonne in tausend kleine Falten zerschnitten worden, die ein neues Muster bildeten, als er zahnlos grinste.

»Er denkt, wir wollen einen Angehörigen bestatten«, erklärte Jean.

»Sagen Sie ihm, warum wir hier sind.«

Mitchard wandte sich wieder an den Totengräber. Abby verstand kein Wort, aber der Alte begann wild zu schnattern.

»Was sagt er?«, fragte sie ungeduldig.

»Er weiß von einer weißen Frau, die hier vor wenigen Tagen beerdigt wurde.«

Abbys Herz begann wild zu klopfen. Endlich hatte sie ihre Schwester gefunden.

»Fragen Sie ihn, wo ihr Grab ist.«

Wieder schnatterte der Alte.

»Er sagt, er habe keine Ahnung. Er wäre nicht hier gewesen, als man sie begrub. Die anderen Totengräber hätten ihm nur von der *blanc* erzählt.«

Enttäuschung machte sich in Abby breit. Außer dem Alten war niemand auf dem Friedhof, den sie fragen konnten. Morgen früh ging ihr Flug in die Heimat zurück. Sie musste sich entscheiden, ob sie noch in Haiti bleiben und auf die vage Hoffnung setzen sollte, dass die anderen Totengräber ihr das Grab ihrer Schwester zeigen konnten. Und es bestand immer noch die Möglichkeit, dass eine andere weiße Frau, und nicht Linda, in diesem Grab lag.

Jean Mitchard hingegen wirkte regelrecht vergnügt. Zum ersten Mal an diesem Tag sah ihn Abby lächeln.

»Finden Sie das etwa lustig?«, schnauzte sie ihn an.

Sein Lächeln blieb unverändert. »Haben Sie Geld bei sich? Am besten amerikanische Dollar.«

Plötzlich begriff Abby. Der Alte wusste doch etwas. Dies war das altbekannte Spiel zwischen Arm und Reich. Der Arme hatte etwas, das der Reiche haben wollte, in diesem Fall Informationen, und ließ sich dafür bezahlen. Sie zog ihre Handtasche von der Schulter und fischte zehn Dollar heraus.

»Mehr habe ich nicht bei mir«, meinte sie entschuldigend, als sie Mitchard den Schein reichte.

»Es genügt völlig«, sagte der Arzt.

Der alte Totengräber hatte die Szene beobachtet und grinste nun voller Vorfreude. Mitchard hielt ihm den Schein vor die Nase, wie man einem Esel eine Karotte vorhielt, damit er sich vorwärts bewegte. Der Alte erhob sich augenblicklich. Er klopfte sich den Staub aus seinen abgetragenen Sachen und marschierte los, ohne ein Wort zu sagen.

Sie folgten ihm durch die langen Reihen der Gräber. Es war wie eine Wanderung durch die Zeit. Verfallene Gräber lösten sich mit frischen Ruhestätten ab. Dort eine umgestürzte, ehemals kunstvoll angefertigte Statue, neben einem neuen schlichten Holzkreuz. An manchen Stellen schien der Pfad direkt über Gräber hinwegzuführen, so wenig war noch ein Unterschied in den Bodenverhältnissen auszumachen.

»Warum halten die Totengräber keine Ordnung?«, fragte Abby Mitchard, während sie hinter dem Alten herstapften.

Jean blickte sie traurig an. Abby kannte diesen Blick inzwischen. So sah er sie immer an, wenn er etwas für unabänderlich hielt und darüber resignierte.

»Die Totengräber sind zwar beim Staat angestellt, aber sie bekommen kein festes Gehalt. Sie leben ausschließlich von der Gebühr, die beim Ausheben eines Grabes verlangt wird. Es ist wenig genug. Sie bessern ihr Gehalt dadurch auf, dass sie Grabstellen verkaufen. Die besten Plätze, die im Schatten, kosten dementsprechend viel Geld. Haben die Angehörigen keine finanziellen Mittel, müssen sie mit einem Platz in der Nähe der Mauer vorlieb nehmen. Dort ist die Gefahr einer Grabschändung durch Räuber am größten, deshalb versucht jeder seinen Liebsten möglichst im Zentrum des Friedhofs beerdigen zu lassen.«

»Hier liegen so viele menschliche Gebeine herum; warum machen sich Räuber überhaupt die Mühe, Gräber aufzubrechen?«

»Bevorzugt werden frische Gräber, quasi jungfräuliche Ruhestätten, an denen noch kein anderer dran war, aber warum es so ist, weiß ich nicht.«

Der Alte blieb stehen. Seine linke Hand deutete auf ein unscheinbares Grab ohne Grabstein. Es war ein schlichter Erdhaufen nahe der westlichen Mauer des Friedhofs.

»Ist es das Grab?«, fragte Abby.

»Ja«, sagte Mitchard, nachdem er mit dem Alten gesprochen hatte.

Die rechte Hand des Totengräbers öffnete und schloss sich fordernd. Mitchard reichte ihm den Geldschein, der mit bemerkenswerter Geschwindigkeit in einer der Hosentaschen des Mannes verschwand.

Abby stand eine Weile in Gedanken versunken vor dem Grab. Mitchard störte ihre Andacht nicht. Schließlich wandte sich Abby um. In ihren Augenwinkeln blitzten Tränen, aber sie blieben ungeweint.

»Fragen Sie ihn, was es mich kostet, wenn er das Grab öffnet?«, sagte sie schließlich.

Jean sah sie erschrocken an.

»Na los, fragen Sie ihn?«, forderte Abby.

Mitchard sprach eindringlich auf den Alten ein, der nach wenigen Worten die Augen weit aufriss und vehement den Kopf schüttelte. Er versuchte weiter den Mann zu überzeugen, aber der Alte blieb stur und bekreuzigte sich mehrfach.

»Er sagt, er könne das auf keinen Fall tun. Es sei nicht richtig, die Ruhe der Toten zu stören«, erklärte Jean.

Abby lachte heiser auf. »Fragen Sie ihn, ob er sich hier schon einmal umgesehen hat. Die Ruhe der Toten wird laufend gestört.«

»Das habe ich schon getan. Der Alte schwört, er habe mit den Grabschändungen nichts zu tun, und verflucht die Menschen, die so etwas tun. Er sagt, lieber verhungern, als heiligen Boden zu entweihen. Ich glaube ihm.«

»Sagen Sie ihm, er kann gehen.«

Der Alte verbeugte sich mehrfach zum Dank und trottete davon.

»Wollen Sie sich, jetzt da Sie wissen, wo Ihre Schwester ruht, wegen einer Exhumierung an die Behörden wenden?«, fragte Jean, als der Totengräber außer Sicht war.

»Nein.«

Mitchard sah die Entschlossenheit in ihren Augen. »O nein, das wollen Sie nicht tun?«

»Doch. Genau das werde ich tun«, beharrte Abby. »Besorgen Sie mir bitte eine Schaufel und eine Hacke. Ich werde selbst nachsehen, wer da in dem Grab liegt.«

Patrick Ferre war dem Renault bis zum Friedhof gefolgt. Nachdem er gesehen hatte, wie die beiden ausstiegen und das Anwesen betraten, hatte er seinen auffälligen Mercedes in der *Rue Oswald Durand*, direkt hinter dem Stadion, abgestellt. Zu Fuß und mit einigem Abstand war er ihnen gefolgt. Er hatte beobachtet, wie sie mit dem alten Friedhofswärter sprachen, und gesehen, dass er sie zu dem Grab geführt hatte, von dem Patrick wusste, dass es sich um Linda Summers letzte Ruhestätte handelte.

Als er Abby sah, wie sie mit gesenktem Kopf an der Grabstätte ihrer Schwester stand, überkam ihn Mitgefühl, aber dieses Gefühl verschwand sofort wieder, als ihm bewusst wurde, in welchen Schwierigkeiten er nun steckte.

Sie hatten das Grab entdeckt. Abby konnte nun jederzeit zum Gesundheitsamt gehen und die Exhumierung ihrer Schwester verlangen. Allerdings war es fraglich, ob ihr jemand glaubte. Sie hatte keine Beweise dafür, dass in dem Grab ihre Schwester lag. Beamte arbeiteten langsam und umständlich. Es konnten Wochen vergehen, bis die Behörden aktiv wurden und Abby Summers die entsprechende Erlaubnis bekam. Außerdem waren Beamte bestechlich. Abby konnte es nicht wissen, aber es lagen noch viele Hindernisse vor ihr.

Vielleicht würde sich die junge Engländerin auch damit zufrieden geben, dass sie nun das Grab ihrer Schwester kannte. Patrick hoffte es. Er hoffte inständig, Abby morgen in ein Flugzeug steigen und abfliegen zu sehen, andernfalls konnte alles Mögliche geschehen. Julius Castor war kein Mann, dem man in die Quere kam.

Nur leider wusste das Abby Summers nicht.

Abby und Jean saßen in einem hübschen, etwas abseits liegenden Restaurant in Pétonville. Der Abend war mit einer Geschwindigkeit hereingebrochen, dass man glauben konnte, Gott habe ein schwarzes Tuch über dieses Land geworfen, um all das Elend zu bedecken. Hier in Pétonville war von der allgemeinen Armut nichts zu spüren. Im

Gegenteil. Die Gäste im Restaurant waren fast alles Weiße, nur ein paar Mulatten waren darunter. Der Klang angeregter Unterhaltungen schwebte über die kleine Terrasse mit den eng stehenden Tischen und den breiten Korbstühlen.

Jean hatte sich ein karibisches Currygericht bestellt. Abbys Entscheidung war auf gebackenes Huhn mit Reis gefallen. Beide aßen schweigend und sprachen erst, als der Kellner den Kaffee servierte.

»Sie wollen das wirklich durchziehen?«, fragte Jean schließlich.

»Wenn ich darauf warte, bis die Behörden etwas unternehmen, werde ich wahnsinnig. Morgen geht mein Flug nach Hause. Ich will mir vorher Klarheit verschaffen. Wenn Lindas Leiche in diesem Grab liegt, kann nichts und niemand mehr verhindern, dass ich sie heimbringe.«

»Es ist kompletter Wahnsinn, was Sie da vorhaben. Was wollen Sie tun, wenn Sie tatsächlich den Leichnam Ihrer Schwester finden? Ihn in den Kofferraum eines Taxis legen und zur nächsten Polizeistation fahren? Man wird Sie verhaften oder für verrückt erklären.«

»Sie helfen mir also nicht?«

»Das habe ich nicht gesagt.«

»Es klang aber so.«

»Ich wollte Ihnen nur klar machen, wie irrsinnig Ihr Vorhaben ist.«

»Gut, ich habe es vernommen. Zurück zu meiner Frage. Werden Sie mir helfen?«

»Ja«, stöhnte Mitchard. »Ich helfe Ihnen.«

»Wie sollen wir vorgehen?«

»Die beste Zeit für ein derartiges Unternehmen dürfte nach Mitternacht sein, wenn nur noch wenig Menschen auf der Straße sind. Allerdings ist es auch eine gefährliche Zeit, denn nachts regiert der Abschaum die Straßen. Wir können von Glück reden, wenn wir es überhaupt zum Friedhof schaffen, ohne überfallen zu werden.«

Abby wusste nicht, ob Mitchard ihr Angst machen wollte, damit sie ihr Vorhaben aufgab, aber es klang, als meine er es ernst.

»Ich habe meine Entscheidung getroffen«, sagte sie entschlossen.

Mitchard nippte an seinem Kaffee und sah sie über den Rand der Tasse hinweg an.

»Ich weiß, aber Ihnen sollte klar sein, auf was wir uns da einlassen. Das wird kein Spaziergang im Mondschein.«

»Lassen Sie uns bezahlen. Ich muss ins Hotel zurück und mich umziehen. In diesem Kleid kann ich wohl kaum nachts auf einem Friedhof herumgraben. Außerdem müssen Sie noch Hacke und Schaufeln besorgen. Wann sollen wir uns wieder treffen?«

»Ich hole Sie um zwölf vor dem Hotel ab. Warten Sie vor dem Eingang. Ich parke ein Stück die Straße hinunter, damit mich niemand sieht. Wenn ich Sie sehe, blende ich kurz die Scheinwerfer auf, damit Sie wissen, wo ich bin.«

»In Ordnung.«

»Das wird eine verdammt üble Nacht«, sagte Jean. Dann winkte er dem Kellner.

Ferre war Abby und Jean auch nach Pétonville gefolgt. Seine aufgekratzten Nerven beruhigten sich, als er sah, wie die beiden zu Abend aßen. Vielleicht machte er sich doch überflüssige Sorgen und Abby Summers war durch die Entdeckung des Grabes zufrieden gestellt.

Er stand im Schatten eines Hauseinganges, außerhalb des Lichtkegels einer Straßenlaterne. Hier in Pétonville funktionierte die Straßenbeleuchtung noch, ein Umstand, der im Augenblick von Nachteil war, denn so war er gezwungen gewesen, wie eine Katze durch die Schatten zu schleichen, um diesen Beobachtungsposten zu erreichen.

Die beiden schienen keine Eile zu haben. Sie speisten gemütlich und unterhielten sich angeregt. Als sie schließlich das Restaurant verließen, war die Nacht schon weit fortgeschritten.

Patrick Ferre hetzte zu seinem Mercedes zurück. Vor ihm flackerten die Bremslichter von Mitchards Renault auf, als dieser den Motor startete.

Die Fahrt ging nicht weit, denn das Oloffson lag nur wenige Querstraßen entfernt. Ferre beobachtete zufrieden, wie Abby die Lobby betrat und sich ihren Zimmerschlüssel aushändigen ließ. Ebenso befriedigt stellte er fest, dass Mitchard den Wagen nicht parkte, sondern vor dem Hotel wendete und die Straße hinabfuhr, die er gekommen war.

Patrick richtete sich auf dem Sitz auf, nachdem der Renault an ihm vorbei gebraust war, und wendete ebenfalls. Hier weiter vor dem Hotel zu warten war sinnlos. Abby ging offensichtlich zu Bett. Vielleicht packte sie sogar im Augenblick ihren Koffer. Morgen würde sie Haiti für immer den Rücken kehren. Obwohl dieser Gedanke Patrick einen Stich versetzte, war er auch erleichtert.

Abby Summers würde am Leben bleiben.

17.

Abby schritt durch die Hotelhalle. Sie bemühte sich, leise zu gehen, aber es war unnötig. Die Rezeption lag verwaist im Licht einer einzelnen Schreibtischlampe. Aus einem offenen Türspalt daneben schimmerte blaues, flackerndes Licht. Eine Stimme plärrte auf Französisch. William Barton oder einer seiner Söhne sah fern. Gut. Abby hatte sich zwar alle möglichen Erklärungen dafür einfallen lassen, warum sie mitten in der Nacht das Hotel verließ, aber so war es ihr entschieden lieber.

Sie öffnete die Glastür vorsichtig und schlüpfte hinaus in die Dunkelheit. Nicht weit entfernt blitzten zwei Scheinwerfer auf. Abby ging schnell zu dem Renault hinüber. Mitchard hatte das Seitenfenster heruntergekurbelt. Sein Gesicht war im schwachen Mondschein kaum auszumachen.

»Warten Sie schon lange?«, fragte Abby.

»Zehn Minuten.« Er öffnete die Fahrertür und stieg aus. »Legen Sie sich auf die Rückbank. Hier ist eine Decke. Ziehen Sie die über den Kopf, damit Sie niemand sieht.«

»Ist das nicht etwas übertrieben?«

»Wenn jemand eine weiße Frau im Auto entdeckt, werden wir überfallen, bevor wir auch nur die Hauptstraße erreichen. Nachts ist es in dieser Stadt wirklich schlimm. Banden beherrschen die Straßen, die Polizei bleibt in ihren Stationen und traut sich erst wieder im Morgengrauen hinaus, um die Leichen zu zählen.«

Also stieg Abby auf die Rückbank, legte sich seitlich auf das Polster und kroch unter die braune Decke, die einen muffigen Geruch ausströmte. Mitchard setzte sich wieder ans Steuer und zog langsam die Tür zu. Ohne das Licht einzuschalten, fuhr er los. Erst als das Hotel ein Stück hinter ihnen lag, blendete er auf.

Sie fuhren über die *Avenue John Brown*, deren grauer Asphalt wie eine gehäutete Schlange vor ihnen lag. Es war kaum Verkehr unterwegs, und Abby wagte es hin und wieder, sich aufzurichten und nach draußen zu spähen.

Mitchard wählte den kürzesten Weg, indem er am *Place de Héros de l'Indépendance* vorbeifuhr und in die *Rue Oswald Durand* abbog. In der Nähe des Stadions trieben sich merkwürdige Gestalten herum. Männer standen mitten auf der Straße, rauchten und Mitchard sah, wie Geldscheine den Besitzer wechselten, als er langsam am Stadion vorbeifuhr. Jemand trat mitten auf die Fahrbahn und hielt beide Hände hoch, als wolle er den Wagen stoppen. Es war ein Jugendlicher mit Zigarette im Mundwinkel.

»Runter mit dem Kopf«, raunte Jean nach hinten.

Mitchard schaltete das Fernlicht ein, aber der Junge wich nicht aus. Jean musste um ihn herum fahren. Als er den Jungen passiert hatte, sah er im Rückspiegel, wie ihm dieser den Mittelfinger zeigte, sich aber gleich wieder abwandte.

»Was ist los?«, fragte Abby. Ihre Stimme klang gedämpft durch die Decke.

»Nichts weiter. Ich werde direkt neben der Friedhofsmauer parken, aber Sie bleiben im Wagen, bis ich Ihnen sage, dass die Luft rein ist.«

»In Ordnung.«

Jean bog in die *Rue Jean-Marie Guilloux* ab, schaltete die Scheinwerfer und den Motor ab und ließ den Wagen langsam ausrollen. Mit angespannten Nerven blieb er mehrere Minuten lang sitzen und beobachtete die Umgebung. Nichts rührte sich. Nur eine Katze schrie klagend in der Dunkelheit.

»Okay, wir können aussteigen, aber seien Sie um Himmels Willen leise.«

Vorsichtig drückte er die Fahrertür auf und klappte den Sitz um. Abby kroch unter ihrer Decke hervor. Aus dem Kofferraum holte Mitchard eine Taschenlampe und zwei Schaufeln.

»Haben Sie keine Hacke mitgebracht?«, fragte Abby.

»Hier gibt es leider keine Baumärkte wie in England. Schon die Schaufeln aufzutreiben war ein Problem«, zischte Jean.

»Schon gut. Die Schaufeln werden genügen.«

»Los jetzt.«

Der Zugang zum Friedhof war unverschlossen, aber das alte Eisentor ächzte in seinen Scharnieren, als sie es aufschoben. Es war ein Geräusch, von dem Abby überzeugt war, dass man es noch meilenweit entfernt hören könnte.

In der Dunkelheit war es weitaus schwieriger, sich zu orientieren. Der Mond blieb hinter finsteren Wolken verborgen, und so musste Mitchard die Taschenlampe benutzen, damit sie sich zurechtfanden. Im bleichen Schein der Lampe wirkten die Gräber bedrohlich. Abby hatte den Eindruck, als würden sie näher an den Pfad heranrücken, um sie auf ihrem Weg über den Friedhof zu beobachten. Knochen blitzten, wenn das Licht auf sie fiel. Abby fröstelte.

»Scheiße, ist das gruselig«, flüsterte sie Jean zu.

»Sie wollten es so.«

Mitchard stapfte mit großen Schritten voran. Abby, die wesentlich weniger sah, hatte Mühe ihm zu folgen, ohne zu stolpern.

»Müssen Sie so rennen?«

»Je schneller wir hier weg sind, desto besser. Und jetzt halten Sie verdammt noch mal die Klappe. Wir sind gleich da.«

Abby hörte die Angst in seiner Stimme. Ihre eigenen Ängste wurden von Sekunde auf Sekunde schlimmer. In ihrer Brust vibrierte etwas. Es dauerte einen Moment, bis Abby begriff, dass es ihr wild pochendes Herz war. Dann lag das Grab vor ihnen. Obwohl es nur ein niedriger Erdhaufen war, schien er stumm zu klagen, als sie die Schaufeln hineinstießen.

Sie arbeiteten schweigend. Jean am oberen Ende, sie weiter unten. Es war mühselig, die festgebackene Erde aufzubrechen. Sie waren noch nicht einmal einen halben Meter tief eingedrungen, als es zu regnen begann. Der Himmel öffnete seine Schleusen, als wolle er sie für ihren Frevel bestrafen. Der Regen war kalt, eiskalt, obwohl es eine warme Nacht war. Nach einer Minute waren sie beide vollkommen durchnässt. Verbissen gruben sie weiter.

Es gab einen dumpfen Schlag, als Jeans Schaufel auf den Sarg traf. Beinahe erschrocken hielten sie inne, aber dann kratzte Mitchard die restliche Erde herunter.

»Wollen Sie wirklich weitermachen? Noch können wir gehen und die Sache vergessen«, raunte Jean.

»Nein. Ich will die Wahrheit wissen.«

Das Loch war nicht besonders tief, und so konnten sie am Rand des Grabes knien. Mitchard beugte sich hinab und stieß die Schaufel in einen Spalt an der Seite des Sarges. Als das Eisen fasste, stemmte er sich gegen den Stiel und wuchtete den Sargdeckel auf.

Abby bereitete sich innerlich auf einen schrecklichen Anblick vor. Ihre Schwester war seit Tagen tot. Ihr Körper musste inzwischen in Verwesung übergegangen sein.

Der Strahl der Taschenlampe wanderte über den Rand des Grabes in den Sarg hinein. Was Abby dann sah, war schlimmer als alles, was sie sich vorgestellt hatte.

Der Sarg war leer!

Julius Castor saß in seinem Arbeitszimmer hinter seinem Schreibtisch. Eine Stehlampe beleuchtete seine Füße, die er auf die Schreibtischplatte gelegt hatte. In seiner rechten Hand hielt er ein Glas französischen Cognac, aus dem er in regelmäßigen Abständen kleine Schlucke durch seine Kehle rinnen ließ. Die linke Hand führte ebenso regelmäßig eine dicke Zigarre an seinen Mund. Der duftende Rauch der Havanna, eine Romeo & Juliet für zwanzig Dollar, schwebte durch den Raum wie ein zerrissener Seidenschal.

Obwohl es schon weit nach Mitternacht war, dachte Castor nicht daran, zu Bett zu gehen. Er liebte die Stunden der Nacht, wenn endlich Ruhe auf der Plantage einkehrte und ihn das permanente Klagen der Arbeitssklaven nicht ablenkte. Einzig das singende Geräusch der zuschlagenden Peitsche vermisste er, wenn die Aufseher die Arbeiter auf die Felder trieben, wo sie von Sonnenaufgang bis Sonnenuntergang in der Hitze schuften mussten.

Die Geschäfte laufen nicht besonders, dachte Castor.

Erst die Schwierigkeiten mit dieser englischen Zuckerrohrankäuferin, und nun waren ihm zwei Arbeiter gestorben, für die er noch keinen Ersatz gefunden hatte. Er musste sich die monatliche Abrechnung nicht ansehen, da er die Zahlen inzwischen auswendig kannte. Die Erträge waren um zwanzig Prozent gefallen. Daran waren nicht einmal die fehlenden Arbeitskräfte schuld. Die Felder waren ausgelaugt. Der Boden verdorrte unter der gleißenden Sonne. Er warf einen Blick durch das offene Fenster in den Hof. Endlich regnete es einmal. Die seit Wochen anhaltende Dürre war für Haitis Norden ungewöhnlich, und dabei lag der heißeste Monat des Jahres, der August, noch vor ihnen.

Wenigstens waren die Probleme mit Abby Summers gelöst. Morgen würde sie abfliegen. Castor gestand es sich ungern ein, aber Patrick hatte die Sache gut hingekriegt.

Allerdings, es schadete nichts, wenn man auf Nummer sicher ging.

Entschlossen griff er nach dem Telefon und hob den Hörer ab. Die gewählte Nummer hatte er im Kopf. Am anderen Ende der Leitung ertönte das Freizeichen. Castor war es vollkommen gleichgültig, ob er um diese Uhrzeit jemanden aus dem Bett holte. Nachdem das Telefon scheinbar endlos geläutet hatte, wurde endlich abgehoben.

Castor meldete sich nicht einmal mit seinem Namen. Er ging davon aus, dass man seine Stimme erkannte. Der knurrige Ton seines Gesprächspartners nahm sofort einen unterwürfigen Klang an, als er erkannte, wer ihn da anrief.

Julius Castor sprach nur eine Minute. Ohne eine Antwort abzuwarten, legte er wieder auf. Er war es gewohnt, dass seinen Befehlen unverzüglich Folge geleistet wurde.

»Das gibt's doch nicht«, stöhnte Abby.

Mitchard schwieg. Auch ihn hatte die Tatsache, dass der Sarg leer war, vollkommen überrascht.

»Der Totengräber hat uns belogen. Hier wurde keine weiße Frau beerdigt.«

»Niemand vergräbt einen leeren Sarg in der Erde. Außerdem glaube ich dem Alten«, entgegnete Jean. Regenwasser lief über sein Gesicht und hinterließ schmutzige Spuren, die wie winzige Flüsse wirkten.

»Dann hat jemand ihre Leiche gestohlen«, beharrte Abby.

Mitchard stieg in den Sarg hinein. Eine Holzplanke zerbrach unter seinem Gewicht. Mit der Taschenlampe beleuchtete er den Boden und die Seitenwände des Sarges.

»Lassen Sie uns gehen«, verlangte Abby. »Wir haben meine Schwester nicht gefunden und ich friere erbärmlich.«

»Einen Moment noch.«

»Was machen Sie denn da? Das ist doch sinnlos. Der Sarg ist leer.«

»Kommen Sie zu mir.« Seine Stimme war eindringlich. Jean musste etwas entdeckt haben. Abby stieg in das Grab hinunter.

Mitchard richtete den Strahl der Taschenlampe auf die linke Seitenwand des Sarges. Das Holz war an einigen Stellen aufgesplittert.

»Sehen Sie das?«, fragte er Abby.

»Wahrscheinlich haben Sie den Sarg beim Öffnen beschädigt«, meinte Abby, die nicht wusste, worauf Mitchard hinauswollte.

»Nein, ich habe den Deckel an der anderen Seite aufgestemmt. An diese Stelle bin ich gar nicht gekommen.«

»Und? Jemand hat also einen alten Sarg vergraben, was soll's?«

»Das sind Kratzspuren von Fingernägeln.«

»Hören Sie auf . . .« Der Satz erstarb auf ihren Lippen, als sie genauer hinsah. Jean hatte Recht. Es sah tatsächlich so aus, als habe jemand versucht, sich von innen aus dem Sarg zu befreien.

»Sie wissen, was das bedeutet«, sagte Mitchard leise.

Abby zitterte, aber es war nicht die Kälte, die ihren Körper schüttelte. Es war das blanke Entsetzen.

»Meine Schwester wurde lebendig begraben.«

Sie fanden noch mehr Spuren. Auch der Sargdeckel wies an der Innenseite Kratzer auf. Abby fuhr die Rillen mit ihren Fingerspitzen nach.

»Linda hat bis zum letzten Augenblick um ihr Leben gekämpft.«

»Wir wissen nicht sicher, ob sie in diesem Grab lag.«

»Doch, ich fühle es.«

Mitchard wusste nicht, was er darauf antworten sollte. Er wandte sich ab, um ein letztes Mal das Licht der Taschenlampe über den Sargboden gleiten zu lassen. Plötzlich fiel ihm etwas auf. Jean bückte sich. Er richtete sich wieder auf. In seiner offenen Handfläche lagen kleine Körner. Er leuchtete sie an.

»Was haben Sie gefunden?«

»Sesam.«

Abby begriff nicht, warum er ein so ernstes Gesicht machte. »Und?«

Mitchard sah sie ernst an. »Alles ist noch viel schlimmer, als wir es uns vorgestellt haben.«

»Was bedeutet das?«, fragte Abby zum wiederholten Mal, aber Mitchard gab ihr keine Antwort, sondern schaufelte das Grab verbissen wieder zu.

»Sagen Sie mir endlich, was das zu bedeuten hat?«, verlangte Abby.

»Später.«

»Nein, Sie ...«

»Ich habe später gesagt.« Jeans Stimme klang hart. Unzugänglich. Er schob die Erde wieder über das Grab und klopfte den Erdboden mit der Schaufel fest.

»Gehen wir.«

Sie erreichten das Auto. Mitchard warf die Schaufeln in den Kofferraum und befahl Abby, sich wieder auf den Rücksitz zu legen. Schweigend startete er den Motor und fuhr durch die Stadt. Erst vor dem Hotel sprach er wieder.

»Sie können hochkommen. Wir sind da.«

Abby richtete sich auf und warf die Decke beiseite. Jean saß ohne sich zu rühren auf seinem Sitz und blickte sie im Rückspiegel an. Es hatte aufgehört zu regnen und der Mond stand am klaren Himmel. Sein Licht fiel in das Fahrzeug. Abby bemerkte Mitchards intensiven Blick und starrte zurück.

»So, und jetzt sagen Sie mir, was es mit diesen Sesamkörnern auf sich hat«, verlangte sie.

Er zögerte, sprach dann aber doch. »Wissen Sie, was der Begriff ›Zombie Cadavre‹ bedeutet?«

Abby schüttelte den Kopf.

»Oder ›gros bon ange‹? ›Corps cadavre‹?«

»Nein, das alles sagt mir nichts.«

»Was ich Ihnen jetzt erkläre, wird für Sie sehr fantastisch klingen, aber glauben Sie mir, ich meine es vollkommen ernst.«

»Jetzt reden Sie schon.«

Mitchard seufzte, bevor er sagte: »Ihre Schwester wurde in einen Zombie verwandelt.«

»Das kann unmöglich Ihr Ernst sein, Jean«.

»Ich weiß, es hört sich verrückt an, aber bevor Sie mich für einen Spinner halten, lassen Sie es mich erklären.«

»Also gut, ich bin ganz Ohr.«

»In Haiti ist Zombiefizierung keineswegs so abwegig, wie Sie sich das vorstellen. Jeder hier, ob er nun daran glaubt oder nicht, fürchtete sich vor der Macht der *bokors*, den Voodoopriestern, die sich mit schwarzer Magie befassen. *Bokor* bedeutet ›Der mit der linken Hand dient‹. Diese *bokors* sollen auch über die Macht verfügen, Menschen in lebende Tote zu verwandeln. Der bekannteste Fall betraf einen Mann namens Clairvius Narcisse. Die BBC hat 1980 ein eigenes Fernsehteam nach Haiti entsandt, um diesen Fall zu untersuchen.« Mitchard wandte sich um, bis er Abby direkt anblicken konnte. »Die Zombiefizierung hat nur sehr wenig mit schwarzer Magie, dafür aber sehr viel mit Hautgiften zu tun, die hohes Fieber hervorrufen und schließlich zu einem komaähnlichen Zustand führen. Der Puls wird durch das Gift auf einen Herzschlag pro Minute gesenkt. Die Ärzte stellten in solchen Fällen den Tod fest, obwohl das vergiftete Opfer keineswegs verstorben war, sondern nur in todesähnlichem Schlaf dämmerte.«

Abby ahnte, worauf Jean hinauswollte, aber sie unterbrach ihn nicht.

»Denken Sie an Ihre Schwester«, meinte Mitchard eindringlich. »Auch sie starb an einer fieberhaften Erkrankung, deren Ursache man nicht kannte. Dabei kann es sich durchaus um Gift gehandelt haben. Ihr Leichnam, erklären die Behörden, wurde beerdigt, dann widerrufen sie diese Aussage und behaupten, er wäre verbrannt worden. Man händigt Ihnen die Asche aus, aber wir finden heraus, dass es sich um die Überreste eines Fremden handelt. Schließlich entdecken wir Lindas Grab, aber es ist leer.« Er hob die Hand, wie ein Klassenlehrer, der um Aufmerksamkeit bittet. »Im Sarg waren Kratzspuren von Fingernägeln zu sehen. Wer immer dort begraben wurde, hat noch gelebt und versucht, sich zu befreien.«

»Ich kann nicht glauben, was Sie da sagen«, meinte Abby. Sie fröstelte bei der Vorstellung, dass Jean Recht haben könnte.

»Die Sesamkörner waren der entscheidende Hinweis. Die Menschen in Haiti streuen Sesam in die Särge, damit der verstorbene Familienangehörige, sollte er nicht wirklich tot sein, mit Zählen beschäftigt ist, bis er endgültig erstickt.«

»Das ist doch Unsinn«, sagte Abby.

»Es ist genauso Unsinn wie die Vorstellung, dass manchen Toten die Lippen zugenäht werden, damit sie dem *bokor* nicht antworten können, wenn er sie mit ihrem Namen anruft. Andere werden mit dem Gesicht nach unten begraben. Sie sollen ersticken, bevor sie das Bewusstsein wieder erlangen. Ich habe Leichen gesehen, die eines natürlichen Todes gestorben waren und denen man *sicherheitshalber* noch ein Messer ins Herz rammte, um sie in ihren Gräbern zu halten.«

»Sie wollen mir ernsthaft sagen, dass meine Schwester noch lebt?«

»Hören Sie mir eigentlich zu? Sie wissen doch, was ein Zombie ist?«

»Ich habe Filme gesehen.« Abbys Stimme hatte einen verächtlichen Unterton.

»Ihre Schwester ist in einem viel schlimmeren Zustand. Sie ist weder tot noch lebendig. Ein willenloses Geschöpf ihres neuen Herrn.«

»Und diese Zombies laufen einfach so in der Gegend herum, bis sie jemand findet und ein Filmteam geschickt wird, um den Fall zu dokumentieren?«

»Man munkelt, dass diese bedauernswerten Menschen im Norden ihr Dasein als Arbeitssklaven auf den Zuckerrohrfeldern fristen.«

Das Wort ›Zuckerrohr‹ löste in Abby etwas aus. Linda war Zuckerrohrankäuferin gewesen. Patrick Ferre besaß eine Zuckerrohrplantage im Norden von Haiti. Konnte es wirklich möglich sein? Konnte dieser Wahnsinn tatsächlich wahr sein? Jean schien es jedenfalls zu glauben. Er war ein vernünftiger Mann, davon war sie überzeugt. Aber lebende Untote?

»Sie müssen so schnell wie möglich abreisen«, sagte Mitchard nun. »Sie schweben in großer Gefahr. Wenn *bokors* an der Sache beteiligt sind, sollten Sie gehen, so lange Sie noch können.«

»Nein!«, meinte Abby entschieden. »Ich bleibe. Wenn meine Schwester noch am Leben ist, werde ich sie finden.«

»Ihre Schwester ist nicht mehr am Leben. Sie befindet sich jetzt in einer anderen Welt. Sie können ihr nicht mehr helfen.«

»Wenn Linda nicht tot ist, dann ist sie meiner Definition nach noch am Leben und ich werde einen Teufel tun und sie im Stich lassen.«

»Ich bitte Sie«, flehte Jean. »Lassen Sie die Angelegenheit auf sich beruhen. Sie bringen sich in größte Gefahr.«

»Jean?«

»Ja?«

»Warum haben Sie mir so selbstlos geholfen? Sie haben viel riskiert. Hätte man Sie auf dem Friedhof erwischt, wäre Ihre Reputation als Arzt dahin.«

»Ich weiß es nicht.«

Und er wusste es tatsächlich nicht. 1994 war er aus den USA zurück nach Haiti gekehrt, nachdem die Amerikaner die putschenden Generäle vertrieben und den rechtmäßigen, demokratisch gewählten Präsidenten Aristide wieder ins Amt eingesetzt hatten. Damals hatte er den Traum von einem neuen, einem besseren Haiti geträumt, aber der war in der Wirklichkeit ertrunken. Nun hatte sich ihm die Möglichkeit geboten zu helfen und er hatte es getan, ohne darüber nachzudenken.

»Ich danke Ihnen vielmals, Jean«, flüsterte Abby. Sie beugte sich vor und hauchte einen Kuss auf seine Wange.

»Was haben Sie vor?«

»Ich weiß es noch nicht. Im Augenblick bin ich hundemüde und will nur noch schlafen. Morgen denke ich darüber nach.«

»Darf ich dich Abby nennen?«, fragte Mitchard.

Ihr Lächeln war bezaubernd. »Ja, Jean.«

»Dann sehen wir uns morgen.«

Abby stieg aus dem Wagen aus. »Vielleicht solltest du mich das allein machen lassen.«

»Auf keinen Fall.«

»Du bist sehr stur.«

»Genau wie du.«

»Gute Nacht.«

18.

Im Licht des neuen Morgens wirkten die Geschehnisse der letzten Nacht unwirklich. Wie einem wilden Traum entsprungen verblasste ihre Kraft, aber sie verschwanden nicht. Zwar waren Abbys Zweifel neu erwacht, aber es waren die Zweifel eines Menschen, der sich mit aller Macht wehrte, die Wahrheit zu akzeptieren.

Abby duschte lang und heiß. Sie rubbelte ihren Körper trocken, bis die Haut gerötet war. Sie versuchte die Nähe des Todes aus ihren Poren zu reiben.

Sie schlüpfte in frische Unterwäsche, zog Jeans und eine weiße Bluse an. Das Haar ließ sie offen, damit es trocknen konnte. Als sie sich die Zähne putzte, dachte sie darüber nach, was sie unternehmen konnte, um Linda zu finden.

Ich habe nicht viele Möglichkeiten, gestand sie sich ein. Haiti war ein fremdes Land. Sie kannte nicht einmal seine Geographie und hatte keine Ahnung, wo sie ihre Suche beginnen sollte. Vielleicht wusste Jean, was sie tun konnten.

Jean.

Sie spürte eine tiefe Zuneigung zu ihm. Es waren keine romantischen Gefühle. Nein, manchmal erschien es ihr, als sei Jean Mitchard ein lang vermisster Bruder, der wieder aufgetaucht war und der nun seinen rechtmäßigen Platz in ihrem Herzen forderte.

Selten hatte sie jemanden wie ihn kennen gelernt. Jemand, der so selbstlos half, ohne nach Dank oder einer Belohnung zu fragen. Jean war ein besonderer Mensch und sie konnte nur hoffen, dass sie ihn durch ihre Suche nicht in Gefahr brachte oder seine Karriere zerstörte. Aber

Abby war sich auch bewusst, dass sie auf seine Hilfe angewiesen war. Mitchard war der Vermittler zwischen den Welten, der Dolmetscher des Abstrusen. Er konnte ihr die Realität auf dieser Insel zeigen, auch wenn Abby sie nicht immer verstand oder bereit war, diese Wirklichkeit zu akzeptieren.

Plötzlich fiel ihr ein, dass sie ihren Rückflug noch nicht storniert hatte. Es war höchste Zeit. Das notwendige Telefongespräch dauerte keine zwei Minuten. Sie hatte den Hörer gerade auf die Gabel gelegt, als das Telefon klingelte. Jean. Er war unten in der Lobby. Dass er so früh erschien, überraschte Abby. Es war kurz vor acht Uhr morgens. Dieser Mann kam anscheinend mit noch weniger Schlaf aus als sie selbst.

Abby kämmte kurz ihre Haare, die noch immer feucht waren, aber länger wollte sie Mitchard nicht warten lassen. Sie griff nach ihrer Handtasche und ging zur Rezeption hinunter.

Jean erwartete sie am Ende der Treppe. Er sah nicht gut aus. Dunkle Ringe zeichneten sich unter seinen Augen ab. Seine Wangen waren eingefallen. Abby fühlte, wie sich ihr schlechtes Gewissen meldete. Jean hatte einen anstrengenden Job im Krankenhaus. Wahrscheinlich hatte er die ganze Woche hart gearbeitet und nun schlug er sich mit ihr auch noch die Nächte um die Ohren.

»Guten Morgen, Abby«, begrüßte er sie.

»Hallo, Jean. Du siehst nicht gut aus.«

»Mach dir keine Sorgen. Mir geht es gut.«

»Hast du Lust, mit mir zu frühstücken?«, fragte sie ihn.

»Geht leider nicht. Ich muss ins Krankenhaus. Eigentlich habe ich diese Woche frei, aber einer der Dienst habenden Ärzte ist erkrankt und ich muss ihn vertreten.«

»Oh.«

»Ich habe mir Gedanken darüber gemacht, wie wir weiter vorgehen können. Wenn es dir Recht ist, fahre ich dich zu einem Bekannten, der dir einiges zu der Lage sagen kann, in der sich deine Schwester befindet. Er ist Engländer. Ein ehemaliger BBC-Reporter. Er kennt sich mit der Materie sehr gut aus.«

»Du willst, dass er mich davon überzeugt, meine Suche aufzugeben.«

»Nein, aber du sollst wissen, auf was du dich da einlässt.«

»Also gut, ich spreche mit ihm.«

Die Fahrt endete vor einem weiß gestrichenen Haus im Kolonialstil, nicht weit von Port-au-Prince entfernt in der Stadt Jacmel an der Südküste Haitis. Jean stieg aus und bedeutete Abby ihm zu folgen. Die Terrassentür schwang auf, als sie sich dem Haus näherten. Ein Mann trat in den Sonnenschein und begrüßte Jean herzlich, bevor er Abby höflich die Hand reichte.

»Michael Stanwill, aber alle nennen mich Mitch«, stellte er sich vor.

»Abby Summers.«

Für einen Mann war er nicht besonders groß und er war schlank, was ihn noch zierlicher wirken ließ. Seine dunklen Haare lugten unter einem einfachen Strohhut hervor, den er zu einem eleganten Leinenanzug trug. Das Gesicht war hager. Bartstoppeln sprossen wild an seinem Kinn. Buschige Augenbrauen bewachten eine scharfe Hakennase, an deren linker Seite ein Muttermal wie hingeklebt aussah. Es war ein ungewöhnliches, aber sympathisches Gesicht mit vergnüglich blitzenden Augen.

»Ich muss gleich wieder los«, erklärte Jean. Stanwill nickte und Jean wandte sich an Abby. »Um die Mittagszeit komme ich dich abholen, bis dahin musst du es mit Mitch aushalten. Lass dich nicht von seinem Charme einwickeln, er ist ein alter Halunke.«

Stanwill lachte. Er klopfte Jean auf die Schulter. »Verschwinde jetzt. Wir haben viel zu besprechen.«

Jean stieg in seinen Renault, winkte kurz, ließ den Motor an und war wenige Augenblicke später verschwunden.

»Gehen wir ins Haus«, lud Stanwill Abby ein.

Es gab keinen Flur. Abby stand sofort in einem Wohnraum, auf dessen Holzdielen weiche Teppiche ausgelegt waren. Drinnen war es überraschend kühl. Ein Deckenventilator drehte müde seine Kreise. Das Haus war eine Überraschung. Es war voll gestopft mit allen möglichen Reiseerinnerungen, die Stanwill während seiner Tätigkeit als Reporter angesammelt hatte. Afrikanische Trommeln standen neben indischen Götterfiguren. Südamerikanische Webarbeiten hingen an den Wänden. Abby entdeckte einen russischen Samowar, vor dem chinesische Reisschalen aus hauchdünnem Porzellan aufgestellt waren.

Überall Fotografien. Die meisten zeigten Stanwill in aller Herren Länder. Stanwill im Kosovo vor Häuserruinen. Stanwill in den Slums von Kalkutta. Stanwill in einem Katastrophengebiet in der Türkei. Auf manchen Abbildungen war er nicht zu entdecken. Diese Aufnahmen mussten von ihm selbst stammen. Es waren Bilder von außergewöhnlicher Klarheit und Eindringlichkeit. Bilder, die nach Gerechtigkeit zu schreien schienen. Bilder, die anklagten.

Abby sah ein kleines Kind mit aufgeblähtem Hungerbauch im Sand liegen, das Gesicht derartig mit schwarzen Fliegen bedeckt, dass man die Augen kaum ausmachen konnte. Auf einem anderen Bild ragte eine Hand aus dem Schutt eines Erdbebengebietes. Der Präsident der Vereinigten Staaten von Amerika stand vor einer Cruise Missile und lächelte überlegen in die Kamera. Es war eine beeindruckende Sammlung von Momentaufnahmen dieser Welt.

»Gefallen Ihnen die Bilder?«

»Ja, sehr. Ich wusste nicht, dass Sie auch Fotograf sind.«

»Ein Hobby. Nichts weiter.«

»Sie sind ganz schön rumgekommen.«

»Während meiner Tätigkeit in den letzten zwanzig Jahren habe ich fast jedes Land dieser Erde gesehen.«

»Und nun leben Sie auf Haiti?«

»Nachdem ich meinen Job an den Nagel gehängt habe, bin ich hierher zurückgekehrt, um ein Buch zu schreiben.«

»Und haben Sie es geschrieben?«

»Noch nicht ganz«, lächelte Stanwill. »Es ist schwieriger, als ich dachte.«

»Warum Haiti?«

»Warum nicht? Wenn man genau hinsieht, gibt es überall Elend. Die Menschen verschließen nur die meiste Zeit die Augen davor. Ich habe in England Dinge gesehen, die Sie mir nicht glauben würden. Aber genug davon. Ich nehme an, Sie haben noch nicht gefrühstückt und ich war so frei, etwas vorzubereiten. Lassen Sie uns nach hinten in den Garten gehen.«

Abby folgte ihm nach draußen und blieb erstaunt stehen. Ein kleines, blühendes Paradies erwartete sie. Blumen und blühende Büsche verströmten einen intensiven Duft. Insekten tanzten in der Luft. Mitten in dieser Oase stand ein weiß lackierter Holztisch mit zwei Rattanstühlen. Stanwill hatte eine geblümte Tischdecke darüber ausgebreitet, auf der eine silberne Kanne, Tassen und Teller standen. Frisches Baguette lag aufgeschnitten in einem Strohkörbchen.

Stanwill nahm Platz und lud Abby ein, sich ebenfalls zu setzen. Er schenkte ihr Kaffee ein und fragte, ob sie Milch und Zucker wolle. Abby nahm die Milch dankend an, den Zucker lehnte sie ab. Ungeniert begann der Hausherr sich eine Scheibe Brot zu schmieren. Abby tat es ihm nach und strich dick Butter und Marmelade auf.

Der Kaffee war stark und hatte ein kräftiges Aroma. Abby lächelte Stanwill an.

»Sie leben hier allein?«

»Ja.«

»Keine Familie?«

»Nein.«

»Für einen Junggesellen machen Sie einen außerordentlich guten Kaffee.«

»Ich habe mir einen Vorrat aus Kolumbien mitgebracht. Meiner Meinung nach pflanzen sie dort den besten Kaffee der Welt an.«

»Und Drogen«, meinte Abby.

»Richtig«, grinste Stanwill. »Kaffee ist nur der zweitgrößte Exportschlager dieses Landes.«

»Jean sagte, Sie könnten mir helfen?«

»Ich weiß nicht, ob ich Ihnen behilflich sein kann, aber ich kann Ihnen zumindest sagen, worauf Sie sich einlassen.«

»Dann hat Jean schon mit Ihnen gesprochen?«

»Ja, er hat mir alles erzählt. Ich hoffe, Sie haben nichts dagegen?«

»Nein, ist schon in Ordnung.«

»Ihr nächtlicher Ausflug auf den Friedhof war sehr waghalsig.«

»Ich musste mir Klarheit verschaffen. Was halten Sie von der ganzen Sache?«

Stanwill zögerte kurz, dann sah er Abby eindringlich an. »Ich bin der gleichen Meinung wie Jean. Sie haben es hier mit Voodoo zu tun.«

»Dann glauben Sie auch, dass Linda in einen Zombie verwandelt worden ist?«

»Alles weist darauf hin. Ihre Schwester muss jemandem sehr Mächtigen in die Quere gekommen sein.«

»Angenommen, und ich meine wirklich nur einmal angenommen, Sie haben Recht. Warum hat man Linda nicht einfach ermordet?«

Stanwill kratzte sich am Kinn. »Ich denke, so war es sicherer. Ein Mord hätte die Behörden ins Spiel gebracht.

Nicht einmal die Polizei von Haiti hätte den gewaltsamen Tod einer Ausländerin ignorieren können. Untersuchungen wären angestellt worden. Man hätte nach dem Motiv gefragt und wäre vielleicht auf etwas gestoßen, auf das man nicht stoßen soll.« Stanwill schüttelte nachdenklich den Kopf. »Wären Sie nicht in Haiti aufgetaucht und hätten Nachforschungen angestellt, hätte der Tod Ihrer Schwester vollkommen natürlich gewirkt. Ein weiteres Opfer einer fieberhaften Erkrankung. So etwas kommt hier öfters vor. Niemand stellt Fragen. Die Leiche wird beerdigt und fertig. Aber dann erschienen Sie und wollten Linda Summers heimführen. Da es keinen Leichnam gab, musste man Ihnen einen präsentieren. Dass Jean Ihnen dabei helfen würde, einem großen Schwindel auf die Spur zu kommen, konnte niemand ahnen.«

»Dann glauben Sie also auch, dass meine Schwester noch lebt?«

»Leben ist nicht das Wort, das ich verwenden würde.«

»Jean hat bereits versucht, mir einiges zu erklären.«

»Offensichtlich war er nicht besonders erfolgreich, denn Sie sind nicht aus Haiti abgereist. Gefährlich. Ich werde Ihnen erzählen, womit Sie es wirklich zu tun haben; vielleicht ändern Sie dann ja Ihre Meinung.«

Er schenkte sich Kaffee nach, bevor er weiter sprach.

»Alles begann mit einem Mann namens Clairvius Narcisse ...«

1980 reiste ein BBC-Team nach Haiti, um den Fall Clairvius Narcisse zu untersuchen. Narcisse war im Albert-Schweitzer-Spital in Deschapelles im Arbonite-Tal an einem unbekannten Fieber verstorben und begraben worden. Achtzehn Jahre später tauchte er auf dem Marktplatz seiner Heimatstadt l'Estère auf und sprach seine Schwester mit ihrem Kosenamen an. Zunächst hielt man ihn für einen Schwindler, aber seine Schwester und zweihundert Bekannte und Verwandte identifizierten ihn. Narcisse konnte sich auch an Kindheitserlebnisse erinnern, die ein Fremder nicht hätte wissen können.

Er führte das Kamerateam auf den Friedhof von Benetier zu dem Grabstein, auf den man zweiundzwanzig Jahre zuvor »Ici Repose Clairvius Narcisse« geschrieben hatte.

Narcisse berichtete, was mit ihm geschehen war. Er war im Auftrag seines Bruders vergiftet und an einen *bokor* mit Namen Josef Jean verkauft worden. Zum Zeitpunkt seines Todes hatte er an starken Atembeschwerden, Erbrechen und hohem Fieber gelitten. Man beerdigte ihn. Obwohl sein Herz kaum noch schlug, war er bei vollem Bewusstsein. Lange lag er in diesem Sarg, bis er hörte, wie man ihn ausgrub. Der *bokor* war mit zwei Helfern auf den Friedhof gekommen, um ihn mitzunehmen. Dreimal wurde Narcisse von ihm mit seinem Namen angerufen. Dann flößte man ihm ein Mittel ein, von dem man später herausfand, dass es sich um ein weiteres, das Bewusstsein veränderndes Gift handelte.

Narcisse wurde in den Norden Haitis verschleppt, auf eine Plantage in der Nähe von Ravine Trompette, einem kleinen Dorf bei Pilate, nicht weit von Cap Haïtien. Mit anderen Zombies musste er von Sonnenaufgang bis Sonnenuntergang auf den Feldern schuften. Sie bekamen nur wenig zu essen und wurden täglich geschlagen, aber Narcisse war jung und kräftig und blieb am Leben. Er erzählte, dass er sich in all der Zeit in einem seltsamen geistigen Zustand befunden habe, ähnlich wie in einem Traum. Sein Wille war ihm abhanden gekommen. Zwar war er sich seiner bedauernswerten Lage bewusst, brachte aber nicht die Energie auf, zu fliehen. Seine spätere Freiheit verdankte er einem anderen Zombie, der sich über Tage hinweg geweigert hatte zu essen. Man schlug den Mann immer wieder, aber der blieb stur. Schließlich bekam der Zombie einen

Wutanfall, griff sich eine Hacke und tötete den *bokor*. Danach flohen die Sklavenarbeiter von der Plantage. Narcisse, der sich vor seinem Bruder fürchtete, blieb einige Jahre im Norden, bevor er in den Süden nach St. Michel de L'Attalaye zog, wo er weitere acht Jahre ausharrte. In dieser Zeit schrieb er zahlreiche Briefe an seine Familie, erhielt aber nie eine Antwort.

Nachdem er schließlich erfuhr, dass sein Bruder verstorben war, kehrte er nach L'Estère zurück. Sein Auftauchen war eine Sensation, die um die Welt ging.«

»Und die Geschichte stimmt wirklich?«, fragte Abby, nachdem Stanwill geendet hatte.

»Ich gehörte zu dem Team, das Narcisse interviewt hat. Ich glaube, ihm ist das tatsächlich passiert, was er uns erzählt hat. Jahre später hat ein amerikanischer Biologe einen *bokor* dafür bezahlt, ihm ein Zombiemittel herzustellen. Er untersuchte die Gifte, die man wahrscheinlich auch bei Clairvius Narcisse angewendet hat, und beschrieb die Herstellung bis ins Detail. Bei den Zutaten handelte es sich neben vielen pflanzlichen Beigaben hauptsächlich um das Gift einer Aga-Kröte, zerriebene menschliche Knochen und das Gift verschiedener Kugelfischarten, Fugo genannt. Nach seiner ›Erweckung‹ bekam der künftige Zombie einen Brei aus Süßkartoffeln, Zuckerrohrsirup und *Datura stramonium*, die man auch ›Zombiegurke« nennt, eine Stechapfelart, verabreicht, der zu einer Bewusstseinsveränderung führt und ihn in einem Dämmerzustand hält.«

»Gibt es zu diesem Gift auch ein Gegenmittel?«

»Ja, Atropin und Skopolamin haben sich als wirksam erwiesen. Es heißt aber auch, dass normales Salz es den Verfluchten ermöglicht, ihr Bewusstsein wieder zu erlangen.«

»Salz?«

»Nach Aussagen einiger Zombies, die entkommen konnten, wurde ihnen ihr Essen immer ungesalzen verabreicht. Man weiß von einem Fall, bei dem die Herrin der Plantage aus Mitleid einem Gefangenen gesalzene Cracker gab, der daraufhin aus seinem Zustand erwachte und sie tötete.«

Abby dachte über das Gehörte nach. Sie war bereit, Mitch Stanwill zu glauben, denn dieser Glaube bedeutete Hoffnung. Hoffnung darauf, dass Linda noch lebte.

»Was kann ich tun, um Linda zu finden?«

Stanwill sah sie offen an. »Nichts. Wenn sich Ihre Schwester noch auf der Insel befindet, dann dürfte es unmöglich sein, sie aufzuspüren. Plantagen, die ihre Arbeiter aus Zombies rekrutieren, liegen versteckt im Norden, einem Gebiet, das noch immer von den *tontons* beherrscht wird. Es wäre sehr gefährlich, in dieser Gegend herumzuschnüffeln und Fragen zu stellen. Sie könnten natürlich auch zur Polizei gehen. Im haitianischen Strafgesetzbuch gibt es den Artikel 249, der sich auf Zombiegift bezieht und den Gebrauch jeder Substanz untersagt, die ein völliges, vom Tod nicht zu unterscheidendes Koma herbeiführt. Nach diesem Gesetz wird der Fall als Mord angesehen, wenn das Opfer beerdigt wurde. Ungeachtet der Tatsache, ob es überlebt oder nicht. Sie sehen also, meine Liebe, hier auf Haiti nimmt man diese Sache sehr ernst. Trotzdem glaube ich nicht, dass Ihnen die Polizei helfen würde. Zum einen ist sie vollkommen korrupt und zum anderen fürchtet auch sie sich vor der Macht der *bokors*.«

»Aber ich muss doch etwas tun?«, beharrte Abby.

»Ich wüsste nicht, was. Allerdings, Jean kennt durch seine Tätigkeit als Arzt eine Menge Leute. Vielleicht kann er sich umhören, ob jemand etwas von einer weißen Frau weiß, die von einem *bokor* vergiftet wurde. Mehr kann ich Ihnen leider nicht anbieten.«

»Trotzdem danke ich Ihnen von ganzem Herzen.«

»Sie haben vergessen, Ihren Kaffee zu trinken. Ich mache uns eine frische Kanne.«

»Das ist nicht nötig.«

»Aber genau das Richtige. Es wird noch eine Weile dauern, bis Jean wieder auftaucht.«

Julius Castor brüllte seine Wut laut heraus, als er den Hörer des Telefons auf die Gabel schmetterte. Soeben hatte er mit einem seiner Informanten gesprochen, der ihm berichtete, dass Abby Summers keineswegs abgereist, sondern mit Mitchard zu einem ehemaligen BBC-Reporter gefahren war, den Castor sehr gut kannte. Der Engländer hatte schon einmal – allerdings war es ein paar Jahre her – herumgeschnüffelt und Fragen gestellt, die man besser nicht stellte.

Castor verließ zornig das Haus und stapfte über den trockenen Innenhof, wo ihn ein Arbeiter, der nicht schnell genug ausweichen konnte, anrempelte. Der Plantagenbesitzer schlug ihm kurzerhand die Faust ins Gesicht, woraufhin der Mann in den Staub fiel und wimmernd liegen blieb. Ungeachtet dessen, dass der Mann nichts für seinen Zorn konnte, trat Castor wieder und wieder nach ihm. Erst als sich der Mann nicht mehr rührte, ließ er von ihm ab und marschierte weiter über den Hof. Er suchte Patrick.

Ferre bewohnte bei seinen seltenen Besuchen ein kleines Haus am östlichen Rand des Areals, aber bereits der erste Blick in die leere Garage zeigte ihm, dass sein Stiefsohn nicht auf der Farm war.

Verflucht soll er sein, tobte Castor stumm und machte sich auf den Rückweg zu seinem Büro im Haupthaus. Dort angekommen, griff er nach dem Telefon. Nacheinander wählte er sämtliche Nummern, unter denen Patrick normalerweise zu erreichen war. Er rief in dessen Appartement an, in den Restaurants und Cafés, die sein Stiefsohn um diese Uhrzeit besuchte. Nichts. Es war, als wäre Patrick Ferre vom Erdboden verschluckt worden.

Dieser Hund versteckt sich vor mir, dachte Castor.

Diesmal würde er nicht so einfach davonkommen. Mit den Spielchen war jetzt Schluss. Entweder Patrick änderte seine Einstellung oder er würde seinen Stiefvater richtig kennen lernen.

Patrick Ferre ahnte natürlich nicht, dass sein Stiefvater nach ihm suchte. Er lag neben der Frau des russischen Botschafters im Bett, einer blonden, üppigen Schönheit, und hörte das Telefon klingeln, aber er dachte nicht im Traum daran aufzustehen und abzunehmen. In seinem Schlafzimmer roch es nach Wodka. Der Geruch strömte aus der leeren Flasche auf dem Fußboden, aber auch aus dem offenen Mund der Russin, die leise neben ihm schnarchte. Eine ihrer großen Brüste lag frei. Patrick beugte sich über sie und nahm den kirschgroßen Nippel in den Mund. Als er zu saugen begann, erwachte sie.

Sie sagte etwas auf Russisch zu ihm. Es klang wie das zufriedene Schnurren einer Katze.

Ohne Vorspiel drang er in sie ein. Lena stand nicht auf kindliche Fummelei. Ihr ging es ums Ficken. Je härter, desto besser. Kraftvoll stieß Patrick immer wieder zu, bis ein heiserer Schrei ihrem Mund entwich und ihn dazu brachte, nun ebenfalls zum Höhepunkt zu treiben. Fast gleichzeitig erreichten sie den Orgasmus.

Lena stand sofort danach auf und begann ihre überall im Zimmer verstreuten Kleidungsstücke aufzusammeln.

»Ich muss gehen«, sagte sie mit hartem Akzent auf Französisch. »Das Flugzeug meines Mannes landet in einer Stunde.«

Das Wort Flugzeug drang bis in Patricks Gehirn vor und ihm fiel ein, dass er eigentlich vorgehabt hatte, Abbys Abreise zu beobachten. Er warf einen Blick auf den Wecker, der neben dem Bett stand. Schon nach Zwölf. Sie war längst abgeflogen. Nun gut, Hauptsache, Abby Summers hatte Haiti verlassen.

19.

Abby saß auf dem Beifahrersitz und erzählte Jean, was ihr Mitch Stanwill erklärt hatte. Das meiste wusste Mitchard bereits aus eigenen Gesprächen mit dem Reporter. Nur die Sache mit den Gegengiften war ihm neu.

»Atropin, sagst du?«

»Ja, und Skopolamin.«

»Atropin könnte ich besorgen. Wir haben einen kleinen Vorrat im Krankenhaus. Skopolamin nicht, das ist uns schon vor Monaten ausgegangen.«

»Dann müssen wir jetzt nur noch meine Schwester finden, um es ihr zu verabreichen.«

»Das klingt nicht gerade hoffnungsfroh.«

»Mitch Stanwill hat mir jede Illusion genommen. Er meint, es wäre unmöglich, Linda zu finden. Sie würde wahrscheinlich im Norden, im Gebiet der *tontons* gefangen gehalten.«

»Da hat er Recht. Dorthin können wir nicht gehen.«

»Aber wir müssen es doch versuchen.«

»Die *tonton macoutes* verstecken sich im Gebiet von Trou du Nord. Sie kontrollieren es. Niemand gelangt dorthin, ohne dass sie davon erfahren.«

»Ferre kommt aus Trou du Nord.«

»Weißt du, was ›Dechkoukaj‹ bedeutet?«

»Nein.«

»Es heißt sinngemäß übersetzt soviel wie ›mit der Wurzel herausreißen‹ und beschreibt Lynchjustiz. Ich selbst habe gesehen, wie der wütende Mob nach Vertreibung der *macoutes* nach deren alten Anhängern suchte. Wen sie fanden, wurde zu Tode gesteinigt oder mit

Macheten zerstückelt. Manchen von ihnen hängte man mit Benzin gefüllte Autoreifen um den Hals und zündete sie an. Andere wurden an eine Kuh gebunden, die man so lange durch die Stadt trieb, bis dem Gefesselten buchstäblich die Haut vom Leib gescheuert war. Die *tontons* sind sehr vorsichtig geworden. Sie verbergen sich, aus Angst vor der Rache der Menschen, die sie früher gequält haben.«

»Aber ...«, wollte Abby widersprechen.

»Kein aber! Diesmal nicht. Diesmal hörst du auf mich. Die Leute, von denen wir hier reden, sind bis an die Zähne bewaffnet. Sie bewachen alle Zufahrtsstraßen. Abby, die haben Maschinenpistolen und zögern nicht, sie auch zu benutzen.«

»Was können wir also tun?«

»Wir sprechen mit jemandem.«

»Noch ein Reporter?«

»Nein.«

»Wer dann?«

»Der König des Nirwana.«

»Zieh das an«, verlangte Jean. Er reichte Abby eine dunkelblaue Baseballmütze und eine weite Windjacke. »Damit fällst du nicht so auf.«

Das ›Nirwana‹ war Fort Dimanche, ein Klotz aus Beton und rostendem Eisen. Ein ehemaliges Gefängnis, das seinen Namen noch aus den Zeiten Duvaliers hatte. Wer hierher verschleppt wurde, ging ins Nirwana ein.

Abby folgte Jean durch den Morast. Der Regen der letzten Nacht hatte den Boden in einen schlammigen Sumpf verwandelt. Halb nackte Kinder spielten darin. Als sie Abby entdeckten, kamen sie schreiend angerannt. Bettelnde Hände streckten sich ihr entgegen. Jean verscheuchte die Kinder, aber sie kamen immer wieder, wie ein Schwarm Fliegen, der sich nicht vom Aas vertreiben ließ.

Sie erreichten den Eingang zu Fort Dimanche. Ein Loch im Beton. Abby und Jean mussten sich bücken, um das Fort zu betreten. Drinnen erwartete sie ein Jugendlicher in zerlumpter Jeans und einem T-Shirt mit Meatloaf-Aufdruck.

»Was wollt ihr hier?«, fragte er mit zusammengekniffenen Augen.

»Wir möchten mit ›dem kleinen König‹ sprechen.«

»Erwartet er euch?« Das Misstrauen war ihm anzusehen.

»Sag ihm einfach, Jean ist hier.«

Der Junge verschwand in einem der zahllosen Flure.

Die Luft war heiß und feucht. Über allem lag der Gestank von Urin und Schweiß. Von den kahlen Mauern sickerte kondensierende Feuchtigkeit. Überall erklangen Stimmen. Sie schienen aus dem Nichts zu kommen. Eiserne Türen fielen ins Schloss.

Als der Junge wieder auftauchte, konnte Abby kaum noch atmen. Er führte sie durch mehrere Gänge und blieb vor einer alten Gefängniszelle stehen. Mit der Hand bedeutete er ihnen einzutreten.

Die Zelle war nur viereinhalb Meter lang und kaum mehr als zwei Meter breit. An den Wänden hingen schimmelnde Lotterielose. Zertretene Kakerlaken bedeckten den Boden, wie Popcorn den Teppich eines Kinos. Ein Mann erhob sich von seiner faulenden Matratze und trat ins Licht des Einganges. Er musste ungefähr in Jeans Alter sein, denn er hatte ihr erzählt, er und der König des Nirwana wären zusammen im Waisenhaus von Pater Maddox aufgewachsen. Doch der kleine König sah aus wie ein Greis. Sein Gesicht bestand hauptsächlich aus schlaffen Wangen und einem fast zahnlosen Mund. Haare waren nur noch büschelweise vorhanden, ansonsten war sein Schädel kahl. Er hatte mächtige Ohren, die weit abstanden, und kleine schielende Augen. Insgesamt wirkte er wie ein Kind, das über Nacht zu einem alten Mann geworden war.

»Willkommen im Jenseits«, begrüßte er sie.
»Hallo, Napoleon.«
»Gut siehst du aus, Jean. Wirklich gut.« Eine dürre, faltige Hand streckte sich vor und berührte Mitchards Hemd anerkennend. »Deine Geschäfte laufen gut, nicht wahr?«
»Du weißt, dass ich Arzt bin.«
»Auch Krankheit ist ein Geschäft. Es gibt Angebot und Nachfrage. In Haiti ist die Nachfrage sehr groß und du führst ein schönes Leben.«
»Wenn du es sagst«, lächelte Jean.
»Ich sehe, du hast mir etwas mitgebracht.« Er wandte sich an Abby, lächelte sie mit dem Loch in seinem Gesicht an, das einmal sein Mund gewesen sein mochte. »Wir können etwas Frischfleisch gebrauchen.«
Er nickte mit dem Kopf in Richtung Flur. Zwei Mädchen, nicht älter als vierzehn Jahre, starrten neugierig hinein. Sie waren grell geschminkt.
Wie Nutten, dachte Abby.
»Ich heiße Abby Summers«, stellte sie sich mit kalter Stimme vor.
»Und ich bin Napoleon Bonaparte. Lachen Sie bloß nicht. Dieser Name stand auf einem Stück Karton, den man mir als Säugling um den Hals gehängt hat, bevor man mich vor Pater Maddox' Waisenhaus auf die Stufen legte. Wahrscheinlich kam sich diese Schlampe von einer Mutter auch noch witzig dabei vor.«
»Das tut mir Leid«, sagte Abby.
»Mir nicht. Mir gefällt der Name. Er deutet auf eine rühmliche Verwandtschaft hin.«
»Wie ich sehe, hast du dich neu eingerichtet«, mischte sich Jean in das Gespräch ein. »Letztes Mal hast du noch auf dem Steinboden geschlafen.«
»Sie müssen wissen, Madame, zu Zeiten Duvaliers kerkerte man in so eine Zelle bis zu siebzehn Gefangene. Die Menschen mussten abwechselnd schlafen und fast zwan-

zig Stunden am Tag stehen. Unsere Schweine graben auf der Suche nach Futter im Hof. Sie wissen, wo sie was zu fressen finden. Unter der Erde liegen Tausende von Toten. Die Schweine essen uns und wir essen die Schweine.«

»Übst du noch deinen Beruf aus?«, fragte Jean und fuhr fort. »Napoleon ist Bettler. Halt, was sage ich. Er ist der König der Bettler. Hast du noch deinen bevorzugten Platz an der Kathedrale von Notre Dame?«

»Aber natürlich. Niemand würde es wagen, mir den streitig zu machen.«

»Er hockt dort den ganzen Tag und belästigt Touristen. Für zwei Dollar darf man sein verkrüppeltes Bein sehen«, erklärte Jean. Er legte dem kleinen König eine Hand auf die Schulter. »Es muss wehgetan haben, als du dir das Knie mit einem Hammer zerschmettert hast.«

»Hat es«, meinte Napoleon lakonisch.

»Das Bein wäre fast amputiert worden.«

»Ein Risiko des freien Unternehmertums. Aber du hast mich ja gerettet. Oder zumindest mein Bein.«

»Vergiss das bitte nie.«

Napoleon Bonaparte fuhr sich mit der Hand über seinen kahlen Schädel. »Du bist also hier, um eine alte Schuld einzufordern?«

»Ja, wir brauchen deine Hilfe. Du bist die Augen und die Ohren dieser Stadt. Nichts geschieht hier, ohne dass du davon erfährst.«

»Gib mir das Foto«, verlangte Jean von Abby. Sie reichte es ihm. Mitchard hielt es dem kleinen König vor die Nase.

»Hast du diese Frau schon einmal gesehen?«

Bonaparte wurde ernst. »Nein, aber den Typ, den sie abknutscht, kenne ich. Patrick Ferre. Sein Stiefvater ist Julius Castor, ein Drecksack ohnegleichen.«

»Du bist dir sicher mit der Frau?«

»Ja, so eine Schönheit kann man nicht übersehen. Ihre Schwester, Madame?«

»Woher wissen Sie das?«, fragte Abby.

»Eine gewisse Ähnlichkeit ist vorhanden, auch wenn ich sagen muss, die Lady auf dem Foto ...« – er tippte mit dem Finger dagegen – »ist mehr mein Typ.«

»Was jetzt?«, wollte Abby wissen.

Jean dachte einen Moment nach. »Wenn ich einen *bokor* anheuern wollte, an wen würde ich mich wenden?«

»Du machst Scherze«, krächzte Bonaparte.

»Sehe ich so aus, als wäre mir zum Spaßen zumute?«, fragte Mitchard mit zusammengebissenen Zähnen.

Der kleine König fuhr sich erneut über den Schädel. Es sah aus, als versuche er den kümmerlichen Rest seiner Haare zu bündeln.

»Ich würde mit Marve reden«, sagte er schließlich.

»Wer ist das?«

»Du kennst Marve nicht?«

»Nein.«

»Dann solltest du besser die Finger von der Sache lassen. Er ist ein sehr gefährlicher Mann.«

»Erzähl mir etwas über ihn.«

Bonaparte trat unruhig von einem Fuß auf den anderen. Die Angst vor Marve war ihm regelrecht ins Gesicht genagelt.

»Marve ist ein Weißer, ein Arzt wie du. Früher hat er sein Geld mit illegalen Abtreibungen verdient, aber ihm wurde die Zulassung entzogen. Das alles geschah zu einer Zeit, als du noch in Amerika studiert hast. Heute ist er ein *buscones*, ein Schlepper, der billige Arbeitskräfte in Lastwagen pfercht und über die Grenze in die Dominikanische Republik schmuggelt. Es heißt, er arbeitet mit den *macoutes* zusammen und bezahle sie dafür, dass sie ihn durch ihr Gebiet fahren lassen.«

»Klingt nach einem unangenehmen Menschen.«

»Der Mann ist eine Natter.«

»Wo finde ich ihn?«

»An einem Ort, an den du nicht gehen solltest.«

»Wo?«

»Cité Soleil. In der stinkendsten Jauchegrube der Welt.«

Mitchard zuckte kurz, hatte sich aber gleich darauf wieder im Griff.

»Wo ist das?«, fragte Abby.

»Direkt nebenan«, erklärte Jean. »Cité Soleil ist der größte Slum in der Karibik. Dort leben über eine viertel Million Menschen zusammengedrängt auf vier Quadratkilometern.«

»Warst du schon einmal dort?«

»In der Sonnenstadt?« Mitchard war anzusehen, dass er allein die Vorstellung schon für abwegig hielt, jemand könne freiwillig diese Kloake betreten.

»Du lügst mich doch nicht an«, wandte er sich wieder an Bonaparte. »Wenn dieser Marve ein *buscones* ist, müsste er genug Geld besitzen, um sich ein Haus in Pétonville zu leisten.«

Der kleine König grinste. »Könnte er auch. Aber er hat Schiss. Nicht alle seiner Patienten hatten das Glück, die Eingriffe zu überleben. Marve ist ein Metzger, ein Pfuscher. Er hat sich während seiner Tätigkeit als Arzt viele Feinde gemacht und fühlt sich nur noch in der Sonnenstadt sicher. Die Menschen dort hatten nie die Mittel, um seine Dienste in Anspruch zu nehmen. Heute beherrscht er mit seinem Geld fast den ganzen Slum. 250 000 arme, halb verhungerte Menschen sind seine Armee und schützen ihn. Nicht einmal auf dem Höhepunkt ihrer Macht hatten die *macoutes* einen derartigen Einfluss.«

»Wo finde ich Marve?«

»Ganz einfach, folge dem Geruch der Angst. Nein, ich scherze. Such einfach die größte Hütte und du hast ihn. Außerdem kann dir dort jeder den Weg zeigen. Alle kennen Marve.«

»Okay. Danke, Bonaparte. Abby, lass uns gehen.«

»Einen Moment noch«, sagte der kleine König. »Da du sowieso bald tot sein wirst, könntest du mir eigentlich deine Turnschuhe geben.« Er zeigte auf Mitchards abgetragene Nikes.

»Leck mich!«

Bonapartes Lachen folgte ihnen wie ein Schatten durch die Gänge, als sie Fort Dimanche verließen.

Im Sonnenschein fühlte sich Abby gleich wohler. Ihre Brust hob und senkte sich, als sie nach dem unerträglichen Gestank im Gefängnis versuchte, so viel frische Luft wie möglich in ihre Lungen zu pumpen. Mitchard reichte ihr sein Taschentuch.

»Wisch dir das Gesicht ab.«

»Bei Gott«, stöhnte Abby. »Wenn es eine Hölle gibt, dann ist es Fort Dimanche.«

»Du hast Gonaïves noch nicht gesehen. Dort leben die Salzmenschen. Ohne Schuhe, die Füße verätzt von der Lauge, schuften sie in den Salzbecken des Meeres. Die Kinder spielen vor trostlosen Wellblechhütten. Das Salz löst ihnen das Fleisch von den Knochen. Dagegen ist Fort Dimanche wirklich das Nirwana.«

»Und Cité Soleil?«

»Ein Albtraum.«

»Dann wollen wir es hinter uns bringen«, sagte Abby entschlossen.

»Abby, wir können da nicht einfach so reinmarschieren und nach Marve fragen. Wir brauchen einen Plan. Und du als Weiße kannst sowieso nicht mitkommen, das ist ausgeschlossen.«

»Also, was machen wir?«

»Lass uns etwas essen gehen. Mir knurrt der Magen. Während wir essen, können wir uns überlegen, wie wir weiter vorgehen.«

Abby wollte widersprechen, als ihr bewusst wurde, dass Jean wahrscheinlich den ganzen Tag über keine Zeit gefunden hatte, etwas zu sich zu nehmen.

Sie hakte sich bei Mitchard unter. Gemeinsam gingen sie zurück zum Wagen.

Patrick saß auf dem Stuhl vor dem Schreibtisch und beobachtete Castor, der mit einer Reitpeitsche in der Hand wie ein Raubtier im Käfig auf und ab schritt. Er war bemüht, sich seine Angst nicht anmerken zu lassen, aber seine Beine und Hände zitterten unkontrolliert. Noch nie hatte er den Alten so wütend gesehen.

Castor unterbrach seine Wanderung und fixierte Ferre.

»Sie ist nicht abgereist. Du hast alles vermasselt. Was zum Teufel hast du getan?«

Patrick blieb nichts anderes übrig, als ihm die Wahrheit zu sagen. Castor blieb einen Moment ruhig stehen, dann schoss er mit einer Geschwindigkeit um den Schreibtisch herum, die ihm Patrick nie zugetraut hätte. Die Peitsche zischte durch die Luft und traf ihn mitten ins Gesicht. Er wurde samt dem Stuhl nach hinten geworfen und krachte zu Boden. Patrick spürte keine Schmerzen, dazu war er viel zu überrascht, aber er konnte fühlen, dass die Haut über seinem Wangenknochen geplatzt war und warmes Blut daraus hervorströmte. Mühsam rappelte er sich auf, nur um gleich wieder niedergeschlagen zu werden. Diesmal hatte ihm Castor die Peitsche in den Magen gerammt.

»Du bleibst, wo du bist«, knurrte er.

Ferre übergab sich auf den Teppich. »Ich habe mein Bestes versucht«, stöhnte er zwischen zwei Würgeanfällen.

»Einen Scheißdreck hast du«, brüllte Castor. »Erst hast du es mit dieser ersten Engländerin versaut. Du Idiot schleppst sie hierher, um mit der Farm zu prahlen, und denkst nicht einmal daran, dass sie eine andere Auffassung von Menschenrechten haben könnte als wir. Beinahe wäre alles aufgeflogen. Hätte ich nicht rechtzeitig eingegriffen, wären wir jetzt ruiniert.«

»Ich habe sie nicht hierher gebracht. Du weißt ganz genau, dass sie mir heimlich gefolgt ist.«

»Und das alles, weil du deinen Schwanz nicht im Griff hast. Es reicht dir nicht, ganz Port-au-Prince zu vögeln. Nein, du musst dich auch noch mit Weibern einlassen, die uns gefährlich werden können.«

»Es ...«

»Halt die Klappe«, schnitt ihm Castor das Wort ab. »Ich will nichts mehr von dir hören. Von deinen Ausreden habe ich die Schnauze voll. Ab jetzt machst du genau das, was ich sage.«

Castor blieb vor ihm stehen. Mit der Peitsche hob er Patricks Kinn an, bis der ihm in die Augen sehen musste.

»Du wirst dafür sorgen, dass uns Abby Summers und dieser Arzt nicht mehr in die Quere kommen.«

20.

»Wir könnten Marve bestechen, damit er uns verrät, ob er einen *bokor* beauftragt hat, um Linda zu vergiften. Vielleicht sagt er uns, wohin man sie gebracht hat. Ich kann Geld besorgen«, schlug Abby vor. Sie saßen in einem winzigen Restaurant am Rande von Pétonville und sprachen über ihre Möglichkeiten. Die Teller waren noch nicht abgeräumt und sie warteten auf ihren Kaffee.

»Ich glaube nicht, dass er sich bestechen lässt. Laut Bonaparte hat er genug Geld. Für ein paar Dollar mehr riskiert er es bestimmt nicht, sich mit den *macoutes* anzulegen.«

»Was können wir sonst tun?«

»Ehrlich gesagt, ich weiß es nicht.«

»Okay, wahrscheinlich hast du Recht und Marve wird uns nichts sagen, aber bestimmt gibt es Menschen in seiner Umgebung, die etwas wissen. Dann bestechen wir eben die.«

»Abby.« Mitchard sah sie eindringlich an. »Wir sind hier nicht in Hollywood. Das ist kein Film. Ich kann nicht durch die Gegend laufen, mit Geld herumwedeln und fragen, wer es sich verdienen will, indem er Marve verrät.«

Der Kellner kam und räumte den Tisch ab. Seine Anwesenheit war ein willkommener Grund zu schweigen. Selbst als er längst verschwunden war, sprachen sie nicht.

»Es gibt noch eine andere Möglichkeit«, sagte Abby schließlich.

Mitchard sah von seinem Kaffee auf. »Und welche?«

»Ich kann den gleichen Weg wie Linda gehen. Du wirst Marve beauftragen, mich zu vergiften.«

Patrick Ferre stand am Rand von Cité Soleil und wartete unruhig auf Marve. Er wagte nicht den Slum zu betreten, und Marve verließ ihn niemals. Also hatten sie sich an der unsichtbaren Grenze verabredet, die die Sonnenstadt vom restlichen Port-au-Prince trennte.

Marve erschien wie immer zu spät. Begleitet von vier muskelbepackten Männern, die trotz der einsetzenden Dämmerung dunkle Sonnenbrillen trugen, kam er schließlich zwischen zwei Hütten hervor. Seine Leibwächter trugen Goldketten um den Hals und automatische Waffen in ihren Händen. Marve schob seinen Körper mehr als er ging. Unglaublich fett wie er war, sah es aus, als wälze er sich durch den Schlamm. Als er vor Patrick stehen blieb, schwabbelte sein Bauch im Kampf gegen das Trägheitsgesetz. Wulstige Finger mit protzigen Ringen daran streckten sich ihm entgegen. Widerwillig ergriff Ferre die Hand.

»Hallo, François.«

»Du wolltest mich sprechen«, Marve kam gleich zur Sache. Seine Wächter umringten die beiden und bildeten einen schützenden Ring, während sie die umliegende Gegend beobachteten.

»Es gibt Schwierigkeiten.«

Marve hob fragend eine Augenbraue.

»Du musst etwas für uns tun.«

»Um was geht es?«

»Eine ähnliche Sache wie neulich.«

Marve bemühte sich erst gar nicht, seine Gier zu verbergen. »Hast du Geld dabei?«

»Wie viel?«

»Du kennst den Preis.«

Ferre griff in die Seitentasche seines Jacketts und förderte ein dickes Bündel Dollarscheine zutage. Es war sein Anteil an der Farm in diesem Monat. Castor hatte verlangt, dass er Marve mit seinem eigenen Geld bezahlte.

Marve nahm das Bündel und ließ es in der Jackentasche verschwinden. Der ganze Vorgang hatte keine fünf Sekunden gedauert.

»Du zählst es nicht?«, fragte Ferre.

»Nein.«

Einer der Leibwächter beugte sich zu Marve hinüber und flüsterte ihm etwas ins Ohr.

»Was sagt er?«, wollte Patrick wissen.

»Nichts. Wer ist es diesmal?«

Patrick Ferre erklärte es ihm.

Ein entsetztes Stöhnen entwich Mitchards Mund. »Abby!«

»Nein, hör mir erst einmal zu.«

»Aber es ist Wahnsinn.«

»Du sollst mir zuhören.« Abbys Hand schlug auf den Tisch. Ein paar Gäste drehten sich nach ihnen um, wandten sich aber gleich wieder ab. »Es gibt keine andere Möglichkeit. Wir können nicht in das Gebiet der *tontons* fahren, um Linda zu suchen. Marve wird uns nicht verraten, wer meine Schwester vergiftet und wo man sie hingebracht hat. Die Behörden scheiden aus. Also bleibt uns als Einziges der Versuch, es auf diese Weise herauszufinden.«

»Nein, da mache ich nicht mit.«

»Doch. Es ist unsere letzte Chance. Du gehst zu Marve und beauftragst ihn, mich in einen Zombie zu verwandeln. Du musst dir einen guten Grund ausdenken, falls er danach fragt. Bestimmt gibt Marve den Auftrag an den gleichen *bokor* weiter, der auch schon Linda vergiftet hat. Er ist nur der Vermittler und hat ab dann keinen Einfluss mehr auf die Angelegenheit. Der *bokor* wird seinen Job machen und mich wieder ausgraben und auf eine Farm im Norden bringen. Ich denke mir, dass dieser schwarze Voodoopriester da ein gutes Nebengeschäft laufen hat. Er nimmt Marves Geld, aber er verkauft die Zombies als billige Arbeitskräfte an die Plantagen im Norden.«

»Und da liegt dein Fehler. Selbst wenn du das alles überlebst, hast du doch keine Garantie, auf der richtigen Farm zu landen.«

»So viele Farmen können es nicht sein, die Sklaven beschäftigen. Der *bokor* arbeitet bestimmt immer mit den gleichen Plantagenbesitzern zusammen. So ist es für alle sicherer. Und selbst wenn ich auf der falschen Farm lande, bin ich doch im Norden, im Gebiet der *tontons*, und kann nach Linda suchen. Du hast gesagt, es gibt keine Möglichkeit, dorthin zu gelangen. Nun, ich habe einen Weg gefunden.«

»Du wirst ein Zombie sein. Unfähig, klar zu denken und streng bewacht.«

»Laut Mitch Stanwill werden die Arbeiter morgens aufs Feld getrieben und abends wieder abgeholt. Den ganzen Tag über sind sie nahezu unbewacht. Ihr Wille ist so schwach, dass sie gar nicht ans Fliehen denken. Ich werde mich ungefährdet umsehen können.«

»Du hörst mir nicht zu«, ereiferte sich Jean. »Du selbst wirst keinen Willen mehr haben. Du wirst ein Zombie sein.«

»Nein, werde ich nicht. Du vergisst das Atropin.«

»Man kann diese Leute nicht täuschen. Sie werden merken, dass etwas nicht stimmt.«

»Stanwill hat mir erklärt, das Gegengift wirke erst nach vierundzwanzig Stunden. Ich werde mich also genau in dem Zustand befinden, in dem sie mich haben wollen.«

»Was ist mit den Drogen, die sie den Erweckten einflößen?«

»Dieses Risiko muss ich eingehen. Aber nachdem ich gehört habe, die Droge bestehe hauptsächlich aus Süßkartoffeln und Zuckerrohrsirup, glaube ich nicht an eine besonders starke Wirkung.«

»Eines hast du nicht bedacht.«

»Was?«

»Im Sarg werden durch den Sauerstoffmangel deine Gehirnzellen absterben. Ein irreparabler Schaden kann eintreten.«

»Es kommt darauf an, ob sie mich überhaupt in einen Sarg legen, und wenn, wie lange ich darin bleiben muss, bis sie mich wieder ausgraben.«

»Und wenn sie dich gar nicht wieder ausgraben?«

»Dann holst du mich raus. Wahrscheinlich bringt man mich wie Linda ins Krankenhaus, damit mein Tod offiziell bescheinigt wird. Du bleibst in meiner Nähe und beobachtest, was mit mir geschieht und wohin man mich bringt. Wenn sie mich beerdigen, weißt du, wo du mich findest. Aber lass dir Zeit, hol mich nicht zu früh raus. Erst, wenn du glaubst, dass sie nicht mehr kommen, darfst du mich befreien.«

»Ich mache da nicht mit.«

»Es ist der letzte Gefallen, um den ich dich bitte. Ohne deine Hilfe schaffe ich es nicht. Ich kann nicht zu Marve gehen und ihn beauftragen, mir einen *bokor* zu schicken. Jemand muss mich im Auge behalten, wenn sie mich erst vergiftet haben, und mich im Notfall wieder ausgraben. Nur du kannst das für mich tun!«

»Warum, Abby? Sag mir, warum du so ein Risiko eingehst?«

»Als ich jünger war, hat mir Linda das Leben gerettet. Sie hat mir ihre Niere gespendet. Ohne zu zögern. Jetzt rette ich ihr Leben. Ich bin ihr zumindest den Versuch schuldig.«

Abby lag wach im Bett und verfolgte, wie die Lichter der Autoscheinwerfer über die Zimmerdecke glitten. Sie fand keinen Schlaf. Sie hatte Angst. Angst vor dem Unbekannten.

Es war weniger ihre Entscheidung, den gleichen Weg wie Linda zu gehen, die sie wach hielt. Es stand für Abby außer Frage, dass sie es versuchen musste. Nein, es war der Gedanke, lebendig begraben zu werden. In einem Sarg zu liegen, ohne Luft zu bekommen. Ihre Asthmaanfälle hatten ihr oft genug gezeigt, dass Ersticken kein schöner Tod war.

Sie würde zwei Meter tief unter der Erde liegen. Fast ohne Bewegungsfreiheit. In absoluter Dunkelheit. Alles Mögliche konnte passieren. Sie konnte dort unten sterben.

Fieberhaft suchte sie nach anderen Möglichkeiten, aber da war – nichts. Dies war der einzige Weg, den sie auf der Suche nach Linda noch gehen konnte.

Als sie sich von Jean verabschiedet hatte, war sie sich der Tragweite ihres Vorhabens nicht bewusst gewesen. Nun überfiel es sie mit einer Wucht, von der ihr ganz schwindelig wurde.

Leider war Jean nicht da, um noch einmal über diese wahnwitzige Idee zu sprechen. Im Augenblick hätte sie sich davon abbringen lassen, aber Jean war nach Hause gefahren, um ein wenig zu schlafen. Er sagte, er wage es nicht, ›Cité Soleil‹ nachts zu betreten. Er käme keine einhundert Meter weit, ohne dass ihm jemand die Kehle durchschnitt, um an seine Sachen heranzukommen. Er würde morgen nach seinem Frühdienst dorthin gehen und mit Marve reden. Anschließend würden er und Abby sich treffen, damit sie erfuhr, wie das Gespräch gelaufen war.

Abby wälzte sich im Bett herum und zog die Decke enger um sich. Ihr war kalt. Sie spürte ihr Füße kaum noch. Die Augen fest geschlossen, wartete Abby darauf, dass der Schlaf kam. Als sie endlich einschlief, fand sie keine Erholung. Wilde Träume überfielen sie. Verdorrte Hände griffen aus der Finsternis nach ihr.

21.

Jean Mitchard erschien um sechs Uhr morgens übermüdet zum Dienst. Er fühlte sich ausgelaugt und hatte kaum geschlafen. Wie ein erschöpfter Läufer nach einem Marathonlauf schlurfte er mit schweren Beinen über den langen Flur und kniff die Augen gegen das grelle Neonlicht der Deckenbeleuchtung zusammen. In seinem Kopf tobte ein hämmernder Schmerz, aber er war viel zu müde, um dieser Sache besondere Bedeutung zuzumessen. Mochte ihm der Schädel platzen, im Augenblick war ihm alles scheißegal.

Im Zimmer des Dienst habenden Arztes angekommen, schlüpfte er aus seiner Jacke und zog einen weißen Kittel an. Er hängte sich ein Stethoskop um den Hals und streifte dünne Chirurgenhandschuhe über, die innen gepudert waren, um eine übermäßige Schweißbildung zu verhindern. Die Handschuhe waren Vorschrift. In Haiti gab es mehr Aidskranke als in den ganzen USA zusammen. Viele der Armen rauchten Crack oder spritzten sich selbst gemischte Drogen. Jeder Zweite von ihnen war HIV-positiv. Er benutzte die Handschuhe nun schon seit einer Woche und sie begannen zu jucken, aber selbst die Handschuhe waren inzwischen so kostbar, dass sie nicht mehr weggeworfen wurden.

Jean verließ das Arztzimmer und ging den Gang zur chirurgischen Ambulanz hinunter. Der Kollege, den er vertrat, hatte sich krank gemeldet. Wahrscheinlich hatte er keine Lust mehr, ohne Bezahlung Zwölf-Stunden-Schichten zu schieben. Jean konnte es ihm nachfühlen. Aber es bedeutete auch, dass er sich nun diese Schicht mit einem anderen Arzt teilen musste, damit sie mit dem Krankenstand noch Schritt halten konnten. Jean war sechs Stunden dran, dann übernahm sein Kollege. Insgeheim betete er, die Zeit möge schnell vergehen, aber er wusste aus Erfahrung, in der Ambulanz konnten sechs Stunden zu einer Ewigkeit werden.

Genau sieben Stunden später stapfte Jean durch den Schlamm. Immer wieder wich er Urinpfützen und Fäkalien aus. Die Hütten der Bewohner von Cité Soleil waren nicht mehr als Baracken, die man auf Pfählen errichtet hatte, damit die Bewohner nicht in einem See aus Scheiße und Pisse ertranken. Mitchard sah Kinder, die von ihren Müttern festgebunden worden waren, damit sie nicht in die braune Kloake fielen. Der Gestank war atemberaubend.

Nach seinem Dienst fühlte Jean sich schwächer als jemals zuvor in seinem Leben. Noch immer pochte ein dumpfer Schmerz hinter seinen Augen und machte ihm das Denken schwer. Offensichtlich hatte er sich in der eiskalten Nacht auf dem Friedhof eine Erkältung eingefangen. Erschöpfung und Schlafmangel hatten ihm den Rest gegeben.

Zwei Aspirin und ein Tag Ruhe und mir geht's wieder prima, dachte er, aber sein Gesicht glühte, als würde es von innen heraus von Hitze zerfressen.

Mehrfach musste er nach dem Weg fragen. Die Menschen starrten ihn wie einen Außerirdischen an. Immer wieder erklärte Jean, er wäre Arzt und man hätte ihn gerufen. Er wies auf seine Arzttasche, aber misstrauische Blicke verfolgten ihn auch weiterhin. Schließlich stand er vor einer Hütte, die Marves Behausung sein musste. Zwar unterschied sich ihr baufälliges Aussehen in nichts von den umstehenden Baracken, aber sie war mindestens doppelt so groß.

Jean stieg eine Holztreppe hoch und wurde von einem schwarzen Riesen mit mächtigem Brustkorb aufgehalten. Die Augen des Wächters blieben hinter dunklen Gläsern verborgen, aber die Mündung eines auf ihn gerichteten M-16 Gewehres sprach eine deutliche Sprache.

»Was willst du?«, bellte der Wächter.

»Ich möchte zu Dr. Marve.«

»Er empfängt niemanden.«

Jean nahm all seinen Mut zusammen. »Mich wird er empfangen. Ich habe ihm ein Geschäft vorzuschlagen.«

Der Wächter schob die Tür zu dem Verschlag ein wenig auf und rief etwas in die Düsternis hinein. Eine unverständliche Antwort schallte zurück. Jean wurde gepackt, umgedreht und nach Waffen durchsucht. Erst als feststand, dass auch der Arztkoffer keine gefährlichen Gegenstände enthielt, durfte er eintreten.

Der Raum war weit und finster, wie der Rachen einer Eidechse. Mitchard sah praktisch gar nichts, sondern stolperte zwei Schritte in die Dunkelheit. Ein Streichholz flammte auf und entzündete eine Wachskerze. Im Schein des schwachen Lichts machte Jean die massige Gestalt eines Mannes aus, dessen Gesicht im Schatten verborgen blieb.

»Was wollen Sie?«, ertönte eine herrische Stimme.

»Darf ich mich setzen?«, fragte Jean. Die Wände der Hütte drehten sich um ihn und er hatte Angst umzukippen.

»Nochmals, warum sind Sie hier?«

»Ich möchte mit Ihnen über ein Geschäft reden.«

»Was für ein Geschäft?«

Mitchard riss sich zusammen. Schweiß perlte von seiner Stirn, lief ihm in die Augen, aber er bemühte sich selbstsicher zu klingen.

»Ich brauche einen *bokor*.«

»Wofür?«

»Er soll jemanden, der mir im Weg steht, in einen *Zombie Cadavre* verwandeln.«

»Warum nicht in einen *Zombie Astral*? Sie könnten Ihren Feind beherrschen.« Jean wusste, dass man einem *Zombie Astral* einen Teil seiner Seele raubte, aber dies würde ihnen nicht weiterhelfen.

»Es soll eine Bestrafung sein«, erklärte er. »Können Sie mir behilflich sein?«

»Vielleicht«, sagte Marve unverbindlich. »Wer hat sich Ihren Zorn zugezogen?«

»Eine *blanc*«, sagte Jean so verächtlich, wie er nur konnte. »Sie hat meine Zuneigung zurückgewiesen.«

»Ah, ein verschmähter Liebhaber. Köstlich.« Marve grunzte vergnügt.

»Helfen Sie mir nun oder nicht?«

»Aber sicher. Allerdings ist so etwas nicht billig. Wer ist die Frau?«

Mitchard reichte ihm ein Foto von Abby, das er erst am Abend zuvor mit Linda Summers Sofortbildkamera gemacht hatte. Es zeigte die junge Frau mit ernstem Gesicht.

»Ihr Name ist Abby Summers. Sie wohnt im Hotel Oloffson und dürfte nicht schwer zu finden sein.«

»Dreitausend Dollar«, knurrte Marve.

»Wie bitte?« Die Situation verlangte von Jean, dass er seine Rolle überzeugend bis zum Schluss spielte. Dreitausend Dollar waren auf Haiti ein Vermögen.

»Im Voraus.«

»Eintausend. Keinen Cent mehr«, erwiderte Mitchard.

Marve schnippte mit den Fingern. Der Türwächter erschien im Eingang.

»Der Gentleman möchte gehen. Begleite ihn hinaus.«

»Also gut«, sagte Jean hastig. »Zweitausend Dollar.«

»Sie haben mich falsch verstanden. Ich verhandle nicht.«

Der Leibwächter kam näher. Jean hob ergeben beide Hände.

»Ich bin einverstanden.«

Marve winkte den Wächter wieder hinaus.
»Wann soll es geschehen?«
»Sobald wie möglich.«
»In Ordnung. Sie bringen mir das Geld. Keine großen Scheine. Das Foto lassen Sie hier.«
Jean reichte es ihm wortlos.
»Eines muss Ihnen klar sein: Sollten Sie irgendjemandem von diesem Gespräch erzählen, sind Sie ein toter Mann. Habe ich mich verständlich ausgedrückt?«
Marve erwartete keine Antwort. Die Kerze erlosch. Das Gespräch war beendet.

Jean und Abby trafen sich in dem kleinen Restaurant, das sie schon am Vorabend besucht hatten. Es war Spätnachmittag und nur wenige Gäste saßen verstreut an den Tischen. Abby hatte sich ein Taxi genommen. Sie trank ein Glas Bananensaft, als Mitchard eintraf. Abby sah sofort, dass es ihm nicht gut ging. Jean schlurfte wie ein alter Mann kraftlos durch die Tischreihen. Seine Augen waren gerötet und lagen tief in den Höhlen. Das Gesicht hatte eine ungesunde Blässe angenommen, die Haut wirkte wie Pergament über seinen vortretenden Wangenknochen. Jean setzte sich und bestellte einen Tee.
»Was ist mit dir?«, fragte Abby.
»Mir geht es beschissen. Muss mich wohl auf dem Friedhof erkältet haben. Wenig Schlaf und der Dienst im Krankenhaus haben mir den Rest gegeben.«
»Ich mache mir Sorgen um dich.«
Jean winkte lässig ab. »Zwei Aspirin und eine ruhige Nacht und ich bin wieder auf den Beinen.«
»Okay, dann lass es uns kurz machen. Hast du mit Marve gesprochen?«
»Ja, die Sache läuft. Er verlangt dreitausend Dollar.«
Abby ließ die angestaute Luft aus ihren Lungen entweichen. »Eine Menge Geld.«

»Hast du so viel?«

»Nein, aber ich werde es besorgen.«. Sie würde ihre Bank in London anrufen und fragen, ob Ternhams Geld schon auf ihrem Konto eingegangen war. Falls nicht, musste sie mit Ternham direkt telefonieren, dass er ihr den Betrag telegrafisch anwies.

»Ich habe ihm dein Foto dagelassen, aber mach dir keine Sorgen. Der Kerl wird nichts unternehmen, bevor er nicht seine dreitausend Dollar bekommen hat.«

»Kennt er meinen Namen?«

»Ja, es ließ sich nicht vermeiden. Marve wollte wissen, um wen es geht, bevor er mir seinen Preis nannte.«

»Wann soll es passieren? Und wie soll es geschehen?«, wollte Abby wissen.

»Darüber haben wir nicht gesprochen. Ich nehme an, er sagt es mir erst nach der Geldübergabe. Uns bleibt noch etwas Zeit. Du kannst es dir immer noch anders überlegen. Das Atropin habe ich übrigens besorgt. Wir sind also vorbereitet.«

Abby nahm aus ihrer Handtasche mehrere Gegenstände und legte sie vor Mitchard auf den Tisch.

»Ich war heute auf dem Marché de Fer, dem Eisenmarkt, und habe mir ein paar Sachen besorgt, die ich benötige.«

»Abby!«

»Es war vollkommen ungefährlich. Jede Menge Touristen waren unterwegs. Mir konnte nichts geschehen.«

Jean betrachtete die Dinge, die Abby gekauft hatte. Er sah eine Landkarte von Haiti, ausgebleicht und an den Seitenrändern eingerissen. Ein alter Armeekompass lag neben einem gefährlich aussehenden Klappmesser.

»Diese Dinge brauche ich, wenn ich Linda gefunden habe.«

Jean fiel auf, dass sie nicht »falls ich Linda finde« gesagt hatte. Anscheinend war Abby inzwischen vom Erfolg ihres Vorhabens überzeugt, aber vielleicht tat sie auch bloß so, damit er sie nicht weiter bedrängte, die Sache abzublasen.

»Damit kommst du nie durch«, sagte er.

Ein Lächeln erschien auf Abbys Gesicht. Sie griff erneut in ihre Handtasche und förderte eine Packung Gefrierbeutel mit Plastikverschluss zutage. »Oh doch. Ich packe die Dinge in diese Beutel und klebe sie mir an die Oberschenkel. Niemand wird sie finden.«

»Abby, du bist komplett wahnsinnig. Wenn jemand das Zeug entdeckt, weiß er sofort, was los ist. Sie werden dich töten.«

»Sie werden es nicht finden«, beharrte Abby. »Ohne diese Sachen geht es nicht. Wie sollen Linda und ich fliehen, wenn wir nicht einmal wissen, in welche Richtung wir gehen sollen? Außerdem brauche ich eine Waffe.«

»Dann besorge ich dir einen Revolver. Kein Problem auf Haiti.«

»Wie soll ich denn einen Revolver verstecken? Ein Messer ist schon groß genug.«

»Stimmt«, gab Jean zu. »Vergiss die Idee.«

»Hast du morgen Dienst?«

»Nein, der kranke Kollege ist wieder einsatzfähig. Ich habe bis Montag frei.«

»Dann geh nach Hause und leg dich ins Bett. Es wird ein oder zwei Tage dauern, bis ich das Geld aufgetrieben habe. Ruh dich aus.«

»Ich gebe dir meine Telefonnummer. Du kannst mich anrufen, wenn irgendetwas sein sollte.« Er schrieb ihr die Nummer auf einen Zettel und reichte ihn ihr zusammen mit seinen Fahrzeugschlüsseln.

»Warum gibst du mir deinen Wagen?«, fragte Abby.

»Ich werde den morgigen Tag wahrscheinlich im Bett verbringen, also brauche ich ihn nicht. Du hingegen musst zur Bank oder zur Post. Es ist gut, wenn du mobil bist und nicht jedes Mal auf ein Taxi warten musst. Außerdem gefällt mir der Gedanke nicht, dass du mit dreitausend Dollar in der Tasche in einem Taxi sitzt und durch Port-au-Prince fährst.«

Ein überzeugendes Argument. Abby nahm die Schlüssel und den Zettel. Sie erhob sich und gab Jean einen Kuss auf die Wange.

»Bis morgen oder übermorgen«, verabschiedete sie sich. »Ruh dich aus.«

»Werde ich tun, Abby. Mach dir keine Sorgen um mich. Wir Haitianer sind ein zähes Volk.«

Er blickte ihr nach, wie sie zum Ausgang des Restaurants schlenderte, und bewunderte ihren sinnlichen Gang. Abby Summers war nicht nur ein interessanter Mensch, sondern auch eine aufregende Frau. Seine Kopfschmerzen kehrten zurück. Es war höchste Zeit nach Hause zu gehen.

22.

Jean lag auf seinem Bett und zitterte wie eine Pappel im Sturm. Er hatte jede Kontrolle über seine Gliedmaßen verloren, die zuckten, als würden sie von einem unsichtbaren Marionettenspieler gelenkt. Er war schweißgebadet, das Laken unter ihm längst durchnässt. Hohes Fieber ließ seine Stirn glühen und sein Herz flattern.

Als er nach Hause gekommen war, hatte er sofort mehrere Aspirin genommen und sich hingelegt. Nach nur drei Stunden Schlaf, der ihm keine Erholung gebracht hatte, war er wieder aufgewacht. Seitdem ging es ihm von Minute zu Minute schlechter.

Das kann keine Grippe sein, wühlte sich ein Gedanke in seinen Kopf. Denken fiel ihm schwer, zu sehr war sein Körper damit beschäftigt, einen Zusammenbruch zu verhindern.

Er war ernsthaft krank, soviel war Mitchard klar. Er benötigte ärztliche Hilfe. Es war jetzt früher Abend. Im Krankenhaus waren noch genug Ärzte im Dienst. Sie konnten jemanden schicken, der ihn untersuchte.

Kraftlos schleppte er sich aus dem Bett. Er verlor einen Schuh, als er zum Telefon wankte, bemerkte es aber nicht. Seine Finger zuckten immer wieder über die falschen Tasten, aber schließlich schaffte er es, die richtige Nummer einzugeben. Er presste den Hörer an sein Ohr.

Nichts.

Kein Klingeln. Kein Freizeichen.

Er drückte mehrfach die Gabel herunter und gab die Nummer erneut ein, aber das Telefon blieb tot. Einen Moment lang schien es, als würde er umkippen, aber er schleppte sich noch rechtzeitig zu einem Stuhl und ließ sich schwer hineinfallen.

Was war mit dem Telefon los? Als Arzt, der einmal pro Woche Bereitschaftsdienst hatte, musste er erreichbar sein. Aus diesem Grund hatte ihm das Krankenhaus einen teuren Apparat zur Verfügung gestellt, der bisher immer tadellos funktioniert hatte. Die Telefonleitungen konnten nicht überlastet sein, nur wenige Menschen in Haiti besaßen überhaupt ein Telefon.

Das Atmen fiel ihm schwer. Plötzlich musste er würgen und übergab sich auf seine Hose. Als der Brechreiz nachließ, konnte er für einen kleinen Moment wieder klar denken und versuchte seine Krankheitssymptome zu identifizieren.

Hohes Fieber. Wie hoch, wusste er nicht, er hatte es noch nicht gemessen.

Atembeschwerden.

Erbrechen.

Gift, schoss es ihm durch den Kopf. Jemand hat mich vergiftet. Es musste das Zombiemittel sein. Aber wie hatten sie es gemacht? Das Zombiepulver war ein Hautgift. Wie war er damit in Kontakt gekommen?

Sein Blick fiel auf seine geröteten Hände, und schlagartig wusste er die Antwort. Die Schweine hatten das Gift in seine Chirurgenhandschuhe gestreut und er hatte sie nichts ahnend übergestreift.

Plötzlich waren auf dem Gang vor seiner Wohnung Stimmen zu hören. Sie kamen, um ihn abzuholen. Seine Gedanken überschlugen sich.

Atropin!

Es war in seiner Arzttasche, aber die stand auf der Küchenanrichte. Eine Meile entfernt.

Die Stimmen kamen näher. Gleich würden sie da sein. Er kroch wie ein verletztes Tier über den Boden. Aus trüben Augen sah er die schwarze Ledertasche. Er versuchte sich aufzurichten, aber seine Beine gaben unter ihm nach. Mit letzter Kraft streckte er die Hand aus und bekam die Tasche zu fassen.

Jemand rüttelte am Türknopf.

Die Tasche fiel auf den Boden. Jeans Finger tasteten sich hinein, bekamen die Spritze zu fassen. Mit den Zähnen riss er die Plastikfolie herunter und zog das Atropin auf. Er presste den Kolben. Ein feiner Strahl klarer Flüssigkeit spritzte heraus.

Etwas klapperte an seinem Türschloss.

Jean rammte sich die Spritze durch den Stoff seiner Hose in den Oberschenkel und drückte den Kolben nach unten. Er spürte keinen Schmerz, der ihm zeigte, dass er den Muskel getroffen hatte.

Ein weiterer Gedanke jagte durch sein Gehirn. Sie durften die Spritze nicht finden. Stöhnend schleuderte er sie unter das Bett.

Dann hörte sein Herz auf zu schlagen.

Abby hatte im Hotelrestaurant zu Abend gegessen und saß jetzt an der Bar vor einem Martini. William Barton reichte ihr eine Schale mit gesalzenen Erdnüssen, die sie unbeachtet ließ. Ihre Gedanken waren bei Jean. Sie machte sich Sorgen um ihn. Jean hatte bei ihrem letzten Treffen nicht gut ausgesehen.

Barton nahm sich ein blütenweißes Abtrockentuch und begann die Gläser vom Staub des Tages zu befreien. Abby Summers war der einzige Gast an der Bar und auch im Restaurant hielt sich niemand sonst auf. Es waren beschissene Zeiten.

»Bleiben Sie noch lange auf Haiti?«, begann er ein Gespräch mit ihr.

Sie blickte von ihrem Drink auf. »Noch eine Weile. Warum fragen Sie?«

»Das Radio meldet für morgen einen schweren Sturm.

Ein Orkan braut sich über dem Meer zusammen und erreicht bald die Insel. Der Flughafen wird dann geschlossen sein.«

»Sie meinen, es wird so schlimm?«

»O ja. Diese Stürme sind zwar selten, aber wenn sie kommen, lassen sie einen Ort der Verwüstung zurück.«

»Wie bereiten Sie sich darauf vor?«, fragte Abby neugierig.

Er zuckte die Schultern, als wolle er sagen, es liegt alles in Gottes Hand.

»Möchten Sie noch einen Martini?« Sein Blick ruhte auf ihrem leeren Glas.

Abby überlegte einen Moment. Es war noch früh am Abend und sie hatte keine Lust zu Bett zu gehen.

»Ja, machen Sie mir noch einen.«

Barton stellte ihr Glas in die Spüle, zog ein neues aus der Halterung über der Bar und mixte einen weiteren Martini. Mit einer eleganten Bewegung stellte er das Glas vor Abby ab.

»Sie machen das wirklich gut«, stellte Abby anerkennend fest.

»Habe ich in New Orleans gelernt. Obwohl man dort kaum Martinis trinkt.«

»Was wird da getrunken?«

»Hauptsächlich Whiskey. Bourbon.«

»Hat Ihnen Ihre Zeit in den USA gefallen?«

»Ja, sehr ... obwohl es ganz anders ist.« Seine Augen hatten einen merkwürdigen Ausdruck. »Jeden Tag sterben in New Orleans zwanzig bis dreißig Menschen durch Gewaltverbrechen, trotzdem sind alle voller Lebensfreude und haben gute Laune. In Haiti gibt es ebenso viele Morde, aber über dem ganzen Land liegt eine Stimmung, als wären es nicht zwanzig, sondern zwanzigtausend Tote täglich. Die Menschen glauben nicht mehr an die Zukunft.«

»Wundert Sie das?«

»Ehrlich gesagt, ja. Selbst zu den Zeiten eines Papa Doc waren die Leute fröhlicher, haben gesungen und auf der Straße getanzt, aber seit Boniface Alexandre Präsident ist und es sich herausgestellt hat, dass ihn kaum etwas von seinen Vorgängern unterscheidet, sind die Menschen auf Haiti in eine tiefe Depression gefallen. Er hat ihnen die letzte Hoffnung genommen.«

»Das ist traurig«, stellte Abby fest, die das Gespräch nun doch ermüdete. Sie ließ ihren Drink unangetastet stehen und erhob sich. »Ich denke, ich gehe ins Bett. Eine gute Nacht, Mr. Barton.«

»Die wünsche ich Ihnen auch.«

Jean wusste nicht, ob er schon tot oder noch am Leben war. Eine Zeit lang hatte ihn eine allumfassende Ohnmacht im Griff gehabt. Als er nun langsam das Bewusstsein wieder erlangte, fand er sich orientierungslos auf dem Boden liegend. Seine Augen hatten Mühe, das Bild scharfzustellen, aber schließlich bildete sich aus den farbigen Schlieren ein Muster heraus. Er lag mit dem Gesicht nach unten auf dem Linoleum der Küche.

Mitchard gab seinem Körper den Befehl sich zu erheben, aber nichts geschah. Er wollte blinzeln, weil ihm die Augen brannten, aber auch das gelang ihm nicht. Jean konnte nicht klar denken, deshalb wunderte er sich auch nicht über seinen seltsamen Zustand. Sein Geist kam und verschwand in Wellen, so, wie ein Schwimmer den Kopf aus dem Wasser hebt, um zu atmen. Es gelang ihm immer nur in kurzen Momenten, einen Gedanken zu fassen, bevor er ihm wieder entglitt.

Füße traten in sein Blickfeld. Jemand packte ihn an den Schultern und drehte ihn herum. Nun sah er ein Stück der Decke. Jean versuchte den Kopf zu drehen, um herauszufinden, wer ihm da geholfen hatte, aber es war sinnlos.

Ein Gesicht beugte sich über ihn. Dr. Raphael Muncine schob eines seiner Augenlider weit nach oben und leuchtete hinein. Jean wollte die Augen geblendet schließen, aber auch das funktionierte nicht. Eine Hand wurde auf seine Halsschlagader gelegt.

Jemand fühlte seinen Puls. Jean beruhigte sich. Muncine war ein brillanter Arzt, er würde feststellen, dass er noch am Leben war.

»Er ist definitiv tot«, sagte eine dunkle Stimme. Jean brauchte einen Augenblick, bis er begriff, dass Muncine gesprochen hatte.

»Ihr könnt ihn rausschaffen«, sprach die Stimme weiter.

Männer hoben ihn hoch und legten ihn auf einen weichen Untergrund.

Bevor sein Verstand wieder in die Fluten des Vergessens eintauchte, hörte er noch, wie Muncine sagte: »Bringt ihn direkt in die Leichenhalle.«

23.

Abby war unruhig. Unruhig und besorgt. Sie stand am Balkonfenster und beobachtete den Regen, der gegen die Scheiben prasselte. Sie sah, wie die hohen Palmen vor dem Haus sich nach Osten bogen, sah, wie der Wind die Büsche im Garten des Hotels zerzauste. Der Sturm war noch nicht auf Haiti eingetroffen, sondern lauerte wie ein hungriges Raubtier draußen auf dem Meer, aber schon jetzt hielten seine Ausläufer die Insel fest im Griff. Die Menschen flüchteten vor dem Orkan in ihre Hütten. Vernagelten mit dürftigen Brettern ihre Fenster und Türen. Es würde ihnen nichts nützen. Der kaum noch auszumachende Horizont versprach ein Unwetter, wie es die Insel noch nicht gesehen hatte.

Schon mehrfach hatte Abby versucht, Jean Mitchard telefonisch zu erreichen, aber jedes Mal erhielt sie ein Besetztzeichen. So ging das nun schon seit Stunden. Jean konnte unmöglich so lange telefonieren, aber vielleicht waren auch einfach nur die Leitungen infolge des Sturms gestört. Wer konnte das schon wissen?

Sie hatte ihn anrufen wollen, um ihm zu sagen, dass sie die dreitausend Dollar aufgetrieben hatte. Ternhams Geld war pünktlich auf ihrem Konto eingegangen und Abby hatte die Bank beauftragt, ihr den Betrag telegrafisch anzuweisen. Spätestens morgen früh würde sie das Geld in Händen halten, dann konnte Jean zu Marve gehen. Der Rest war Schicksal. Wieder nahm sie den Hörer ab und wählte Jeans Nummer.

Besetzt.

Sie wollte mit ihm sprechen. Sie wollte wissen, wie es

ihm ging, hören, dass er wieder gesund war. Aber vor allem brauchte sie jemanden, der ihr Mut zusprach, der sagte: »Abby, du tust das Richtige. Alles wird gut.« Denn ihre Angst vor dem Unbekannten steigerte sich von Stunde zu Stunde.

Was ist da bloß los? Warum erreiche ich ihn nicht?, fragte sie sich.

Ihr Wunsch, mit Jean zu sprechen, wurde zur fixen Idee. Sie *musste* mit ihm sprechen oder sie würde vor Angst verrückt werden. Sie entschloss sich, im Krankenhaus anzurufen. Bestimmt konnte ihr jemand seine Adresse geben. Sie würde hinfahren und nachsehen, wie es ihm ging. Erneut hob sie den Hörer und wählte die Null. Barton hob augenblicklich ab und verband sie. Diesmal bekam sie sofort ein Freizeichen. Es lag also doch nicht an den Telefonleitungen. Eine junge Stimme meldete sich.

»Hallo«, sagte Abby. »Mein Name ist Abby Summers. Ich bin eine Bekannte von Dr. Jean Mitchard. Jean ist krank, aber ich erreiche ihn telefonisch nicht und mache mir große Sorgen um ihn. Können Sie mir seine Adresse geben, damit ich nachsehen kann, ob es ihm gut geht?«

Das Schweigen dröhnte in ihren Ohren. Bestimmt würde ihr diese Kuh jetzt erklären, dass sie nicht befugt war, die Privatadresse eines Arztes herauszugeben. Aber die Frau sagte etwas ganz anderes.

»Es tut mir Leid. Dr. Jean Mitchard ist tot. Er starb gestern Nacht und wurde heute in St-Marc beerdigt.«

Abby war zu keiner Antwort mehr fähig, der Boden unter ihren Füßen verwandelte sich in einen gierigen Schlund, der sie verschluckte.

Als Jean das Bewusstsein wieder erlangte, umgab ihn totale Finsternis. Seine Sinne funktionierten noch, auch wenn er nichts sehen oder hören konnte, aber er roch den intensiven Duft von Holz und Erde. Es dauerte einige Zeit, bis sein Gehirn diese Information verarbeitet hatte. Er befand sich unter der Erde. Sie hatten ihn begraben. Seltsamerweise erschreckte ihn dieser Gedanke nicht. Im Gegenteil, wenn ihm seine Gesichtsmuskeln gehorcht hätten, hätte er gelächelt. Eine sonderbare Leichtigkeit hatte ihn erfasst, gab ihm das Gefühl, in der Dunkelheit zu schweben. Eine Weile genoss er diesen Zustand, aber dann wurde ihm langweilig. Er versuchte sich umzudrehen.

Nichts tat sich. Sein Körper gehorchte ihm nicht mehr.

Vielleicht war das eine zu große Aufgabe gewesen. Wackele mit den Zehen, befahl er sich selbst.

Wieder nichts. Wenn sie sich bewegt hatten, dann spürte er es jedenfalls nicht.

Genauso erging es ihm mit seinen Fingern. Nichts. Er war gelähmt.

Seine Nase juckte. Ein Hoffnungsschimmer, der ihn gleich wieder deprimierte. In Linda Summers Sarg hatten sie Kratzspuren gefunden, bei ihr hatte das Gift also längst nicht so stark wie bei ihm gewirkt. Sie hatte versucht sich zu befreien. Er dagegen konnte sich nicht einmal an der Nase kratzen.

Die haben mir eine ganz schöne Dosis verpasst, dachte er.

Aber vielleicht reagierte sein Körper auch einfach nur anders auf das Gift. Was war mit dem Atropin? Die Wirkung hätte längst eingesetzt haben müssen.

Wahrscheinlich habe ich mir das Zeug nur in den Hosenstoff gespritzt, überlegte er resigniert. Die Heiterkeit war verflogen. Eine tiefe Traurigkeit überfiel ihn. Er wollte weinen, aber er konnte es nicht. Nicht einmal die Tränendrüsen reagierten noch.

»Ich will nicht sterben«, versuchte Jean zu brüllen, heraus kam ein unartikuliertes Krächzen. Immerhin ein Anfang. Noch war er nicht tot. Noch konnte er darauf hoffen, dass die Wirkung des Giftes nachließ oder das Atropin wirkte. Dann würde er sich befreien. Mit diesem Gedanken schlief er ein.

Abby Summers erwachte, als ihr William Barton einen eiskalten Waschlappen in den Nacken drückte. Sein schwarzes Gesicht glänzte vor Sorge.

»Was ist mit Ihnen? Sind Sie krank?«, fragte er.

»Ich muss ohnmächtig geworden sein.« Sie setzte sich auf. Schwindel setzte ein. »Wie spät ist es?«

»Kurz nach zehn.«

O Gott, sie war fast drei Stunden bewusstlos gewesen.

»Wieso sind Sie hier?«, fragte sie Barton.

»Ich habe den Aufprall gehört und bin gleich in Ihr Zimmer gelaufen. Ich wollte einen Arzt rufen, aber alle Leitungen sind tot. Der Sturm muss sie zerfetzt haben.«

Erst jetzt wurde Abby gewahr, dass draußen der Wind heulte und in den Fensterläden wütend klapperte. Der Regen klatschte in Wellen dagegen.

»Helfen Sie mir bitte auf«, sagte Abby.

Barton fasste sie unter und zog sie auf die Beine.

»Sie sollten sich hinlegen, Miss.«

»Keine Zeit. Ich muss weg.«

Seine Augen weiteten sich. »Da können Sie nicht raus. Der Sturm tobt gewaltig.«

»Ich muss aber.«

Ja, das musste sie, und zwar so schnell wie möglich. Warum ist mir gestern nichts aufgefallen, warf sich Abby vor. Alle Anzeichen waren da, aber ich habe sie nicht gesehen. Jean war vergiftet worden, daran bestand kein Zweifel. Sein schlechtes Aussehen, das hohe Fieber.

Die andere Seite, der unbekannte Feind, hatte zugeschlagen, aber nicht sie, sondern Jean war das Ziel gewesen. Es war so logisch, dass sich Abby hätte ohrfeigen können. Wenn sie ihr Jean wegnahmen, war sie wie ein Körper, dem man die Gliedmaßen amputiert hatte, wie ein

Mund ohne Stimme. Außerdem würden sich die Behörden einen Dreck um seinen Tod scheren, wohingegen ihr Ableben für eine gewisse Aufregung gesorgt hätte. Immerhin war ihre Schwester erst vor einer Woche gestorben. Ein Umstand, der jedem merkwürdig vorgekommen wäre.

Ich bin so naiv, fluchte Abby innerlich. Durch meine Dummheit und meine Bereitschaft, jedes Risiko bei der Suche nach Linda einzugehen, habe ich Jean in Lebensgefahr gebracht.

Wenn er bis jetzt noch nicht tot war – und das hoffte Abby von ganzem Herzen –, dann lag er jetzt zwei Meter tief unter der Erde und wartete darauf, dass sie kam und ihn ausgrub.

Ihre Gedanken überschlugen sich. Wie lange lag er schon da unten? Sechs Stunden? Acht Stunden? Sie wusste es nicht. Je später am Tag man ihn begraben hatte, desto wahrscheinlicher war es, dass er noch genug Sauerstoff hatte. Aber sie musste sich beeilen.

Sie zog rasch einen Pullover an und schlüpfte in eine Windjacke. Die Turnschuhe quietschten auf dem Holzboden, als sie zur Tür ging.

»Bleiben Sie hier«, rief ihr Barton flehend nach.

Abby beachtete ihn nicht mehr, sondern jagte die Treppe hinunter. Hoffentlich waren die Schaufeln noch im Wagen.

Jean wurde durch dumpfes Klopfen geweckt. Das Holz in seinem Rücken vibrierte. Er registrierte sofort, dass er wieder etwas fühlen konnte. Versuchsweise bewegte er einen Finger. Es klappte. Der Finger krümmte und öffnete sich. Die Hand selbst blieb allerdings unbeweglich wie der Rest seines Körpers. Er blinzelte ein Staubkorn aus den Augen. Wieder ein Fortschritt. Das Atropin wirkte also doch. Jean spürte, wie sich seine Blase entleerte. Warmer Urin lief ihm das Bein hinab. Anscheinend hatte die Lähmung auch bestimmte innere Organe betroffen, die sich nun, nachdem das Gift nachließ, bemerkbar machten.

Mitchard hätte jubeln können. Sein Körper gehorchte ihm teilweise wieder, und die Geräusche, die von draußen in den Sarg drangen, konnten nur bedeuten, dass Abby gekommen war, um ihn zu befreien.

Ein metallisches Geräusch erklang. Metall traf auf Holz. Etwas scharrte über den Sarg. Dann wurde der Sargdeckel aufgestemmt. Das gleißende Licht einer Taschenlampe blendete seine Augen, zwang ihn, sie zu schließen. Er versuchte etwas zu sagen, aber seine Zunge blieb unbeweglich.

Kräftige Hände packten ihn und hoben ihn aus dem Sarg. Er wurde auf den schlammigen Boden gelegt. Finger rissen seine Augenlider auf. Noch immer war da dieses grelle Licht. Er konnte nichts sehen. Tränen liefen an seinen Wangen herunter.

Eine Stimme begann leise zu singen. Dann wurde er angesprochen.

»Jean Mitchard.«

Das war sein Name. Eine männliche Stimme. Nicht Abby.

»Jean Mitchard.«

Finger drückten grob seinen Mund auf. Ein Becher wurde an seine Lippen gesetzt. Jean trank hustend. Es schmeckte wie Galle.

»Jean Mitchard«, flüsterte die fremde Stimme erneut. »Erwache.«

Dann schlug ihm jemand ins Gesicht. Hart und brutal. Jean konnte dem Schlag nicht ausweichen, er hatte ihn nicht einmal kommen gesehen. Wieder wurde er geschlagen. Und dann noch einmal.

Schmerzen fluteten durch seinen Körper.

»Fesselt ihn und werft ihn auf den Wagen«, befahl die fremde Stimme. Jean wurde von beiden Seiten unter den

Achseln gepackt. Seine Füße schleiften über den Boden, als man ihn wie ein Stück Vieh über den Friedhof zerrte.

Der dunkle Schatten eines Fahrzeugs tauchte aus der Dunkelheit auf. Erst jetzt wurde Jean bewusst, dass es regnete und dass der Wind an seiner Kleidung zerrte. Man fesselte ihm Hände und Füße und stopfte ihm brutal einen Knebel zwischen die Zähne. Er konnte kaum noch atmen, als man ihn auf die Ladefläche des LKW warf.

24.

Abby raste die Hügel von Pétonville nach Port-au-Prince hinab. Die Straße war wie ein metallener Wurm, der in den Abgrund kroch. Regen peitschte unablässig gegen die Windschutzscheibe. Die Wischblätter kämpften einen aussichtslosen Kampf. Abby hatte das Fernlicht eingeschaltet, damit sie überhaupt etwas erkennen konnte.

In jeder zweiten Kurve hatte sie das Gefühl, der Sturm würde den Wagen packen und in den Graben werfen. Trotzdem nahm sie den Fuß nicht vom Gas.

Sie erreichte die Hauptstadt. Nur wenige Straßenlaternen flackerten noch müde im Wind. Keine Menschenseele war auszumachen. Selbst die sonst allgegenwärtigen Hunde und Schweine hatten sich vor dem Unwetter verkrochen. Der Wagen schlingerte, als Abby abrupt in eine Straße bog. Sie konnte sich noch gut an die Fahrt nach St-Marc erinnern, aber in der Dunkelheit sah alles fremd und seltsam verzerrt aus. Zweimal fuhr sie im Kreis, bis sie die Rue du Quai fand, die ihr den Weg am Eisenmarkt vorbei zum Flughafen wies.

Sie folgte der Küstenstraße nach Norden. Auch hier kein Verkehr. Niemand kam ihr entgegen.

Links von ihr peitschte der Sturm das Meer auf. Hohe Wellen krachten donnernd gegen die Felsen. Es klang, als hätten sich alle Pauken der Welt zu einem gemeinsamen Konzert entschlossen.

Als die Fahrbahn ab Boucassin geradeaus vor ihr lag, beschleunigte Abby auf einhundert Meilen pro Stunde. Die Räder griffen kaum noch. Ein Gefühl, als würde man über einen zugefrorenen See fahren. Abby achtete nicht darauf.

In ihrem Kopf hatte nur noch ein Gedanke Platz: Sie musste rechtzeitig bei Jean sein, bevor er im Sarg erstickte.

Plötzlich stotterte der Motor. Sie trat verzweifelt aufs Gaspedal. Mit einem letzten Ächzen erstarb der Motor. Abby legte instinktiv den Leerlauf ein und ließ den Wagen ausrollen.

Als sie schließlich auf dem Seitenstreifen zum Stehen kam, schaltete sie die Innenbeleuchtung an. Ein Blick sagte ihr alles.

Der Tank war leer. Sie hatte kein Benzin mehr.

Jean lag auf der Ladefläche des Lastwagens. Der metallene Boden unter ihm war hart und drückte schmerzhaft auf seinen Hüftknochen. Es war kalt. Zwar wurde der LKW durch eine Plane geschützt, aber der Wind blies durch die Ritzen, sodass er zitterte. Allmählich erwachte sein Körper. Jean konnte sich kaum bewegen, aber er spürte, dass ihm Arme und Beine wieder gehorchten. Trotzdem änderte es nichts. Er lag verschnürt wie ein Überseepaket auf einem LKW. Alles war aus. Abby hatte ihn nicht gefunden. Wahrscheinlich wusste sie noch nichts von allem, saß in ihrem Hotelzimmer und wartete darauf, dass er sich meldete. Jean machte sich keine Hoffnungen mehr. Seine Entführer würden ihn in den Norden Haitis verschleppen, wo er die restlichen Tage seines Lebens als Sklave fristen würde. Wenn sie dahinter kamen, dass ihr Gift bei ihm nicht richtig wirkte, würden sie ihn umbringen.

Er lauschte den Stimmen seiner Kidnapper, die heftig miteinander stritten. Anscheinend war einer der Vorderreifen fast platt und nun wurde darüber diskutiert, ob man den Reifen wechseln sollte oder nicht. Jean verfolgte den Streit, aber es wurde zunehmend schwerer, die Worte zu verstehen. Er konzentrierte sich, aber die Stimmen waren bald nur noch sinnloses Gebrabbel.

Das Zeug, das sie ihm auf dem Friedhof eingeflößt hatten, begann zu wirken. Seine Augenlider flatterten. Seine Lippen, über die er erst vor wenigen Minuten die Kontrolle zurückgewonnen hatte, wurden taub. In seiner Brust schlug sein Herz unruhig. Das Blut pochte in seinen Ohren. Jean grübelte verzweifelt darüber nach, was mit ihm geschah, aber die Gedanken entglitten ihm immer wieder.

Diesmal wurde er nicht ohnmächtig, aber plötzlich konnte er sich nicht mehr daran erinnern, wie er hieß. Alles war weg. Die Wirkung der Droge hatte seinen Verstand leergefegt.

Er lag auf der Ladefläche und dachte darüber nach, wer er war.

Und wie er hierher gekommen war. Aber auch diese Gedanken verschwanden schließlich, als der Motor des LKWs gestartet wurde.

Der Sturm zerrte an Abby, peitschte ihr die Haare ins Gesicht, als sie ausstieg, um den Kofferraum zu öffnen. Sie lehnte sich gegen den Wind und stapfte um den Wagen herum. Der Deckel des Kofferraums schnappte auf. Im Licht der schwachen Heckbeleuchtung entdeckte Abby neben den zwei Schaufeln einen gefüllten Ersatzkanister. Abby seufzte erleichtert. Wie alle Haitianer hatte sich Jean einen Vorrat angelegt, da man nie wusste, ob die wenigen Tankstellen in Port-au-Prince Benzin hatten oder nicht. Die Taxis packten ihre Kofferräume derartig mit Ersatzkanistern voll, dass das Gepäck der Touristen auf den Dachständer geschnallt werden musste.

Sie hob den Kanister heraus, der eine Tonne zu wiegen schien, und schleppte ihn zum Tank. Auf dieser Seite des Wagens war es vollkommen finster. Abby musste den Einfüllstutzen ertasten, um das Benzin einlaufen zu lassen. Es dauerte eine kleine Ewigkeit, bis der Tank endlich gefüllt war. Sie warf den leeren Kanister in den Kofferraum und setzte sich hinter das Steuer. Der Motor sprang beim ersten Versuch an. Mit quietschenden Reifen schoss sie auf die Strasse zurück. Eine halbe Stunde später erreichte sie St-Marc.

Abby fuhr durch die ausgestorben wirkende Stadt und versuchte sich zu erinnern, welchen Weg Jean durch die engen Gassen genommen hatte. Es war reines Glück, dass sie auf Anhieb die Kirche fand. Sie bremste abrupt, und der Kies spritzte in alle Richtungen. Sie riss die Tür auf und rannte den Pfad zu Pater Maddox' Haus hinauf. Mit beiden Fäusten hämmerte sie gegen die Tür.

Drinnen ging ein Licht an. Die Tür wurde geöffnet. In ihrem Rahmen lehnte sich der Priester gegen den hereinbrechenden Wind. Hinter ihm stand eine dicke, schwarze Frau, die Abby mit ängstlichem Blick anstarrte.

Pater Maddox schien ebenso verblüfft. »Was machen Sie hier um diese Uhrzeit? Bei diesem Wetter?«

»Haben Sie Jean heute beerdigt?«, stieß Abby hervor.

»Ja, aber . . .«

»Wo ist sein Grab?«

»Ich verstehe nicht . . .«

»Verdammt«, brüllte ihn Abby an. »Ich will wissen, wo sein Grab ist!«

Maddox' Gesicht rötete sich. »Dort drüben. Hinter der Kirche ist der Friedhof.« Seine Hand deutete in die Nacht.

»Welche Reihe?«

»Wie . . .?«

»Welche Reihe?«, wiederholte Abby ungeduldig.

»Ganz hinten. Neben einem Zitronenbusch.«

Ohne weiteres Wort wirbelte Abby auf dem Absatz herum und rannte zum Wagen zurück. Sie riss den Kofferraum auf und nahm eine der beiden Schaufeln heraus. Mit der Taschenlampe in der Hand hetzte sie zum Friedhof.

Der Regen klatschte ihr ins Gesicht, als sich Abby einen Weg durch die Gräber bahnte. Sie rutschte auf dem morastigen Boden aus und schlug der Länge nach hin, rappelte sich aber gleich wieder auf. Ihr Atem ging keuchend. Ihre Lungen brannten wie Feuer. Die Anstrengung war zu viel. Ihr Asthma machte sich bemerkbar. Abby blieb stehen. Sie zog den Inhalator aus ihrer Jackentasche und steckte sich das Plastikstück in den Mund. Zweimal presste sie den Kolben herunter, bis sie schließlich wieder atmen konnte.

Endlich stand sie vor Jeans Grab. Es war leer. Der offene Sarg lag noch darin, als wolle er sie für ihr Versagen anklagen. Sie hatten Jean bereits abgeholt.

Abby entdeckt Fußspuren im Matsch und folgte ihnen. Die Spuren führten an den westlichen Eingang des Friedhofs. Reifenabdrücke verrieten ihr, dass hier noch vor kurzem ein Fahrzeug gestanden haben musste. Der unablässige Regen hatte die Rillen noch nicht ausgewaschen. Es konnte noch nicht lange her sein.

Abby warf die Schaufel weg und hetzte zum Wagen zurück.

Patrick Ferre lenkte den Lastkraftwagen durch das Unwetter. Zwar hatte der Regen etwas nachgelassen, aber inzwischen zuckten grelle Blitze vom Himmel herab und fuhren donnernd in die Erde. Der Wind stemmte sich gegen das Fahrzeug und sie kamen nur langsam voran. Immer wieder musste er Geröllawinen und Schlammbergen ausweichen, die von den Felsen herabgespült wurden.

Neben ihm saß der *bokor* Arthur Baptiste und blickte schweigend durch die verschmierten Scheiben. Wenn sein Gesicht von einem der zahllosen Blitze erhellt wurde, sah er wie eine Mumie aus. Ferre fürchtete den kleinen Mann. Auch diesmal hatte er gezeigt, über welche finsteren Mächte er gebot. Jean Mitchard lag halb tot hinten auf der Ladefläche und wurde von einem *tonton* mit Namen Pierre bewacht. Eigentlich gab es keinen Grund für eine Bewachung, denn Mitchard war gefesselt und die Droge hatte seinen Verstand ausgelöscht, aber hier vorn im Führerhaus war nicht genug Platz für drei Männer.

Baptiste begann zu summen. Patrick kannte das Lied nicht und das Gesumme ging ihm auf die Nerven. Er war angespannt. Nicht nur wegen der ermüdenden Fahrt durch den Sturm, es war vor allem die Angst vor Baptiste.

In einen lebenden Untoten verwandelt. Was für ein Schicksal, dachte er und schauderte.

Mitchard war nicht der erste Zombie, dem er begegnete. Sein Stiefvater beschäftigte inzwischen nur noch Arbeitssklaven, die der *bokor* zu einem Dasein zwischen Leben und Tod verdammt hatte, aber er war noch nie dabei gewesen, wie man einen dieser Verfluchten aus dem Grab gezerrt hatte.

Nie wieder, schwor er sich, mache ich so eine Scheiße mit.

Mochte sich Castor anstellen, wie er wollte. Es gab Grenzen. Seine Grenze war in dieser Nacht überschritten worden. Ihn ekelte es vor sich selbst. Am liebsten hätte er den Wagen angehalten und sich den Finger in den Hals gesteckt. Er wollte kotzen, bis sein Magen nichts mehr hergab. Aber daran war nicht einmal zu denken. Baptiste würde Castor erzählen, dass er sich als Schwächling erwiesen hatte, und sein Stiefvater würde ihn erneut verprügeln. Das Schwein hatte ihn übel zugerichtet. Der Alte hatte dafür gesorgt, dass sein Gesicht nie wieder so sein würde wie früher. Noch immer schmerzten seine Zähne von den Schlägen. Seine Nase war gebrochen und derartig zugeschwollen, dass es zischte und pfiff, wenn er einatmete.

Ein trockener Knall riss ihn aus seinen Gedanken. Zuerst dachte Ferre, jemand habe auf sie geschossen, aber dann begann der Wagen zu schlingern. Der fast platte Reifen war geplatzt. Patrick trat auf die Bremse. Das Heck des Wagens brach aus und der LKW schleuderte über die

Straße. Eine Felswand raste auf sie zu. Baptiste kauerte sich wimmernd in seinen Sitz, aber Patrick brachte den Wagen zum Stehen, bevor sie gegen die Felsen prallten. Fluchend stieg er aus. Diese Nacht wollte einfach kein Ende nehmen.

Im Licht der Taschenlampe betrachtete Abby die Straßenkarte von Haiti, die sie neben dem Stadtplan von Port-au-Prince im Handschuhfach gefunden hatte. Die Innenbeleuchtung des Renault war zu schwach, um etwas erkennen zu können.

Jeans Entführer würden nach Norden fahren. Eigentlich gab es nur einen vernünftigen Weg dort hin. Über die Küstenstraße, der sie nach St-Marc gefolgt war und die nun ins Inland abbog. Sie würde der Straße über Gonaïves nach Plaisance und Limbé Acul du Nord bis nach Cap Haïtien folgen und hoffen, dass sie Jeans Entführer unterwegs einholte. Sie hatte zwar keine Ahnung, wie viel Vorsprung das andere Fahrzeug hatte, aber allzu viel konnte es nicht sein. Die Reifenspuren waren noch frisch gewesen.

Was sie allerdings tun konnte, wenn sie die Entführer dann tatsächlich fand, wusste Abby nicht. Sie würde sich etwas einfallen lassen müssen.

Entschlossen startete sie den Motor und machte sich an die Verfolgung.

Abby fuhr nun schon seit einer Stunde durch die Nacht und war der Verzweiflung nahe, als sie vor sich den schwachen Schein von Rückleuchten ausmachte. Sie hatte Gonaïves hinter sich gelassen und durchquerte gerade eine Ortschaft mit dem Namen La Coupe. Als sie den Wagen entdeckte, ging sie vom Gas und schaltete die Scheinwerfer aus. Immer wieder aufflammende Blitze zeigten ihr einen alten Lastwagen, der in zweihundert Meter Entfernung durch die Nacht zockelte. Das mussten die Entführer sein. Es konnte, es durfte nicht anders sein. Wer, außer diesen Verbrechern, wäre schon in so einer Nacht unterwegs?

Abby ließ sich noch weiter zurückfallen. Die Rücklichter des anderen Wagens wiesen ihr den Weg. Sie musste nur darauf achten, das Fahrzeug nicht aus den Augen zu verlieren.

Weitere zehn Minuten vergingen, als die Bremslichter des Lastwagens aufleuchteten. Der Wagen bog in eine Nebenstrecke ab. Abby wagte es kurz, den Scheinwerfer einzuschalten, als der LKW hinter einer Kurve verschwand. Ein windgeschütteltes Straßenschild verriet ihr die Entfernungen nach St. Raphaël, Dondon und Grande Rivière du Nord. Ganz unten stand ein besonderer Name. Trou du Nord. Patrick Ferres Heimatstadt. Es konnte kein Zufall sein. Oder doch? Die *tontons* beherrschten diese Region von Haiti. Arbeitete Patrick mit ihnen zusammen?

Alles Fragen, auf die es keine Antwort gab. Abby schaltete die Scheinwerfer wieder aus und fuhr langsam weiter, um den Abstand wieder zu verkleinern.

Der LKW verließ schon vor Trou du Nord, bei Ste Suzanne, die Straße und bog in eine holprige Strecke, die wieder nach Süden hinauf in die Berge ging. Abby wurde ordentlich durchgerüttelt, als sie mit dem kleinen Renault folgte. Der Wagen ächzte und schnaufte, als es immer weiter bergauf ging, aber schließlich wurde die Straße besser und sie konnte in den dritten Gang schalten.

Kurz darauf endete die Fahrt vor einem Maschendrahtzaun, in den ein metallenes Schiebetor eingelassen war. Die Scheinwerfer des anderen Wagens zeigten ihr ein winziges Wärterhäuschen, aus dem ein bewaffneter Mann heraustrat und ins Innere des Fahrzeugs blickte, bevor er das Tor aufschob und den Wagen durchwinkte.

Sie waren am Ziel angekommen. Dies musste eine der Plantagen sein, von denen ihr Jean erzählt hatte.

Aber wie sollte sie hineinkommen?

Abby wusste es nicht. Durch das Tor auf keinen Fall. Sie musste einen anderen Weg finden.

Sie wendete den Wagen und fuhr ein Stück zurück. Hinter einer Kurve lenkte sie den Renault in ein Waldstück. Die Bäume und Büsche standen hier dicht beisammen und konnten von der Straße aus nicht eingesehen werden. Es war kein Problem, ein ausreichend großes Versteck für den Wagen zu finden.

Abby schaltete den Motor ab und ließ ihre Stirn auf das Lenkrad sinken. Die lange Fahrt hatte sie erschöpft. Sie musste sich erst einmal ausruhen, bevor sie einen Plan schmieden konnte.

25.

Die Morgendämmerung war angebrochen, als Abby aus einem erschöpften Schlaf erwachte. Ihr Nacken schmerzte von der ungewohnten Haltung und ihre Füße waren gefühllos. Sie richtete sich im Sitz auf und brauchte eine Zeit, um sich zu orientieren.

Der Regen hatte während der Nacht nachgelassen, nur noch vereinzelt fielen Tropfen vom Himmel. Am Horizont erschien die fahlgelbe Scheibe der Sonne und versprach einen weiteren heißen Tag.

Abby hatte Hunger und Durst, aber sie fand nichts im Wagen. Als das Blut zurück in ihre Beine gelaufen war, stieg sie aus und streckte sich. Die frische Luft tat gut. Es war zwar noch kühl, aber der Wald strömte einen intensiven Duft aus, der ihre Sinne weckte. Allerdings hatte sie immer noch keinen Plan, wie sie Jean befreien wollte.

Ihr Blick wanderte zur Strasse und zurück zum Wagen. Der Renault stand gut versteckt hinter den Büschen, es bedurfte schon eines unglücklichen Zufalles, sollte er entdeckt werden. Sie beschloss, die Gegend zu erkunden.

Ein schmaler Pfad führte sie in den Wald hinein. Das Unterholz wuchs hier dicht und an manchen Stellen musste sich Abby ihren Weg regelrecht erkämpfen. An einem Erdbruch fand sie einen schmalen Bach mit klarem Wasser, aus dem sie ihren Durst stillte, bevor sie weiterging. Sie verließ sich auf ihr Gefühl und erreichte schließlich freies Gelände.

Vor ihr lag die Plantage. Ein hoher Maschendrahtzaun sicherte das gesamte Gelände. Zuckerrohrfelder erstreckten sich so weit das Auge reichte.

Abby kroch im Schutz eines Felsens näher heran. An einer abfallenden Kante legte sie sich flach auf den Boden und spähte zwischen den Steinen hindurch.

Sie sah einen weitläufigen Hof aus festgetretener Erde. Ein wunderschönes, weiß gestrichenes Haus im Kolonialstil dominierte mehrere einfache Flachbauten. Besonders auffällig war ein überdimensionales Gebäude mit Wellblechdach. Abby vermutete, dass dort die Arbeiter untergebracht waren. Hütten und kleinere Häuser schienen für die Aufseher und Wächter bestimmt. Aus einem der Häuser stieg träger Rauch zum Himmel empor. Ein schwerer Landrover parkte in der Nähe. Sie beobachtete zwei Männer mit Gewehren, die am Eingang patrouillierten. Sonst sah Abby keinen Menschen, aber es war auch noch früh am Morgen.

Ihr Beobachtungsplatz war gut gewählt. Sie konnte alles überblicken, ohne Angst haben zu müssen, selbst entdeckt zu werden. Irgendwo dort unten wurde Jean gefangen gehalten. Es musste doch möglich sein, sich in die Farm hineinzuschleichen und ihn zu befreien. Zwei Wächter waren bei weitem nicht genug, um den ganzen Zaun zu bewachen. Im Schutz der Dunkelheit würde sie eine Chance haben.

Blechernes Hämmern zerriss die Stille. Ein Mann war aus einem der Häuser getreten und schlug mit einem Eisenrohr auf den Blechdeckel einer Mülltonne. Der plötzliche Lärm fuhr Abby in die Glieder. Ihr Herz raste in der Brust. Sie wälzte sich auf den Rücken und atmete tief ein und aus. Als sie sich wieder umdrehte, sah sie, wie dreißig bis vierzig Männer und Frauen aus dem großen Flachbau ins Freie getrieben wurden. Es war eine Prozession der Verdammten, die da im Hof Aufstellung nahm. Alles verlief in absolutem Schweigen. Nur die Blechtrommel schlug noch immer nervtötend. Jean war nicht unter diesen bedauernswerten Kreaturen, die mit den Füßen schlurften und sich bei dem Versuch, einen Platz zu finden, gegenseitig anrempelten. Abby konnte auf die Entfernung hin ihre Augen nicht sehen, aber die Körpersprache der Sklaven zeigte ihr, dass diesen Menschen der Wille gebrochen worden war. Sie waren nicht mehr als Geister, die in zerlumpter und zerfetzter Kleidung auf ihren Herren warteten.

Ein Mann tauchte auf. Groß und bullig, hielt er eine Peitsche in der Hand. Er brüllte die Gefangenen an, die sich langsam in Bewegung setzten. Wer nicht schnell genug ging, bekam die Peitsche zu spüren und das war fast jeder, denn Männer wie Frauen bewegten sich, als würden sie durch zähen Schlamm waten.

Abby verfolgte, wie die Gestalten immer kleiner wurden und dann in den Feldern verschwanden. Wo war Jean?

Wenn sie doch nur ein Fernglas hätte.

Der Mann, der die Trommel geschlagen hatte, ging hinüber zum Haupthaus. Kurz darauf führte er eine Frau an seinem Arm hinaus in den Hof. Auch sie bewegte sich wie in Trance. Noch eine Sklavin, dachte Abby.

Die Frau war barfuss und trug ein einfaches weißes Leinenkleid, dem man ansah, dass es schon seit langem nicht mehr gewaschen worden war. Ihr Gesicht wurde durch einen Strohhut verdeckt, den sie jetzt abnahm. Blondes langes Haar fiel über ihre nackten Schultern.

Abbys Herz setzte zwei Schläge lang aus.

Da unten ging ihre Schwester und blinzelte verstört in die Sonne.

Patrick Ferre und Julius Castor standen am Fenster und blickten hinaus in den Hof. Auch sie beobachteten Linda Summers bei ihren zögerlichen Schritten, sahen, wie sie verwirrt stehen blieb und versuchte, sich zu orientieren. Beide wussten, dieser Versuch war hoffnungslos. Solange die Zombies regelmäßig das Gift bekamen, konnten sie sich zwar einfache Fragen stellen, aber sie fanden keine Antworten.

Fragen wie: wer bin ich? Wo bin ich? Was tue ich hier?, blieben für alle Ewigkeit unbeantwortet. Sie mischten ihnen das Gift unter das Essen, das sie zweimal am Tag, mittags und abends, erhielten. So war es am einfachsten. Gefahr bestand allerdings bei den Gefangenen, die sich weigerten zu essen. Ihnen konnte es gelingen, wieder einen Teil ihres Bewusstseins zu erlangen und das musste verhindert werden. Die Aufseher kontrollierten nach jeder Mahlzeit, ob die Näpfe leer gegessen waren. Wer nicht aß, wurde so lange geprügelt, bis er aß.

Linda Summers streckte sich in einer anmutigen Bewegung. Sie wirkte wie ein Kind, verloren in einem immer währenden Traum. Mehrmals am Tag wurde sie aus ihrer Zelle im Keller des Haupthauses in den Hof geführt, aber immer erst, wenn die anderen Gefangenen auf den Feldern oder in ihrer Baracke waren. Nichts sollte ihr naives Glück stören, dafür hatte Patrick gesorgt. Es war das einzige Mal, dass er sich gegen seinen Stiefvater hatte durchsetzen können, der Linda umbringen lassen wollte. Castor hatte etwas von einem lebenden Spielzeug geknurrt, aber nachgegeben. Nach ihren neuesten Differenzen wusste Patrick allerdings nicht, wie sicher das Leben von Linda Summers noch war. Aber selbst, wenn Castor ihr nichts antat, war dies kein Zustand. Sie konnte sich ohne fremde Hilfe nicht allein anziehen. Das Essen musste man ihr einflößen. Und oft vergaß sie sich und verrichtete ihren Stuhlgang an der Stelle, an der sie gerade ging oder stand. Ferre hatte eigens einen Mann abgestellt, der Linda versorgte. Das war zwar keine besonders glückliche Lösung, aber auf der Plantage arbeiteten außer den weiblichen Sklaven keine Frauen. Lindas Bewacher war ein alter Mann, also war von dieser Seite aus nichts zu befürchten, und er kümmerte sich mit hinreißender Herzlichkeit um seinen blonden Engel, wie er sie nannte.

»Sie ist wunderschön«, meinte Ferre zu sich selbst.

»Bald wirst du sie satt haben«, knurrte Castor.

Patrick hatte nicht bemerkt, dass er laut gesprochen hatte. Er drehte sich zu seinem Stiefvater.

»Mitchard liegt ans Bett gefesselt in der Baracke. Was hast du mit ihm vor?«

Über Castors Gesicht kroch ein bösartiges Lächeln. »Die Sau hat mich genug Geld gekostet. Es wird Zeit, dass er etwas davon abarbeitet.«

»Du willst ihn auf die Felder schicken?«, fragte Ferre verblüfft.

»Was sonst?«

»Er wird keine drei Monate durchhalten. Dazu ist er nicht kräftig genug.«

»Und? Dann verreckt er eben. Aber bis dahin soll er schuften.«

Der Abend kam näher. Die Sonne schickte ihre letzten schwachen Strahlen über die Hügel. Nur noch etwa zwei Stunden bis zum Anbruch der Nacht, und noch immer hatte Abby Jean nicht entdecken können.

Zweimal nur hatte sie ihren Beobachtungsposten in der ganzen Zeit verlassen. Das eine Mal war sie zurück zum Wagen geschlichen, um nach etwas zu suchen, das sie als Waffe verwenden konnte. Aber sie fand nur einen schweren Wagenheber und ein verrostetes Radkreuz. Beides zu schwer und zu unhandlich.

Das andere Mal hatte sie ihr brennender Durst zum Bach getrieben. Es war zwar nicht so heiß wie in den letzten Tagen, aber die Sonne trocknete ihren Körper aus. An den ungeschützten Händen hatte sie inzwischen einen schweren Sonnenbrand und ihr Nacken juckte höllisch. Fliegen hatten sie den ganzen Tag über geplagt, aber Abby hatte nicht gewagt, sie zu verscheuchen. Sie durfte sich keine Bewegung erlauben, die man auf der Plantage entdecken konnte.

Linda war gegen vier Uhr am Nachmittag noch einmal für eine halbe Stunde in den Hof geführt worden. Es schmerzte Abby, ihre Schwester in diesem Zustand zu sehen, aber vorerst konnte sie nichts unternehmen. Sie musste auf die Nacht warten.

Ein paar Minuten hatte Abby darüber nachgedacht, die Polizei zu rufen, aber sie hatte diesen Gedanken gleich wieder verworfen. Die Behörden waren korrupt und würden ihr nicht helfen. Im Gegenteil, wahrscheinlich würden sie eher die Besitzer der Farm warnen und Linda und Jean würden an einen anderen Ort verschleppt oder getötet, damit es keine Zeugen gab. Nein, sie musste das allein durchziehen.

Die Arbeiter kamen zurück von den Feldern und standen nun sinnlos im Hof herum. Keiner sprach mit dem anderen. Sie wirkten wie eine Herde Schafe, die ihre Hirten verloren hatten und nun nicht wussten, in welche Richtung sie gehen sollten.

Ein hoch gewachsener Mann verließ das Haupthaus und überquerte den Hof mit großen Schritten. Abby glaubte Patrick Ferre zu erkennen, aber der Mann wandte ihr den Rücken zu und ging zu schnell, als dass sie sich hätte sicher sein können.

Kurz darauf kam er aus der Baracke zurück und zog jemanden hinter sich her. Es war Jean. Mit hängendem Kopf trottete dieser Ferre hinterher. Beide erkannte Abby augenblicklich. Es konnte keinen Zweifel geben. Da unten war der Mann, in den sie sich fast verliebt hatte, und zerrte den Mann, der ihr bei ihrer Suche nach Linda geholfen hatte, über den Hof, als ziehe er einen jungen, widerspenstigen Hund auf den Dressurplatz.

Mitchard war nicht gefesselt, aber er leistete auch keinen Widerstand, machte keine Anstalten zu fliehen. Sein

Kopf pendelte beim Gehen willenlos auf seinem Hals. Die Hände hielt er nach vorn ausgestreckt, als wolle er Ferre anflehen. Jean schien den Verstand verloren zu haben, oder aber er stand unter Drogen und bekam nicht mehr mit, was um ihn herum geschah.

Abby dachte über die Wirkung der Gifte nach, die ihr Mitch Stanwill geschildert hatte. Sie hatte das Gift unterschätzt. Es hinterließ deutlichere Spuren als erwartet. Jean war verloren. Ohne ihre Hilfe würde er für den Rest seines Lebens dahinvegetieren. Gleich zwei Menschen zu befreien, die beide nicht recht bei Sinnen waren, würde nicht einfach werden.

Ferre schleppte Mitchard bis zu einer Stelle am Zaun und ließ ihn dort stehen, bevor er selbst wieder im Haupthaus verschwand.

Abby hielt die Luft an. Jean stand keine zwanzig Meter von ihr entfernt und blickte in ihre Richtung. Die Wächter waren nicht in der Nähe, sondern behielten die anderen Gefangenen im Auge. Abby erhob sich ein wenig. Jean musste sie jetzt sehen. Er starrte genau zu ihr herüber, aber es gab kein Anzeichen dafür, dass er sie auch sah.

»Jean«, rief sie leise.

Nichts. Keine Reaktion.

»Jean.«

Mitchard glotzte noch immer unbeweglich in ihre Richtung. Abby musste es wagen. Sie presste sich noch enger auf den Boden und kroch langsam vorwärts. Zentimeter für Zentimeter arbeitete sie sich voran. Spitze Steine rissen ihre Hände auf, aber sie beachtete den aufkommenden Schmerz nicht.

Schließlich trennten sie noch zehn Meter.

Dann nur noch fünf Meter.

»Jean«, raunte sie. Mitchard reagierte nicht.

Abby erreichte den Zaun. Ein verdorrter Busch

schützte sie vor etwaigen Blicken, aber lange konnte sie hier nicht bleiben, ohne entdeckt zu werden.

»Jean«, versuchte sie es noch einmal.

Endlich zeigte er eine Reaktion. Seine Pupillen weiteten sich. Der Kopf ruckte nach unten. Er erkannte sie.

»A ... A ... Abby«, murmelte er leise, so als hätte er große Schwierigkeiten, sich an ihren Namen zu erinnern.

»Ja, Jean. Ich bin da«, flüsterte sie. »Heute Nacht hol ich dich da raus.«

Aber sein Blick war schon wieder leer geworden. Seine Augen glänzten stumpf, als er sich abwandte und zurück zum Hof schlurfte.

26.

Der Mond stand als leuchtende Scheibe am Himmel. Wie eine polierte Münze glänzte seine Oberfläche in der Nacht. Abby schlich zwischen den niedrigen Büschen und Felsen zum Zaun. Das Licht war ausreichend und sie konnte ihren Weg genau ausmachen, allerdings barg der Schein des Mondes auch die Gefahr, entdeckt zu werden.

Nur noch ein Wächter hielt sich in der Nähe des Tores auf. Der andere war vor zwei Stunden in einem der kleinen Häuser verschwunden. Abby kroch am Zaun entlang, bis sie eine Stelle erreichte, die vom Mond nicht beschienen wurde, weil ein hoher Steinbrocken seinen Schatten über den Draht warf. Sie richtete sich auf.

Ihre Augen wanderten den Maschendraht entlang. Der Zaun schien nicht unter Strom zu stehen. Wenn es einen Signaldraht gab, der bei unbefugtem Betreten einen Alarm auslöste, so war er nicht zu sehen. Abby verstand nichts von Sicherheitseinrichtungen, aber sie ging davon aus, dass sich der Farmbesitzer auf die Höhe des Zaunes und seine bewaffneten Wächter verließ. Aber sie hatte sowieso keine Wahl. Sie musste über den Zaun, wenn sie Jean und Linda retten wollte.

Wie sie es allerdings bewältigen wollte, zwei fast debile Menschen dazu zu bringen, über einen drei Meter hohen Zaun zu klettern, war ihr nicht klar. Sie würde sich etwas einfallen lassen müssen, denn Jean und Linda sahen nicht so aus, als könnten sie eine derartige Leistung vollbringen. Zur Not würde sie versuchen, den Landrover zu stehlen und durch das geschlossene Tor jagen. Eine andere Möglichkeit sah sie nicht.

Abby fasste nach dem Zaun. Ihre Finger griffen zwischen die Maschen. Sie zögerte einen Moment. In ihrem Geist hörte sie bereits Alarmsirenen losgehen, aber nichts geschah. Sie schnaufte zweimal tief, dann zog sie sich hoch.

Den Zaun hinaufzuklettern war nicht schwierig, aber als sie sich auf die andere Seite schwang, verlor sie den Halt und rutschte ab. Es knackte in ihrem verletzten Fuß, als sie auf den Boden prallte. Ein flammender Schmerz jagte ihr Bein hoch, ließ sie nach Luft japsen. Abby rappelte sich auf. Mühsam stützte sie sich ab und versuchte zu stehen. Es ging. Wahrscheinlich war der alte Bruch wieder aufgegangen, aber solange sie den verletzten Fuß nicht zu sehr belastete, konnte sie sich humpelnd fortbewegen. Ihr Missgeschick ärgerte sie. Jetzt würde es noch schwieriger werden, Jean und Linda zu befreien. Und ob sie mit dem Fuß Autofahren konnte, würde sich erst zeigen, wenn sie hinter dem Steuer saß.

Abby fluchte stumm. Geduckt lief sie auf die Felder zu.

Zwischen den hohen Pflanzen fühlte sie sich sicher. Sie ging nun langsamer, um den verletzten Fuß zu schonen. Der Wind raschelte unheimlich im Zuckerrohrfeld, und es fiel Abby schwer, andere Geräusche von außerhalb zu hören. Den Wächter konnte sie nicht mehr sehen, aber sie verließ sich darauf, dass er in der Nähe des Tores bleiben würde.

Sie erreichte das Ende des Feldes und spähte zwischen den Pflanzenstängeln hinaus. Der Wächter hatte sich nicht vom Fleck gerührt und wandte ihr den Rücken zu. Er lehnte an seinem Wärterhäuschen und rauchte eine Zigarette. Das Glück schien auf ihrer Seite zu sein, denn nun musste sie die freie, beleuchtete Fläche des Hofes überqueren. Abby zählte stumm bis drei und rannte dann humpelnd los. Im Schatten eines der Häuser ließ sie sich zu Boden sinken. Ihr Fuß machte mehr Schwierigkeiten, als sie erwartet hatte. Die Schmerzen verwandelten ihr Bein in ein glühendes Eisen. Schweiß tropfte ihr von der Stirn. Ihr Atem ging keuchend. Sie gönnte sich einen kurzen Augenblick Ruhe, bevor sie die Hauswand entlang huschte. Gerade als sie um die Ecke biegen wollte, ging die Tür auf. Ein Lichtschein fiel auf die staubige Erde. Der verzerrte Schatten eines Mannes kroch darüber. Abby presste sich an die Hauswand und wartete.

Plötzlich hörte sie näherkommende Schritte. Der Wächter vom Tor kam herübergeschlendert. Abby wurde fast schlecht vor Angst. Nur noch wenige Schritte und der Mann würde sie entdecken.

Henrie Lambee stand im Türrahmen des Wohnhauses und genoss die Kühle eines kalten Bieres, als er diesen Kretin Garrie seinen Posten verlassen sah. Garrie war noch jung. Ein ungehobelter, unhöflicher Kerl, der erst seit einem Monat auf der Farm arbeitete, aber schon mehrfach dabei erwischt worden war, dass er seinen Dienst nur nachlässig versah. Der Aufseher fluchte. Dieser Idiot ließ das Tor unbewacht, nur um mit ihm ein Schwätzchen zu halten. Wenn Castor in diesem Augenblick aus dem Haus käme, könnte das eine Menge Ärger bedeuten, und zwar nicht nur für Garrie, sondern auch für ihn selbst, denn schließlich war er es gewesen, der diesen Volltrottel eingestellt hatte.

Lambee signalisierte Garrie, er möge sofort auf seinen Posten zurückkehren, aber dieser Nichtsnutz kam ungerührt auf ihn zu. Es war höchste Zeit, Garrie eine Lehre zu erteilen. Wehmütig blickte er auf das Bier in seiner Hand, dann warf er die noch halb volle Flasche nach Garrie. Er verfehlte ihn um gut einen Meter, aber Garrie verstand die Botschaft und trottete zurück zum Tor. Lambee schüttelte noch einmal den Kopf über soviel Unverfrorenheit oder Dummheit, dann wandte er sich ab und ging zurück ins Haus.

Abby seufzte erleichtert, als der Torwächter kehrt machte und der andere Mann wieder im Haus verschwand. Beinahe hätte man sie erwischt. Was das für Folgen gehabt hätte, wagte sie sich nicht vorzustellen. Da sie unbewusst den Atem angehalten hatte, verkrampften nun ihre Lungen. Abby spürte den kommenden Asthmaanfall und suchte in der Jackentasche nach ihrem Medikament, aber sie hatte den Inhalator unterwegs verloren. Wahrscheinlich war er beim Sturz vom Zaun aus der Tasche gefallen.

Jetzt bloß keinen Anfall, dachte Abby verzweifelt. Ich muss ruhig bleiben. Wenn ich mich aufrege, mache ich die Sache nur noch schlimmer. Abby schloss die Augen und bemühte sich kontrolliert zu atmen.

Tief ein- und ausatmen, befahl sie sich. Langsam löste sich die Verkrampfung in ihrem Brustkorb, aber Abby wusste, der nächste Anfall lauerte nur auf eine weitere Gelegenheit.

Sie huschte zwischen den Schatten der Häuser bis zu der Baracke, von der sie wusste, dass hier die Arbeiter schliefen. Es war ein lang gestrecktes, aus groben Holzplanken zusammengeschustertes Gebäude. Der ehemals weiße Lack blätterte von den Wänden. Sämtliche Fenster waren vergittert, aber die Eingangstür wurde nur durch einen einfachen Sperrriegel gesichert. Es gab ein knirschendes Geräusch, als Abby den Riegel zurückschob. Sie öffnete die Tür nur einen Spalt weit und schlüpfte ins Haus. Innen lehnte sie sich mit pochendem Herzen an die Wand.

Der Geruch von ungewaschenen Körpern sprang sie an. Es stank erbärmlich. Nackte Glühbirnen hingen an Kabeln von der Decke und spendeten schwaches Licht. Abby sah sich um. Vor ihr standen in zwei Reihen einfache Feldbetten, auf denen die Arbeitssklaven lagen. Manche von ihnen stöhnten, andere wiederum schnarchten laut. Ab und zu wimmerte jemand. Abby hatte das Gefühl, sich in einem Leichenschauhaus zu befinden, nur dass die Toten hier sich in unruhigem Schlaf herumwälzten.

Wo war Jean? Ihre Augen blickten fieberhaft die Bettreihen entlang, aber es war unmöglich, ihn auszumachen. Sie musste jedes Bett einzeln kontrollieren.

Abby begann mit dem ersten Bett in der linken Reihe. Tief beugte sie sich über den Schlafenden. Es war eine Frau mit wirrem Kraushaar. Abby schätzte sie auf Anfang Dreißig. Auf den nächsten vier Liegen ruhten ausnahmslos Männer, aber Jean war nicht dabei. Danach folgten wieder zwei Frauen. Dann wieder acht Betten mit Männern. Sie wechselte die Reihe und arbeitete sich wieder den Gang entlang nach oben. Jean befand sich im drittletzten Bett.

Er hatte die alte Decke mit den Füßen zur Seite geschoben und lag zusammengekauert da. Abby kniete neben ihm zu Boden. Sein Gesicht lag direkt vor ihr. Sein warmer Atem strich über sie. Abby fasste ihn an der Schulter und rüttelte ihn sanft.

Nichts.

»Jean«, flüsterte sie in sein Ohr.

Er schlug die Augen auf, blickte sie verängstigt an.

»Ich bin es, Jean. Abby.«

Mitchard blinzelte heftig mit den Augen, dann öffnete er den Mund, um zu schreien.

Abby presste Jean die flache Hand auf den Mund. Zuerst wehrte er sich gegen die Berührung, aber dann beruhigte er sich. Die meisten Arbeiter schliefen ungerührt weiter, aber direkt neben Jean richtete sich eine ältere Frau im Bett auf und begann lauthals zu jammern. Ihr blieben nur noch Sekunden, bevor einer der Wächter nach dem Rechten sehen würde.

Abby rannte zu der Frau und gab ihr eine schallende Ohrfeige. Ihre Laute verstummten abrupt. Mit weit aufgerissenen Augen starrte sie Abby an und sagte etwas auf Kreolisch.

Abby drückte ihren Körper zurück aufs Bett und sprach leise auf sie ein. Ihre Augen zuckten immer wieder zum Fenster. Die Frau schloss zufrieden die Augen. Ihr gleichmäßiger Atem verriet, dass sie wieder eingeschlafen war. Stille herrschte wieder im Saal. Abby huschte zu Jean zurück. Diesmal presste sie ihm die Hand gleich auf den Mund.

»Jean, hörst du mich?«, raunte sie ihm zu.

Seine Lider ruckten nach oben. Endlich zeigte sich so etwas wie Erkennen in seinen Augen.

»Nicke mit dem Kopf, wenn du mich verstehst.«

Er bewegte den Kopf langsam auf und ab.

»Ich nehme jetzt die Hand weg, aber du darfst nicht schreien. Versprich mir das!«

Er nickte erneut. Vorsichtig löste Abby den Griff.

»Abby«, sagte Jean. Er klang wie ein kleines Kind, das seine Mutter verloren und wiedergefunden hatte.

»Ja, ich bin hier.«

»Abby«, wiederholte er.

»Ja, Jean. Ich bin es.«

»Abby«, sagte er zum dritten Mal. Seine Intonation blieb gleich. Wie eine hängende Schallplatte wiederholte er ihren Namen.

»Kannst du aufstehen?«, fragte sie ihn.

»Abby.«

Abby fasste ihn unter den Armen und versuchte, ihn auf die Beine zu ziehen. Es war aussichtslos. Sein schlaffer Körper wog eine Tonne. So kam sie nicht weiter. Keuchend ließ sie ihn zurück auf die Liege sinken.

Was mache ich bloß? Sie suchte fieberhaft nach einer Lösung, während Jean immer und immer wieder ihren Namen aussprach.

Salz!

Mitch Stanwill hatte ihr erzählt, dass die Zombies ihr Bewusstsein wiedererlangten, wenn man ihnen Salz gab. Aber woher sollte sie jetzt Salz bekommen?

Das kleine Haus am hinteren Ende des Hofes fiel ihr ein. Rauch war aus dem Schornstein gestiegen. Da dort tagsüber bestimmt nicht geheizt wurde, konnte es sich nur um die Küche der Farm handeln. Dort würde sie Salz finden.

Abby beugte sich zu Jean hinab. »Ich gehe kurz weg, aber ich bin sofort wieder zurück. Du bleibst hier. Sei leise. Sprich nicht.«

»Abby.«

»Nein, du darfst meinen Namen nicht mehr sagen«, befahl sie. Er setzte erneut an, schwieg dann aber doch. Anscheinend war er in der Lage, einfache Anordnungen zu befolgen. Abby schöpfte wieder Hoffnung.

Sekunden später hatte sie die Baracke verlassen und hetzte zum Küchenhaus hinüber.

Als Abby zurückkam, lag Jean noch auf dem Bett. Zuerst dachte sie, er wäre wieder eingeschlafen, aber dann entdeckte sie, dass seine Augen weit offen standen.

»Da bin ich wieder.«

»Abby.«

»Mach den Mund auf.« Sie hatte nach langem Suchen etwas Salz in einem alten Tonkrug zwischen all den anderen Gewürzen gefunden, die im Küchenhaus lagerten.

Jean verstand ihre Anordnung nicht. Sie zog seinen Kopf an den Haaren in den Nacken und presste mit der linken Hand seine Lippen auseinander. Aus ihrer Jackentasche nahm sie eine Hand voll Salz und ließ es in seinen Mund träufeln. Jean verzog das Gesicht, aber dann schluckte er mehrfach hintereinander. Da Abby nicht wusste, wie viel Salz sinnvoll war, gab sie ihm alles. Schließlich klappte sie seinen Mund wieder zu, fasste mit beiden Händen sein Gesicht und sah ihn an.

»Abby«, sagte er glücklich.

Scheiße, dachte sie.

»Abby ...«

Warum wirkt ...

»... was machst du hier?«

Abby zuckte zusammen. Ihre Augen fixierten seinen Blick. Sie hatte den Eindruck, er war bei vollem Bewusstsein, aber dieser Eindruck konnte täuschen.

»Jean, verstehst du mich?«

»Ja.«

»Wie heiße ich?«

»Abby.«

»Wie genau!«

»Abby Summers.«

»Und wie heißt du?«

Sie konnte sehen, wie er die Stirn runzelte. »Weiß ich nicht. Wie heiße ich?«

O Gott, verzweifelte Abby. Er hat vergessen, wer er ist!

»Du heißt Jean Mitchard.«

»Jean Mitchard«, wiederholte er. »Ja, so heiße ich.«

»Du bist Arzt von Beruf.«

»Arzt?«, fragte er verblüfft.

»Ja, Arzt«, meinte Abby ungeduldig. »Aber das ist jetzt egal. Wir müssen hier weg. Komm mit!«

Sie fasste nach seiner Hand. Jean erhob sich unendlich langsam. Seine Knie zitterten, als er endlich stand. Abby konnte die Bewegung spüren.

»Sei leise.«

»Ja.«

»Komm!«

27.

Abby kauerte mit Jean im Schatten der Baracke und überdachte ihre nächsten Schritte. Jean würde bei ihrem weiteren Vorhaben nur eine Last und keine Hilfe sein. Er war in der Lage, einfachen Befehlen Folge zu leisten, aber in ein Haus einzubrechen, ohne dabei Geräusche zu verursachen, überstieg seine derzeitigen Fähigkeiten bei weitem. Ihn allein zu lassen, war aber auch nicht ungefährlich. Wer konnte wissen, was er als Nächstes tat? Abby steckte in der Zwickmühle.

Fünf Minuten lang wog sie alle Möglichkeiten ab, aber es gab keine Lösung. So oder so würde sie ein Risiko eingehen müssen. Sie entschied sich dafür, Jean zum Zaun zu bringen und ihm zu befehlen, dort auf sie zu warten. Im Schutz der Zuckerrohrpflanzen war er in Sicherheit und konnte nicht entdeckt werden. Allerdings nur, solange er sich nicht vom Fleck rührte.

Sie griff seine Hand fester und zog ihn entschlossen hinter sich her. Ohne Schwierigkeiten erreichten sie das Wächterhaus, aus dem Gesprächsfetzen nach draußen drangen. Nun kam der schwierige Teil. Sie musste Jean so schnell es ging über den beleuchteten Hof führen. Abby ging in die Hocke und zog Mitchard zu sich hinunter. Sie blickte ihn eindringlich an, obwohl seine Augen in der Dunkelheit kaum auszumachen waren.

»Jean, hör mir gut zu.«

»Abby?«

»Hörst du mir zu?«

»Ja.«

»Wir müssen jetzt rennen. Verstehst du das?«

»Ja.« Sein Kopf wackelte nach vorn, als habe er jeden Halt verloren.

Jesus Christus, dachte Abby. Das kann einfach nicht gut gehen.

»Wenn ich ›Los‹ sage, rennen wir so schnell wir können, bis ich ›Halt‹ sage. Verstehst du das?«

»Ja.«

»Wiederhole, was ich gesagt habe.«

»Wir rennen . . .«, meinte Jean.

»Bis . . .«, kam ihm Abby zu Hilfe.

»Bis du Halt sagst.«

Sie konnte sein glückliches Lächeln förmlich spüren. Jean Mitchard befand sich geistig auf der Stufe eines Kleinkindes.

Was habe ich ihm nur angetan?, warf sich Abby vor.

Dann gewann das rationale Denken wieder die Oberhand. Es war geschehen und sie konnte es nicht mehr ungeschehen machen. Jetzt im Augenblick zählte nur, dass sie versuchen musste, ihre Schwester zu retten. Das war der Grund, warum sie hier war und das war auch der Grund, warum Jean Mitchard all die schlimmen Ereignisse der letzten zwei Tage hatte erdulden müssen. Später würde sie versuchen, ihm zu helfen. Sie würde für ihn den besten Arzt auftreiben, den man in diesem Land finden konnte.

Denk nicht an seinen Zustand, befahl sich Abby. Denk an Linda.

Sie blickte zum Tor hinüber. Der Wächter schien sich zu langweilen und ging vor dem Zaun auf und ab. Abby beobachtete ihn intensiv. Achtzehn Schritte vor, dann ein kurzes Zögern und wieder achtzehn Schritte zurück. Sie versuchte die Zeit abzuschätzen, in der er ihr den Rücken zuwandte.

Einundzwanzig, zweiundzwanzig, dreiundzwanzig . . ., zählte Abby stumm.

Es waren genau fünfzehn Sekunden. Fünfzehn Sekunden, um mit Jean den Hof zu überqueren. Mehr nicht. Es würde verteufelt knapp werden.

Sie wartete, bis der Wächter seinen letzten Schritt in ihre Richtung machte und sich dann auf den Fersen umdrehte.

»Jetzt!«, raunte sie Jean zu und sprang auf.

Ihr Griff zog ihn erbarmungslos auf die Füße und zwang ihn zu laufen. Am Anfang dachte Abby, sie würden es bei diesem Tempo nie über den Hof schaffen, aber als sie ihren Schritt beschleunigte, hielt Jean mit. Während sie humpelnd über den staubtrockenen Boden hüpfte und dabei Jean voranzog, war ihr Blick auf den Wächter gerichtet. In Gedanken zählte sie seine Schritte mit. Der Schmerz tobte durch ihren verletzten Fuß, aber sie verbannte ihn aus ihrem Bewusstsein.

Zehn, elf, zwölf...

Bei dreizehn, nur noch zwei Meter vom Feldrand entfernt, kam Abby ins Stolpern und fiel der Länge nach hin. Durch ihre abrupten Bewegungen aus dem Gleichgewicht gebracht, sackte Jean neben ihr zu Boden, blieb aber auf den Knien hocken. Verwundert starrte er Abby an.

Abby rappelte sich wieder auf. Ihre Augen hingen wie gebannt an dem Wächter. Wenn er etwas gehört hatte, war alles aus.

Nein, der Mann ging ungerührt weiter. Sie packte Jean und riss ihn vorwärts in den Schatten des Feldes.

Im Schutz der Pflanzen wagte es Abby, tief ein- und wieder auszuatmen. Ihr Herz pumpte wie rasend, klopfte in ihrem Körper, als wolle es den Brustkorb sprengen. Neben ihr saß Jean. Sie konnte sein Gesicht kaum ausmachen, hatte aber das Gefühl, dass er lächelte. Abby ließ zwei Minuten vergehen, in denen sie wieder Kraft schöpfte.

»Jean«, sagte sie schließlich.

»Ja?«

»Ich gehe jetzt weg. Du bleibst hier. Rühr dich nicht von der Stelle.«

»Ja.«

»Hast du verstanden, was ich gesagt habe?«

»Ja.«

Ihr blieb keine andere Wahl. Sie musste gehen und Linda suchen, und konnte nur hoffen, dass Jean an Ort und Stelle blieb, sich ruhig verhielt und nicht entdeckt wurde. Abby klopfte ihm beruhigend auf die Schulter, dann wandte sie sich um. Der Wächter kehrte ihr den Rücken zu.

Abby rannte los.

Das Haupthaus wirkte bedrohlich im fahlen Licht des Mondes. Einem hungrigen Monster gleich belauerte es den Hof. Die langen Giebel des Daches warfen verzerrte Schatten auf den Boden. Abby fühlte, wie ihr die Knie bei dem Gedanken weich wurden, in dieses Haus eindringen zu müssen. Sie kauerte im Schutz eines wild wuchernden Busches, dessen intensiver Geruch ihr in der Nase kitzelte, und dachte darüber nach, wie sie ohne Werkzeug in das Haus gelangen konnte. Linda wurde hier gefangen gehalten. Aber wo genau? Das einstöckige Haus sah aus, als verfüge es über mehrere Zimmer. Linda konnte überall sein.

Abby schlich zur Haupttür. Abgeschlossen. Vielleicht gab es einen unversperrten Seiteneingang. Sie huschte zurück und umrundete das Haus. An der Rückwand stieß sie auf eine Kellertreppe, die hinab in die Dunkelheit führte. Sie erfühlte ein metallenes Geländer und stieg langsam die Stufen hinunter.

Unten herrschte vollkommene Finsternis. Das Licht des Mondes gelangte nicht bis hierher und eine künstliche Beleuchtung gab es nicht. Abby blieb nichts anderes übrig, als sich ihren Weg zu ertasten. Mit ausgestreckten Armen ging sie Schritt für Schritt weiter. Nach nur wenigen Metern erreichte sie eine Holztür. Abbys Finger entdeckten eine Türklinke. Vorsichtig schloss sich ihre Hand darum. Sie drückte die Klinke herab, und die Tür glitt geräuschlos auf.

Abby hatte nicht erwartet, dass es im Haus noch finsterer sein könnte als draußen auf der Treppe, aber hier drinnen war die Schwärze von einer solch bleiernen Kraft, die auf ihre Seele zu drücken schien. Sie schnaufte einmal. Als ihre Hände eine Wand erfühlten, tastete sie sich daran entlang.

Plötzlich ahnte sie eine Bewegung in der Dunkelheit, aber es war zu spät. Kaltes Metall presste sich in ihren Nacken.

Dann ging das Licht an.

Jean saß noch immer auf dem Boden des Zuckerrohrfeldes und malte mit den Fingern Bilder in den Staub, die er wegen der Dunkelheit nicht sehen konnte.

Hin und wieder nahm er das Blatt einer Pflanze in den Mund und lutschte daran. Er hatte großen Durst. Seine Zunge leckte über die aufgesprungenen Lippen, konnte sie aber nicht befeuchten, da sein Mund wie ausgetrocknet war.

In seinem Kopf herrschte ein heilloses Durcheinander von Bildern und Gedanken. Wie in einem Kinotheater, in dem mehrere Filme gleichzeitig auf einer Leinwand gezeigt wurden, saß sein Verstand in der ersten Reihe und versuchte den Sinn des Ganzen zu entschlüsseln. Manchmal, wenn eines der Bilder nicht zu stark von anderen überlagert wurde, erkannte er etwas.

Er sah seinen Vater, der groß vor ihm aufragte und mit ernster Miene etwas zu ihm sagte, aber er verstand die Worte nicht. Das gütige Lächeln seiner Mutter blitzte auf, dann folgten Bilder aus seiner Studienzeit. Fast schien es, als wolle Jeans Verstand sein vergangenes Leben ordnen und wieder in die richtige Reihenfolge bringen.

Durch die rasende Abfolge der Bilder in seinem Kopf bekam Jean Kopfschmerzen. Er presste beide Hände gegen den Schädel, aber der Schmerz ließ nicht nach. Seine Augen brannten hinter den geschlossenen Lidern. Und er hatte unendlichen Durst.

Wo war Abby?

Jean grübelte. Sie hatte etwas zu ihm gesagt, bevor sie gegangen war und ihn allein gelassen hatte. Was sie gesagt hatte, wusste er nicht mehr.

Ich muss Abby finden!

Durst!

Mein Kopf tut weh.

Abby. Abby. Abby.

Jean richtete sich auf und stolperte los.

»Dreh dich langsam um«, sagte die Stimme.

Unter dem Eindruck der plötzlichen, grellen Helligkeit hatte Abby die Augen geschlossen, aber sie erkannte die Stimme sofort. Patrick Ferre. Zögernd öffnete sie die Lider und drehte sich um.

Ferre stand vor ihr. Vollkommen angezogen. Sie hatte ihn also nicht durch ein Geräusch geweckt. Patrick hatte auf sie gewartet. In seiner Hand hielt er eine Waffe, deren mattschwarze Mündung bedrohlich auf ihre Brust zeigte.

Abby sah ihn an. Sein Gesicht wies zahlreiche Blutergüsse und eine tiefe Risswunde an der Wange auf. Die Nase war gebrochen und glänzte violett im Licht der Kellerlampe. Patrick war unrasiert. Schwarze Stoppeln bedeckten sein Kinn. Seine Augen lagen tief in den Höhlen, wirkten wie Kieselsteine in einem trockenen Flussbett. Er sah furchtbar aus. Sein gepflegtes Äußeres war komplett verschwunden. Er bemerkte ihren Blick und lächelte bitter. »Ja, mir ist es nicht gut ergangen in letzter Zeit. Und daran bist du nicht ganz unschuldig, Abby.«

Abby verspürte kein Mitleid mit ihm. Wäre er jetzt und hier vor ihren Augen gestorben, sie hätte befriedigt zugesehen.

»Du verfluchtes Schwein hast meine Schwester in einen Zombie verwandelt«, zischte sie ihn an.

»Das war mein Stiefvater. Nicht ich.«

»Und ändert das etwas? Du hast ihm geholfen.«

»Ohne mich wäre sie längst tot. Castor wollte sie ermorden lassen.«

»Soll ich mich jetzt auch noch bei dir bedanken?« Abbys Stimme ätzte wie Säure.

»Nein.«

»Woher wusstest du überhaupt, dass ich komme?«, fragte Abby.

»Ich habe bemerkt, dass wir verfolgt wurden. Du hast zwar die Scheinwerfer ausgeschaltet, aber jedes Mal, wenn du gebremst hast, haben deine Rücklichter aufgeleuchtet. Nachdem ich dich entdeckt hatte, war es nicht mehr schwer, dich im Schein der aufleuchtenden Blitze im Auge zu behalten.«

Abby fluchte stumm. »Wieso bist du auf die Idee gekommen, ich säße in dem Wagen?«

»Wer sonst würde mir bei einem solchen Unwetter folgen? Du bist hier, um deine Schwester zu suchen.«

»Warum hast du ihr das angetan?«

Patrick sah mit einem Mal traurig aus. »Ich habe deine Schwester gemocht, wirklich gemocht, aber eines Tages ist sie hier auf der Farm aufgetaucht und wollte mich besuchen. Die Arbeiter wurden gerade aufs Feld getrieben, als Linda am Tor stand und dem Wächter erklärte, sie wäre meine Freundin. Als ich kam, war schon alles zu spät. Linda war vollkommen aufgelöst. Sie schrie mich an und schlug auf mich ein. Sie war nicht mehr zu beruhigen und kreischte, all unsere Abnehmerverträge würden gekündigt und sie würde uns den Behörden melden. Mein Stiefvater kam hinzu und schlug sie nieder. Er schleppte sie ins Haus und wollte sie erschießen. Ich konnte ihn davon abbringen, indem ich ihm weismachte, dass der Mord an einer Ausländerin zu viel Aufmerksamkeit erregen würde, und dass es besser wäre, wenn sie eines natürlichen Todes sterben würde. Castor hat den *bokor* rufen lassen. Linda wurde vergiftet und später, als sie längst nicht mehr ansprechbar war, ins Krankenhaus gebracht, wo sie offiziell verstarb. Später habe ich sie ausgegraben und hierher gebracht.«

»Du hättest ihr helfen können«, sagte Abby verächtlich. »Du hättest deinen Stiefvater aufhalten können.«

»Ja, vielleicht hätte ich das tun sollen. Damals ging alles so schnell. Ich wusste nicht, was ich sonst hätte tun sollen. Castor war wild entschlossen, sie umzubringen. Und nur so konnte ich ihn davon abhalten.«

»Gut, jetzt weiß ich wenigstens, was mit meiner Schwester geschehen ist. Bringen wir es also hinter uns. Aber ich habe noch eine Bitte, bevor du mich tötest oder vergiftest. Ich möchte Linda noch einmal sehen.«

Patrick sah sie überrascht an. »Ich werde dir nichts antun. Ich habe hier auf dich gewartet, um dir zu helfen, um Linda zu befreien.«

»Du willst mir helfen?« Abby sah ihn misstrauisch an.

»Ja.«

»Warum?«

Er hob den Kopf an. »Sagen wir einfach, ich habe genug. Wir sind schon viel zu lange viel zu weit gegangen. Es ist an der Zeit, die Sache zu beenden.«

»Und du glaubst, du kommst ungeschoren davon, wenn du mir hilfst?«

»Nein. Ich werde meinen Teil der Verantwortung übernehmen.«

»Ich halte dich trotzdem für einen verfluchten Bastard.«

»Das weiß ich.«

Abby schwieg einen Moment, dann sagte sie: »Bring mich zu Linda.«

Jean trottete durch das Zuckerrohrfeld, ohne einen Gedanken daran zu verschwenden, in welche Richtung er lief. Immer wieder peitschten ihm Pflanzenstängel ins Gesicht, aber er spürte es nicht. Seine Welt bestand nur noch aus Durst. Die Gier etwas zu trinken war allumfassend und schloss jeden anderen Gedanken aus.

Irgendwann war das Feld zu Ende. Jean stand plötzlich im Licht. Geblendet schloss er die Augen. Seine trockenen Lippen öffneten sich und krächzten: »Abby.«

Er hörte das Geräusch sich hastig nähernder Schritte. Voller Freude darüber, dass Abby ihn gefunden hatte, ging er darauf zu.

Eine männliche Stimme fluchte, dann krachte ein Gewehrkolben in sein Genick und löschte alles aus.

28.

Ferre führte Abby durch einen Kellergang. Es roch muffig nach faulender Feuchtigkeit. An den Wänden tropfte Kondenswasser herab und bildete kleine Pfützen auf dem Steinboden. Nach wenigen Metern bog Patrick ab. Kurz darauf standen sie vor einer massiven Kellertür, die durch einen Sperrriegel gesichert wurde.

»Hier ist es«, sagte Ferre leise.

»Mach die Tür auf.« Abbys Stimme fuhr durch die feuchte Luft.

Patrick zögerte einen Moment, so als wolle er Abby die Gelegenheit geben, Atem zu schöpfen, aber dann legte sich seine Hand auf den Riegel und schob ihn zurück.

Die Tür schwang auf.

Es war ein kleiner Raum, drei auf drei Meter, der einer Gefängniszelle ähnelte, aber der Boden war trocken und das Verlies sauber. Außer einem Feldbett gab es nur einen einfachen Holztisch, auf dem eine Schreibtischlampe diffuses Licht in die Ecken warf, und einen Stuhl mit dünnen Rohrbeinen.

Linda saß auf dem Stuhl, den Rücken dem Eingang zugewandt. Sie summte leise ein Lied. Im Takt der Melodie wiegte sie ihren Kopf hin und her. Der Rest ihres Körpers blieb unbewegt. Steif, die Hände auf die Tischplatte gelegt, saß sie da und summte.

Abby trat vorsichtig näher. Aus Angst, Linda zu erschrecken, wagte es Abby nicht, sie zu berühren.

»Linda«, flüsterte sie sanft.

Die Melodie verstummte abrupt. Stille kehrte ein.

»Linda, ich bin es. Abby.«

Wie eine mechanische Puppe drehte sich Linda auf dem Stuhl herum. Sie war noch immer so schön wie früher, auch wenn die Blässe ihrer Haut sie zart und zerbrechlich wirken ließ. Ihre Haare waren ordentlich gebürstet und fielen in üppigen Locken auf ihre Schultern herab. An ihrem Körper schlotterte ein weites, einfaches Bauernkleid. Sie musste ziemlich abgenommen haben.

Lindas Augen tasteten sich durch den Raum, verweilten kurz bei Patrick, der aus dem Hintergrund näher getreten war, bevor sie auf Abby hängen blieben.

»Erkennst du mich?«, fragte Abby.

»Abby.« Kindliche Freude überzog ihr Gesicht. Sie lächelte.

Abby ging die vier Schritte zu ihrer Schwester hinüber und kniete sich vor sie. Ihre Hände umfassten Lindas Hände und drückten sie zärtlich.

»Ich bin gekommen, um dich abzuholen.«

»Wo ist Mom?«, fragte Linda. Ihr Blick huschte umher. »Ist sie nicht hier?«

»Nein, Linda, aber ich bin ja da.«

»Das ist schön.« Der nächste Satz trieb Abby die Tränen in die Augen. »Lass uns ein Lied singen.«

Linda stimmte eine Melodie an, die Abby noch aus ihren Kindertagen kannte. Es war das Lied über den Seemann, der sich in eine Meerjungfrau verliebt hatte und nun auf den Grund des Meeres sank.

Fürchte dich nicht und folge mir
Unser Himmel ist die Nacht
Zum Grund des Meeres wollen wir
Bald ist alles vollbracht.

»Linda, verzeih mir, aber wir können jetzt nicht singen. Wir müssen gehen«, unterbrach sie Abby.

»Wohin?«

»Nach Hause.«

»Das ist schön.«

Abby umschloss Lindas Hände fester und zog sie auf die Füße.

»Wo sind deine Schuhe?«, fragte sie, als sie sah, dass ihre Schwester barfuß war.

»Unter dem Bett.«

Abby bückte sich danach und zog sie hervor. Es waren einfache Leinensandalen mit einer geflochtenen Bastsohle. Sie hielt die Schuhe so, dass Linda hineinsteigen konnte.

»Bist du soweit?«, fragte Abby.

Die Antwort war ein glückliches Lächeln.

Patrick Ferre hatte die ganze Zeit geschwiegen und die beiden Schwestern beobachtet. Er wollte Abby gerade auffordern sich zu beeilen, als ein harter Gegenstand in seinen Rücken gepresst wurde.

»Mach eine falsche Bewegung und das Ding bläst deine Gedärme an die Wand!«, knurrte die Stimme seines Stiefvaters.

Ferre war viel zu überrascht, um reagieren zu können. Er wusste, dass der Alte ihn mit seiner doppelläufigen Schrotflinte bedrohte. Jeder Versuch, Widerstand zu leisten, hätte seinen Tod bedeutet.

»Los, zur Seite!«, befahl Castor.

Patrick zog sich an die linke Wand der Zelle zurück. Die Waffe folgte seinen Bewegungen, schwenkte dann aber auf Abby, die mit kreidebleichem Gesicht Julius Castor anstarrte. Linda stand neben ihr und trippelte ungeduldig mit den Füßen.

»Halten Sie Ihre Schwester fest. Wenn Sie einen Schritt macht, schieße ich.«

Abby schob Linda zurück zum Stuhl und sagte ihr, sie solle sich setzen. Gehorsam nahm Linda Platz.

»Bring ihn rein!«, rief Castor über seine Schulter, ohne seine Gefangenen aus den Augen zu lassen.

Ein Wächter erschien. Es war der Mann vom Tor. Grob stieß er Jean in den Raum, der vor dem Tisch zusammensackte und sich nicht mehr rührte.

»Da haben wir ja alle beisammen.« Castor hatte die Augen zusammengekniffen und fixierte einen nach dem anderen. »Sie müssen Abby Summers sein.« Es war keine Frage und Castor schien auch keine Antwort zu erwarten. Er wandte sich wieder an Patrick.

»Du bist genauso ein Schwächling wie dein Vater«, knurrte er.

Ferre blickte ihn schweigend an, aber Abby sah aus dem Augenwinkel, wie sich seine Hände zu Fäusten ballten.

»Habe ich dir schon von der Nacht erzählt, in der er starb?«, fuhr Castor ungerührt fort. Er grinste. »Ich fand ihn am hinteren Ende des Feldes. Er saß auf dem Boden, war sturzbetrunken und weinte. Die wenigen Arbeiter, die ihm noch geblieben waren, weigerten sich auf die Felder zu gehen, solange er die ausstehenden Löhne nicht bezahlte. Die Bank saß ihm im Genick. Mehrere Zuckerrohrhändler hatten ihm die Abnehmerverträge gekündigt. Er war verzweifelt, jammerte, dass er seine Familie nicht durchbringen könnte, wenn er die Plantage verlor. Er bat mich um Hilfe.«

»Was hast du getan?«, presste Patrick zwischen den Lippen hervor.

»Dein Vater klammerte sich wie ein Kleinkind an meine Hosenbeine. Ich schlug seine Hand weg und sagte ihm, er solle sich wie ein Mann benehmen. Dann bin ich weggegangen. Wenige Stunden später fand ihn einer der Arbeiter. Er hatte sich aufgehängt.«

»Du Schwein«, ächzte Ferre. »Er hatte auf deine Hilfe gehofft und du hast ihn im Stich gelassen.«

»Ja, ich hatte andere Pläne. Am gleichen Abend noch bin ich zu deiner Mutter gegangen und habe ihr einen Vorschlag gemacht. Ich sagte ihr, wenn sie mich heirate, würde ich dafür sorgen, dass sie die Farm behalten könne.«

»Was hat sie gesagt?«, fragte Patrick, obwohl er die Antwort bereits ahnte.

»Sie ohrfeigte mich und warf mich aus dem Haus. Am nächsten Abend ging ich wieder hin. Sie schlug mich wieder und sagte, ich solle verschwinden. So ging es eine Woche lang. Als ich am achten Tag auftauchte, hielt sie einen Brief von der Bank in der Hand, in dem ihr alle laufenden Kredite gekündigt wurden. An diesem Abend hat sie mich hereingebeten.«

Abby sah, dass Patrick unkontrolliert zu zittern begann. Sein Gesicht hatte alle Farbe verloren, der Mund war nur noch ein harter Strich. Dann entspannte er sich wieder.

»Das alles habe ich nicht gewusst«, sagte er mit einer ruhigen Stimme, die Abby verblüffte. »Aber es spielt auch keine Rolle mehr. Ich habe dich immer gehasst.«

Noch nie hatte Abby jemanden gesehen, der sich so schnell bewegte. In einer einzigen fließenden Bewegung zog Patrick Ferre seinen Revolver aus dem Hosenbund und feuerte los. Die Kugel traf Castor in die linke Schulter. Die Wucht des Einschusses warf ihn gegen den Wächter, aber es gelang ihm noch, den Abzugshahn der Schrotflinte nach hinten zu reißen. Mit ohrenbetäubendem Knall entluden sich beide Läufe. Ferre wurde in die Luft gehoben und gegen die Wand geschleudert. Einen Moment lang stand er aufrecht. Sein Kopf senkte sich und er betrachtete erstaunt seinen aufgerissenen Leib, dann sackte er in sich zusammen. Sein Blut an der Wand war wie ein tanzender Schatten, der ihm folgte.

Abby spürte einen stechenden Schmerz in ihrem Gesicht. Als sie mit der Hand danach tastete, stellte sie fest, dass sie ebenfalls blutete. Eine der von der Wand abprallenden Schrottkugeln musste sie getroffen haben. Sie wirbelte zu Linda herum, die mit offenem Mund und weit aufgerissenen Augen, aber scheinbar unverletzt, auf ihrem Stuhl saß. Jean Mitchard zuckte am Boden, als habe er Krämpfe.

Mittlerweile hatte der Wächter Castor gepackt und aus dem Kellerraum herausgezogen. Nun schlug er die Tür zu und schob den Riegel vor.

Abby stand mitten im Raum und starrte die geschlossene Tür an. Sie war nicht in der Lage, einen klaren Gedanken zu fassen. Patricks Stöhnen riss sie in die Wirklichkeit zurück. Sie ging zu ihm hinüber.

Es war ein Wunder, dass er noch am Leben war. Sein gesamter Unterleib war zerfetzt. Es war ein schrecklicher Anblick, wie er da auf dem Boden lag, die Hände auf den Bauch gepresst, als versuche er, seine Gedärme festzuhalten. Blut strömte zwischen seinen Fingern hervor, floss über seine Hosenbeine auf den Boden und bildete dort eine dunkle Lache, die ständig größer wurde. Seine Augen standen offen und blickten Abby traurig an. Er versuchte etwas zu sagen.

»Abby . . .«

Ein Klappern vor der Kellertür lenkte sie ab. Dann war es wieder still. Plötzlich bemerkte Abby einen scharfen Geruch. Unter dem Türspalt floss eine klare Flüssigkeit in die Zelle hinein.

Benzin!

Castor wollte sie bei lebendigem Leib verbrennen. Ein seltsames, leises Knistern war zu hören, als raschele jemand mit Seide.

Entsetzt sah Abby, wie sich eine glühende Schlange in den Raum fraß und das Benzin entzündete. In Sekundenschnelle schlugen Flammen nach allen Richtungen. Der Teppich begann zu brennen. Abby packte das noch unberührte Ende des Teppichs und schlug es über den brennenden Teil, aber es war zu spät. Die Tür hatte ebenfalls Feuer gefangen. Feurige Zungen leckten gierig über das Holz. Panik stieg in Abby auf.

Sie hetzte zu Linda, zog sie auf die Beine und stellte sie ans hintere Ende des Raumes, wohin das Feuer noch keinen Weg gefunden hatte. Dann packte sie Jean und schleifte ihn neben ihre Schwester. Der junge Arzt stöhnte leise, als sie ihn auf den Boden legte.

Eine Stimme krächzte heiser ihren Namen.

Patrick.

Sie ging zu ihm hinüber. Seine Augen waren vollkommen klar, als er sie eindringlich ansah. Seine Hand zuckte unruhig umher.

Er versuchte, ihr etwas zu sagen.

Abby beugte sich tief über seinen Mund.

»Nimm ... den ... Revolver ...« Das Sprechen fiel ihm schwer, aber mit übermenschlicher Willensanstrengung flüsterte er weiter. »Schieß ... das ... Schloss ... aus ... der ... Tür.«

Abbys Augen huschten über den Boden, entdeckten die Waffe inmitten der Blutlache. Sie griff danach.

Der Revolver fühlte sich durch das warme Blut wie ein lebendiges Wesen an. Ihre Hand umschloss den Griff fest. Sie richtete sich auf und ging zwei Schritte auf die Tür zu, die nun vollkommen in Flammen stand. Der Qualm des brennenden Holzes drang in ihre Lungen. Ihre Bronchien verkrampften sich. Ein Asthmaanfall stand kurz bevor.

Mit tränenden Augen versuchte Abby in all dem Rauch die Stelle an der Tür zu finden, an der sich der Sperrriegel befinden musste. Ihr blieb nicht mehr viel Zeit. Das Feuer war nun überall und drohte den Raum zu verschlingen. Plötzlich bekam sie keine Luft mehr. Sie hustete würgend, aber es half nicht.

Ich werde sterben, dachte sie.

Dann zwang sie ihre Hand zur Ruhe und feuerte auf die Tür.

Castor hatte sich mit seinem gesunden Arm auf den Wächter gestützt und schwankte die Kellertreppe hinauf. Er hatte die oberste Stufe noch nicht erreicht, als draußen im Hof Schüsse erklangen. Menschen schrien. Das Rattern eines Maschinengewehres zerfetzte die Nacht.

Er humpelte nach oben und blickte sich um. Die Morgendämmerung färbte den Himmel über den Bergen blutrot. In ihrem schwachen Licht sah Castor, wie ein Polizeijeep auf das geschlossene Tor zuraste, aber von einer Feuersalve aus dem Maschinengewehr gestoppt wurde.

Was zum Teufel war hier los?

Seine Wächter hatten sich hinter umgestürzten Fässern verschanzt und schossen auf alles, was sich hinter dem Tor bewegte. Castor beobachtete, wie ein nach vorn stürmender Polizist von den Kugeln durchsiebt wurde und zu Boden sackte. Die Gegenwehr der kaum sichtbaren Polizeikräfte war zunächst noch schwach, aber nach und nach schlug den Verteidigern ein konzertiertes Feuer entgegen. Castor sah, wie zwei seiner Leute starben und ein weiterer verwundet hinter die Baracke der Arbeiter kroch. Eine Kugel pfiff an seinem Kopf vorbei und er duckte sich.

Woher kam die Polizei? Warum war er nicht gewarnt worden?

Diese englische Schlampe musste die Behörden informiert haben, eine andere Erklärung dafür gab es nicht.

Castor wußte in diesem Augenblick, dass es nichts mehr zu retten gab. Am Tor lagen tote Polizisten, diesmal würden ihm auch Bestechungsgelder nicht aus der Klemme helfen. Er musste von hier verschwinden, solange er noch konnte.

Noch wagte die Polizei keinen weiteren Sturmangriff

auf das Tor, aber es war nur eine Frage der Zeit, bis sie den Widerstand überwunden hatten.

Castor wandte sich an den Wächter, der ihn die Treppe hinaufgeschleppt hatte.

»Hol meinen Wagen. Der Schlüssel steckt.«

Der Mann zitterte vor Angst.

»Hol den verdammten Jeep!«, fuhr ihn Castor an.

Der Wächter rührte sich nicht. Castor nahm ihm das Automatikgewehr aus der Hand und schoss ihm in den Kopf.

Im Schutz des Haupthauses rannte er zu dem großen Geländewagen.

Das Krachen des abgefeuerten Revolvers weckte Jean aus seiner Lethargie. Verwirrt schlug er die Augen auf. Um ihn herum tobte das Feuer. Es war drückend heiß. Der Schweiß lief ihm aus allen Poren und trieb das restliche Gift aus seinem Körper.

Wo bin ich?, fragte er sich.

Er richtete sich auf und blickte sich um. Als Erstes sah er Abby, die mit dem Rücken zu ihm stand und auf etwas schoss, das er nicht erkennen konnte. Jean wandte sich um. Direkt neben ihm stand eine fremde Frau und glotzte dumpf vor sich hin.

Linda Summers?

Es musste Abbys Schwester sein. Jean erkannte sie von dem Foto, das Abby ihm gezeigt hatte. Aber wie kam sie hierher? Und wo waren sie? Der Raum, in dem sie sich befanden, gab darüber keinen Aufschluss. Warum brannte es hier? Warum löschte niemand das Feuer oder rief um Hilfe? Was war geschehen?

Das Denken fiel ihm schwer. Jean presste beide Hände gegen den Schädel. Als er den Kopf drehte, sah er Patrick Ferre auf dem Steinboden liegen. Er war verletzt, oder tot. Sein Leib war aufgerissen. Blut strömte daraus hervor.

Was war hier los?

So sehr er sich auch bemühte, er fand keine Antwort auf seine Fragen, aber er fand eine Wut in sich, einen lodernden Zorn, der sich in seinen Geist drängte. Warum er so wütend war, wusste Jean nicht, aber ein unbändiger Hass hatte alle anderen Gefühle verdrängt.

Jean ballte die Fäuste, bis die Knöchel knackten.

Der Revolver war leergeschossen. Die Tür schien unversehrt. Abby konnte durch den vielen Rauch nicht sehen, ob sie beschädigt war, aber sie machte sich keine Hoffnung mehr. Ihre Lungen keuchten nach Luft, aber es war zu spät, der Asthmaanfall überrollte Abby mit der Wucht eines Güterzuges. Ihr Körper verkrampfte sich. Sie sank zu Boden.

Plötzlich hob sich ein dunkler Schatten gegen die Flammen ab. Es war Jean, aber wie sollte er ihr helfen?

Mitchard beugte sich zu ihr hinab. Seine Augen funkelten gespenstisch. Auf seinem Gesicht spiegelte sich der Feuerschein. Er hatte die Zähne fest zusammengepresst. Seine Kiefer mahlten. Er wirkte sehr, sehr zornig. Und entschlossen.

Seine Hände packten sie, hoben sie hoch. Dann umschlossen seine Arme ihren Brustkorb und drückten ihn zusammen. Sofort ließ der Druck auf ihren Lungen nach. Abby bekam wieder Luft. Schnaufend atmete sie ein. Der Rauch ließ sie heftig husten.

Jean ließ sie los, drehte sie um und blickte sie intensiv an. Ihre Augen tränten. Hinter dem diffusen Schleier wirkte er wie ein Fabelwesen aus einer anderen Welt.

»Was ist passiert?«, fragte Jean mit einer seltsamen Ruhe, die Abby angesichts des Feuers nicht verstand. »Wo sind wir hier? Warum brennt es?«

»Das kann ich dir jetzt nicht erklären«, krächzte Abby heiser. »Wir müssen hier raus!«

Jean blickte zu den Flammen. »Ich weiß.«

»Die Tür ist von draußen verriegelt.«

Sein Kopf drehte sich unendlich langsam in Richtung Tür. Seine Miene verzerrte sich. Abby sah seine Nasenflügel beben.

Plötzlich rannte Jean los. Er warf sich mit seinem vollen Körpergewicht gegen die brennende Tür. Das Holz zersplitterte. Die Tür wurde aus den Angeln gerissen und krachte nach draußen in den Gang. Funken stieben zur Decke.

Sekundenlang war Jean aus Abbys Blickfeld verschwunden, als er wieder im Türrahmen auftauchte, wirkte er noch unheimlicher als zuvor. Sein linkes Ohr war eingerissen. Blut lief ihm über die Wange hinab. Das Gesicht war zerkratzt und mit Ruß verschmiert. Seine Augen waren darin kaum auszumachen. Er ging auf sie zu.

»Ich nehme Linda. Hilf du Patrick«, sagte Abby zu ihm.

Sein Blick streifte über den am Boden liegenden Ferre.

»Er ist tot«, stellte er fest.

Abby sah Jean an, entdeckte aber keine Gefühlsregung in seiner verschlossenen Miene. Mitchard war eindeutig wieder bei klarem Verstand, aber er wirkte sonderbar, so als habe er seine Emotionen nicht im Griff. In einem Moment wirkte er zornig, nur um im nächsten Augenblick wieder völlig gefühllos zu scheinen.

Jean ging zu Linda Summers hinüber. Er sah sie kurz an, dann packte er sie und warf sie sich über die Schulter, als wöge sie nicht mehr als ein Kleinkind.

»Gehen wir«, sagte er tonlos.

Als sie die Kellertreppe emporgestiegen waren, stießen sie auf die Leiche des Wächters. Wie eine zerbrochene Puppe lag er im klaren Morgenlicht und starrte aus gläsernen Augen in eine andere Welt. Abby sah das Einschussloch in seiner Stirn und schauderte.

Vereinzelt erklangen noch Schüsse, aber schließlich kehrte Stille ein. Der Hof sah aus, als wäre ein Orkan darüber gefegt. Umgestürzte, leere Fässer waren über den Staub verteilt. Leichen lagen dahinter, manche sogar direkt darüber, als wollten sie das rostige Metall umarmen. Ein Verwundeter kreischte nach Hilfe. Abby zählte mindestens acht Tote, als sie langsam in den Hof schritt. Jean trug Linda schweigend hinter ihr her.

Plötzlich kam am Tor Bewegung auf. Erst jetzt entdeckte sie den verunglückten Polizeijeep, der wie eine Schildkröte auf dem Rücken lag, die zerfetzten Reifen reckten sich anklagend zum Himmel. Auch dort lagen Leichen, aber Abby konnte nicht sehen, wie viele es waren. Hier musste ein regelrechter Krieg stattgefunden haben. Anscheinend war die Polizei auf erbitterten Widerstand gestoßen. Nun lebte bis auf den schreienden Verwundeten niemand mehr. Abbys Blick streifte die Baracke der Arbeiter. Kein Laut drang von dort nach außen. Die Tür war verriegelt. Entweder waren auch dort alle tot oder die Sklaven waren derart verängstigt, dass sie es nicht wagten, sich zu rühren. Plötzlich überfiel Abby eine grenzenlose Erschöpfung. Ihre Beine zitterten. Sie musste sich hinsetzen. Die Ereignisse der letzten Tage waren zu viel gewesen. Sie hustete und spuckte schwarze Klumpen in den Staub.

Urplötzlich jaulte der Motor eines Wagens auf, dann durchbrach eine schwere Polizeilimousine den Zaun neben dem Tor und raste auf sie zu. Mit blockierenden Rädern bremste das Fahrzeug vor Abby ab. Männer in Uniformen sprangen aus dem Wagen.

Ein Polizeioffizier trat heran und betrachtete sie eingehend. Er war ein großer Mann mit mächtigem Brustkorb, dessen Uniform spannte. Sein schwarzer Schädel war kahl, obwohl er erst knapp dreißig Jahre alt sein konnte. Kleine, zusammengekniffene Augen musterten sie eindringlich.

»Sind Sie Abby Summers?«, fragte er auf Englisch.

Danksagung

Zuerst geht wie immer mein Dank an meine Frau Gabriele, die trotz der Tatsache, dass wir eine kleine Tochter bekamen, mir den Rücken freihielt, damit dieses Buch geschrieben werden konnte.

Vielen Dank an Petra und Jean-Marie Christ, die mir ihr Haus im Elsass zur Verfügung stellten, damit ich die Ruhe und Abgeschiedenheit fand, die ich beim Schreiben brauche.

Besonderen Dank geht an meinen guten Freund Andreas Eschbach, der sehr viel Zeit und Mühe investiert und dieses Buch Korrektur gelesen hat.

Dank auch an Thomas Thiemeyer. Wie immer waren deine Tipps wertvoll und sind in dieses Buch eingeflossen.

Ich möchte mich auch bei meiner Geschäftspartnerin und guten Freundin Petra Laipple bedanken, die mich während der Zeit, in der dieses Buch entstand, in unserer gemeinsamen Buchhandlung vertrat.

Dank an Alexander Bühler für deine immer währende Freundlichkeit und Hilfsbereitschaft.

Ich danke meiner kleinen Tochter Anna dafür, dass sie so viel Freude und Sonnenschein in mein Leben gebracht hat. Für dich wurde dieses Buch geschrieben.

Rainer Wekwerth 2004

Abby nickte.

»Mein Name ist Benedict Barton. Ich bin William Bartons jüngerer Bruder. Er hat mir Ihren Brief gegeben. Wir kamen so schnell wir konnten, mussten uns aber den Weg regelrecht freischießen. *Tontons!*« Er spie verächtlich auf den Boden.

»Das ist also Ihre Schwester, und das, nehme ich an, ist Jean Mitchard, der Arzt, der Ihnen behilflich war.«

»Ja.«

Barton sah sich langsam auf dem Hof um. Sein Gesicht zeigte keinerlei Regung angesichts der vielen Toten.

»Wo ist dieser Bastard Castor und sein elender Sohn?«

»Patrick Ferre ist tot«, erklärte Abby. »Er liegt unten im Keller. Sein Stiefvater hat ihn erschossen. Wo Castor ist, weiß ich nicht.«

»Na, hier ist er jedenfalls nicht«, knurrte Barton. Er bellte einige Befehle an seine Männer, die losstürmten, um die Gebäude abzusuchen.

Zehn Minuten später war klar, dass Castor die Flucht gelungen sein musste. Die Reifenabdrücke des schweren Geländewagens führten direkt ins Zuckerrohrfeld, und die Beamten fanden rasch die Stelle, an der Castor den Zaun durchbrochen hatte und auf einen schmalen, ungepflasterten Weg abgebogen war. Barton fluchte in einem fort.

»Dieser Mistkerl ist bestimmt schon in der Dominikanischen Republik.«

Abby war zu müde, um sich darüber noch aufzuregen. Ihr Blick fiel auf Jean, der noch immer im Gesicht und am Ohr blutete.

»Er braucht einen Arzt.« Sie nickte in Jeans Richtung.

»Ich bringe Sie jetzt alle drei ins Krankenhaus nach Cap Haïtien«, sagte Barton.

Er befahl einem der Beamten den Wagen vorzufahren. Als sich Abby in die weiche Polsterung sinken ließ, dauerte es keine drei Sekunden und sie war eingeschlafen.

29.

Eine Woche war vergangen. Abby stand neben Linda am Abflugschalter und reichte der Dame hinter dem Tresen ihre Tickets. Sie hatten nur wenig Gepäck und innerhalb von wenigen Minuten war die Prozedur beendet.

Abby nahm Linda an der Hand und ging mit ihr zur Wartehalle hinüber. Jean Mitchard blickte von einem Magazin auf, in dem er geblättert hatte, während die beiden Schwestern eincheckten.

»Wann geht dein Flug?«, fragte er Abby.

»In knapp einer Stunde«, antwortete sie.

»Mhmm.«

Abby führte Linda zu einem der Sessel und sagte ihr, sie solle sich hinsetzen.

»Die Ärzte haben keine Hoffnung, dass sich ihr Zustand ändern wird«, erklärte Abby. »Sie sagen, Linda wird für immer auf der geistigen Stufe eines Kleinkindes bleiben. Sie war zu lange in dem Grab gefangen. Ein Großteil ihrer Gehirnzellen sind durch den Sauerstoffmangel abgestorben.«

»Sie sieht glücklich aus«, meinte Jean.

»Ja«, seufzte Abby. »In ihrer Welt scheint immer die Sonne. Sie kennt keine Sorgen.«

»Ein fast beneidenswerter Zustand«, sagte Mitchard.

Abby nahm ihm die Bemerkung nicht übel. Vielleicht war es ja gut, so wie es war. Linda erinnerte sich nicht mehr an ihren »Tod«, das anschließende Begräbnis und ihre Gefangenschaft. Sie lebte von einem Augenblick zum nächsten. Für sie gab es kein Gestern und kein Morgen. Nur das Jetzt.

»Ich gebe die Hoffnung nicht auf«, sagte Abby. »Ich habe mit Spezialisten in England telefoniert. Einige haben mir erklärt, Lindas Zustand sei keinesfalls hoffnungslos. Es gibt Therapien. Aber es wird Jahre dauern, bis Linda sich wieder selbständig versorgen kann.«

»Du wirst für sie da sein«, meinte Jean.

»Ja, mit aller Kraft.«

Einige Minuten schwiegen beide.

»Abby. Ich wollte dir schon lange ...«

Ihr Finger legte sich über seinen Mund. »Sag es nicht, Jean. Ich fliege zurück nach London und kehre nie mehr zurück. Du bist ein Teil dieser Insel und würdest nie woanders leben wollen. So weit kenne ich dich inzwischen. Dein Platz ist hier. Bei deinen Leuten.«

Jean sah sie traurig an. »Ich werde dich vermissen.«

Ihr Flug wurde aufgerufen. Abby erhob sich und nahm Linda wieder bei der Hand.

»Danke für alles, Jean.«

Dann wandte sie sich um und ging zum Gateway. Sie blickte nicht zurück, aber als sie der Stewardess ihr Ticket reichte, rannen Tränen über ihre Wangen.

Epilog

Julius Castor ließ den großen Mercedes im Schatten eines Baumes ausrollen. Als er die Wagentür öffnete, traf ihn die Mittagshitze mit voller Wucht. Castor brach der Schweiß aus. Er zog ein weißes Taschentuch aus der Hose und wischte sich über die feuchte Stirn.

Es waren nur wenige Meter bis zu dem großzügigen Haus am Strand, das er vor drei Jahren, nach seiner Flucht aus Haiti, gemietet hatte. Trotzdem sah er den Bettler erst, der am Fuß der Holztreppe kauerte, als er direkt vor ihm stand. Der alte Mann trug ausgebleichte Shorts, aus denen dünne, knorrige Beine ragten. Sein blassblaues Hemd war an vielen Stellen verschlissen und stand offen, so dass Castor die Knochen aus dem eingefallenen Brustkorb ragen sehen konnte. Auf dem Kopf des Mannes saß ein verbeulter Strohhut, tief ins Gesicht gezogen, der das Antlitz des Alten verbarg. Eine dürre Hand streckte sich Castor entgegen.

»Einen Dollar, bitte?«

»Verpiss dich bloß von meinem Haus«, knurrte Castor und gab dem Alten einen Tritt, der ihn in den Sand warf. Der Bettler rappelte sich auf und schlich davon.

Verdammtes Pack, schimpfte Castor vor sich hin. Jetzt kamen die Penner sogar schon an den Strand und belästigten die Leute. Er würde ein Wörtchen mit dem Polizeichef reden müssen.

Die Menschen in dieser kleinen Stadt kannten ihn nur unter seinem falschen Namen, aber mit dem Geld von seinen versteckten Konten hatte er es in knapp drei Jahren zum größten Arbeitgeber in der Umgebung gebracht. Eine

Fischverarbeitungsfabrik und mehrere Fangboote gehörten genauso zu seinem neuen Imperium wie sämtliche Taxiunternehmen der Stadt. Der Bürgermeister nannte ihn seinen Freund und die Menschen grüßten ihn respektvoll auf der Straße. Ja, dachte Castor. Hier geht es mir gut.

An seine Zeit in Haiti dachte er überhaupt nicht mehr. Haiti war Vergangenheit. Der Dominikanischen Republik gehörte die Zukunft. Schon bald würde hier am Strand ein neues Touristenzentrum erschlossen werden, und er, Julius Castor, gedachte sich ein Stück vom Kuchen abzuschneiden.

Bei diesem Gedanken musste er lächeln. Beschwingt nahm er die Treppenstufen. Oben öffnete er mit seinem Spezialschlüssel die große gläserne Verandatür und schob sie auf.

Bevor er eintrat, zog er sich noch die Slipper von den nackten Füßen, um die weißen Teppiche nicht mit dem Sand von seinen Sohlen zu beschmutzen. Barfuß ging er zur Bar hinüber und goss sich einen großzügig bemessenen Whiskey ein.

Ja, ich habe es prima erwischt, dachte er, als die bernsteinfarbene Flüssigkeit seine Kehle hinabrann.

Draußen vor dem Haus schob der alte Bettler seinen Strohhut in den Nacken und grinste zahnlos. Castor hatte sich kein bisschen verändert. Er war noch immer der gleiche Hurensohn, der er schon in Haiti gewesen war.

Arthur Baptiste klopfte sich den Sand vom Hintern und wandte sich ab. Er hatte gesehen, was er sehen wollte. Castor war barfuß über das Hautgift gegangen, das er auf der Veranda ausgestreut hatte. Nicht mehr lange und das Fieber würde kommen.

Später, in der Nacht, wenn man Castor beerdigt hätte, würde er mit seinem Sohn auf den Friedhof schleichen, um die Leiche auszugraben. Castor würde nach Haiti zurückkehren, ob er wollte oder nicht, denn niemand, absolut niemand, machte sich aus dem Staub, ohne einen *bokor* für seine Arbeit zu bezahlen.

Ende

Carmen Korn
Tod eines Klavierspielers
Roman

Band 16210

Der Mörder ist näher, als du glaubst. Ein Serienmörder geht um in Hamburg.

Der grausame Unbekannte hat es ausschließlich auf Frauen abgesehen. Jedes Mal hinterlässt er ein groteskes Zeichen: eine Tätowierung am Hals seines Opfers. Vera, eine exaltierte Sängerin mit Hang zum Luxus, und der Zeitungsfotograf Nick ermitteln auf eigene Faust. Dabei ist ihnen der Mörder viel näher, als sie ahnen …

Fischer Taschenbuch Verlag

fi 16210 / 1

Pierre Magnan

Tod in Bronze

Aus dem Französischen von Irène Kuhn

Band 16320

Einer nach dem anderen werden die Mitglieder der Gourmetvereinigung »Le galet des Aures« umgebracht. Wo der Mörder zuschlägt, riecht es nach Mandelblüte, mitten im Winter ...

»Geschickt legt Magnan falsche Fährten
und fasziniert vor allem durch die Schilderung von
Laviolettes schillerndem Charakter.«
Der Spiegel

Fischer Taschenbuch Verlag

fi 16320 / 1

Ingvar Ambjörnsen
Die Königin schläft
Roman

Band 16202

Der 56-jährige Astor blickt zurück. Es ist nun schon 34 Jahre her, dass er die wunderschöne Grete Reim kennen lernte: Astor kann die Unnahbare für sich gewinnen und die beiden heiraten. Doch das Glück ist nur von kurzer Dauer.

Fischer Taschenbuch Verlag

fi 16202 / 1

Holger Biedermann
»Von Ratten und Menschen«
Band 16049

»Unterhaltsam und präzise«
Die Tageszeitung

Am Morgen des 11. September 2001 steht der Hamburger Kommissar Pieter Lund vor einer grausam zugerichteten Leiche. Seine Recherchen führen ihn in die al-Kaida-Szene, denn der Tote steht offenbar in direktem Zusammenhang mit dem Attentat auf die Türme des World Trade Centers. Pieter Lund merkt schnell, dass er in ein Wespennest gestochen hat, das auch für ihn lebensgefährlich werden kann …